U0466832

宛如幻觉 WANRU HUANJUE

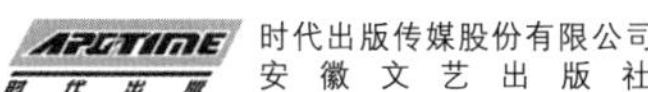
时代出版传媒股份有限公司
安 徽 文 艺 出 版 社

作者简介：

赵荔红，现居上海。中国作家协会会员，上海人民出版社副编审。出版有散文集《意思》《回声与倒影》《最深刻的一文不名者》《世界心灵》《情未央》，电影评论集《幻声空色》，随笔集《孔子：公元前 551 年》等。合作主编有《中国书写：二十四节气》。

赵焰
主编

宛如幻觉

Like a Vision

赵荔红／著

时代出版传媒股份有限公司
安徽文艺出版社

图书在版编目（CIP）数据

宛如幻觉/赵荔红著.—合肥：安徽文艺出版社，2020.9
（散文家文丛）
ISBN 978-7-5396-6915-1

Ⅰ. ①宛… Ⅱ. ①赵… Ⅲ. ①散文集—中国—当代
Ⅳ. ①I267

中国版本图书馆 CIP 数据核字(2020)第 036716 号

出 版 人：段晓静　　　　统　　筹：张妍妍　姚　衎
责任编辑：张妍妍　段　婧　　　装帧设计：徐　睿

出版发行：时代出版传媒股份有限公司　www.press-mart.com
　　　　　安徽文艺出版社　www.awpub.com
地　　址：合肥市翡翠路 1118 号　邮政编码：230071
营 销 部：(0551)63533889
印　　制：安徽联众印刷有限公司　(0551)65661327

开本：880×1230　1/32　印张：11.125　字数：300 千字
版次：2020 年 9 月第 1 版
印次：2020 年 9 月第 1 次印刷
定价：36.00 元

总序

散文的魅力

说散文，是老话重提，也是旧事重提。有些话，避不开，躲不掉，说千道万，也必须说。

仓颉最初造字，惊天地，泣鬼神。文字，那时候是用来通神的，文章自然也是。甲骨文不是文章，最早的散文集，应该是《尚书》，都是上古的文字，正大庄严，有万物有灵的意义。之后，青铜器出现，文字，也带有青铜般神圣的意味。先秦人作文，刀砍斧劈，铿锵有力，凡事都要说一个理来，列举寓言，也是说理。理直气壮，哪怕是歪理，也显得振振有词。那时凡文字成篇，皆是文章，由心而生，不玩辞藻，不是“诗言志”，就是“思无邪”。《道德经》高蹈玄妙，神出鬼没，把世界的至理都讲透了；《论语》诚恳实在，雍容和顺，平易中可见性情；《庄子》恣意汪洋，风轻云淡，最可贵的是难得的自由；《孟子》灵活善譬，多辞好辩，有凛然之威慑力；《韩非子》辞锋峻峭，雄奇猛烈，有强词夺理之急切。

先秦文章，如文字附诸甲骨、青铜之上，电光石火，意在不朽。有金石之音、风云之气的，是《左传》和《国语》。据说左丘明眼睛出问题了，孜孜于《左传》；双目失明了，仍不放弃

《国语》。左氏有力杀贼，无力回天，笔下的每一个方块字，都是刀剑淬火。不仅仅是左丘明，那时候的知识人，晋之董狐、齐之太史兄弟等，都是以文字为金石，视文字为重器。他们落下文字，是以天地为鉴，想着石破天惊的千古之事。

重剑无锋，大巧不工。文章，以此风格慢慢延续。后来，凡刻在竹简上、写在纸上的，都被视为灵魂的祭奠，是用来封印的。文章，更被视为跟生命同质，甚至比生命更加永恒。

那时候的文章，最可贵的品质，在于真与朴，在于是非的坚守，以气节和热血激扬文字。字词落下，熠熠生辉，感天动地的是作者的诚意。以真心作文章，文章不一定见真理；可是一定比假话作文要好，用假话写出来的，一定不见真理。那个时代的文章，足以惊天地泣鬼神。

先秦人写作，也遇到烦恼。烦恼是什么？如老子云：道可道，非常道；名可名，非常名。表达不好把握，写着写着，偏离本来，或者言犹未尽，不敢多说。文章的游离和不确定，让人们更惧怕和敬畏，文字因此更生神性。人们不敢多说，也不敢多写；不敢乱说，也不敢乱写。

秦汉时期，文字如长城的砖石一样，沉重古朴。司马迁的《史记》，是其中的典范。《史记》就是无形的长城，黏合字词文章的，是无数的血和泪。欲知司马迁对散文的态度，看看他那篇千古雄文《报任安书》就知道了：

……草创未就，会遭此祸，惜其不成，是以就极刑而无愠色。仆诚以著此书，藏之名山，传之其人，通邑大都，则仆偿前辱之责，虽万被戮，岂有悔哉！

司马迁视自己惨遭宫刑为奇耻大辱，悲恸欲绝，欲哭无泪。《史记》寄托了司马迁的生命，也延长了他的生命。司马迁唯个人良知为天理，宁死而不肯妥协。以“成者为王，败者为寇”的惯例，只有帝王才能入列“本纪”，可是修史的司马迁不买账，因崇敬项羽的英雄气概，将项羽列入了“本纪”系列，文字中不吝赞美，相反，对胜利者沛公，常有贬损。司马迁如此做，将一切置之度外。汉武帝想必十分恼火，却也无法，不好干涉太多，因为那时候的史志，尚不是官史，个人评藻中，尚有自由。

与《报任安书》一样铁血侠气的，还有李陵的《答苏武书》、杨恽的《报孙会宗书》，这些文章的好，在于真意畅达，以热血为文字书写。箭镝破空，真意畅达，行文自然旷远；万千沟壑，聚云成雨，落笔自成文章。那时的社会，尚没有文人这种狭隘的职业。只有士，上马杀贼，下马作文；仗剑夜行，又能变身为行侠仗义的豪杰。

顾随说中国历史上最好的文章，都不是文人所写。好的文章，一定是情思哲思喷薄而出；也是“飞蛾投火”，不是烧没了，而是烧出生命的气息。好的文章之中，一定有一种大于文学的精气神做支撑，不是就事论事，或者单纯地叙述，而是以全部的生命能量，去拥抱作品，成就华美的篇章。

《离骚》的伟大，是屈原“长太息以掩涕兮，哀民生之多艰”

的叹咏；《史记》的伟大，是司马迁“究天人之际，通古今之变，成一家之言”的悲怆；后来杜诗的伟大，是有着“致君尧舜上，再使风俗淳”的情怀。

汉朝出现汉赋这种东西，华丽铺陈，可以视为文字的卖弄和游戏，也可以视作语言文字的技术拓展。贾谊、枚乘、司马相如、扬雄的文辞，各有各的华美。可是华美过了，华而不实，就成问题了。曹氏父子，是另类。曹操不是文人，他的风流高旷之气，让一般人难以望其项背。曹操的好，在于有大性灵、大胸襟、大气魄、大悲悯、大境界，有强烈的个体自主意识。魏晋文章，曹操排第二，谁也不敢称第一。“三曹”当中，曹操排第一，曹丕排第二，曹植排第三。曹植才气第一，为什么作文第三？因为胸襟太小，文人气太盛。曹操的文章、曹丕的论文，兼有文采和性情，有大认知，都不是胸无韬略的文人可写就的。

魏晋南北朝时期，可视为“第二次百家争鸣”。外部文化传入，自我意识增强，产生了诸多有趣的灵魂。灵魂有趣，文章自然有趣。从王羲之的《兰亭集序》就可以看出，魏晋之时知识人生命意识的觉醒。文章开头，是雅集呼朋唤友的轻松，可是写着写着，文字变得伤痛，沉郁而浩渺的悲伤出现了。这种悲情，不是传统的家国情怀，而是对人之为人本质感到的凄凉。王羲之的心境，比《观沧海》时的曹操更为孤独，也更为柔软。他其实是把自己的心灵一层层地剥开，深入最脆弱的内核了。

从魏晋开始，本土的儒家和道家受佛家影响，生命意识觉醒，思维打开，聪明转为智慧，智慧连接虚空，转成艺术哲学。

地理学著作，有张华的《博物志》、郦道元的《水经注》；医药方面，有张仲景的《伤寒杂病论》、葛洪的《抱朴子》；文论方面，有曹丕的《典论·论文》、陆机的《文赋》、刘勰的《文心雕龙》、钟嵘的《诗品》、谢赫的《古画品录》等。至于好文章，就更多了，除了左思的《三都赋》、陶渊明的《桃花源记》外，还有杨衒之的《洛阳伽蓝记》、刘义庆的《世说新语》、沈约的《宋书》、庾信的《枯树赋》等——这些文章，天朗地阔，荡气回肠，如秋雨后的蓝天白云。

一些志怪类文章也好，比如干宝的《搜神记》等，鲜活灵动，充满着生命的活力、想象力，体现了自由意志，是“天人合一”理念的延伸。

魏晋文章，堪称高妙。这高妙，跟东西方文化的撞击有关，跟佛学的渗入有关。外来思想，激活中土，释放的能量有点超出人力范畴，随处都是鬼斧神工，随处都是余音三匝。

宗白华语：“晋人向外发现了自然，向内发现了自己的深情。”这一句话，异常体贴到位，是今人对晋人的懂得。诸多魏晋名士的无情，有时候是深情，是对世界的深情，也是对人性的深情。

魏晋文章，还有音乐性——文字语言之间，有节奏变化的神韵，有内在的纹理，有数理的神妙。这些，都可以视为文字本身具有的神性，被发掘出来了。魏晋文章，在这方面有很好的探索，它是以字词为手指，触摸神秘的领域。

魏晋南北朝之后是唐朝，唐朝有胡风，就文化上来说，走的是“天苍苍，野茫茫，风吹草低见牛羊”这一路，有元气饱满、云开日出的浩荡，也有化繁为简的力量。唐初，诗歌是主流。唐诗，以废名的说法，是散文化的。唐诗，其实是韵文，不倾向于说理，而是情感的滥觞：一往情深，触景生情，情真意切，因情生韵，万物皆性，普天同情。到了中唐之后，韩愈实在看不过去了，这才站了出来，强调文章内容的重要性，提倡文章要言之有理，言之有物。韩愈等人倡导的古文运动，是将高飞的纸鸢，用线拴在手指上。文章因而变得更安全，也更踏实了。

与韩愈的格局严整、层次分明的特点相比，另一个同时代大家柳宗元，走的是幽峭峻郁一路。他的文章，多是情深意远、疏淡峻洁的山水闲适之作，结构精巧，语言轻灵，是唐宋文章中的另类。

“唐宋八大家”是明初的总结和提倡，带有强烈的专制文化气息，是对旧时的“封神”。将天上飞翔的、地上奔跑的、悠闲旁观的文章，全都变成了正方步的标准。“唐宋八大家”指的是唐代的韩愈、柳宗元，以及宋代的欧阳修、苏洵、苏轼、苏辙、王安石和曾巩。八人所作，当然是好文章，可也不能代表唐宋的全部，此提倡还是意在说理，意在策论，带有强烈的先秦风，此后基本被固定为中国文章的圭臬。可是此一时彼一时，明清之风哪是先秦之风？先秦是“百家争鸣”的自由和探索；明清呢，是高压之下的雷同和桎梏。如此作为，早已南辕北辙，不是一回事了。

明清，制度以“明儒暗法”为标准，文章，也是以“明儒暗法”为标准。这一点不似书画——一直以来，书画相对超脱，评价标准，不是儒法，依旧是佛老。

“唐宋八大家”中，唯一带有佛老气质的，是苏东坡。苏东坡堪称儒释道俗四位一体。他的《赤壁赋》，如拈花微笑、羚羊挂角。文章好就好在天地彻悟，有清风明月境界，以有限连接无限：

> 清风徐来，水波不兴。举酒属客，诵明月之诗，歌窈窕之章。少焉，月出于东山之上，徘徊于斗牛之间。白露横江，水光接天。纵一苇之所如，凌万顷之茫然。浩浩乎如冯虚御风，而不知其所止；飘飘乎如遗世独立，羽化而登仙。

魏晋之后，中国文章大都端正肃穆，笔法精练，大多时候，难得真谛，难得幽默，难入众妙之门。《赤壁赋》悟出了天地之道，也悟彻了人生之道，寥寥数百字，是大文章。《赤壁赋》的好，还给文章一个情感和哲思结合的示范，如洞开了一个大窗口，让人目睹了最大的可能。文章本身，有通透的彻亮，由于承载了大内容，文字也被激活，有了弦外之音；如玉石包浆，有了光泽，成为美玉。

宋文化，跟唐不一样，风格上清正风流、沉静安稳，接的是南朝的风格，相对雅致明理。唐宋文章，是拼命增加厚度，可是文章光有厚度不行，还得有高度和宽度，有灵性，有通孔。文章，当然可以格物致知，可是若隐去头顶上的月明星稀，也摒除身边的滔滔江水，缺少生命意识和自由意志的注入，肯定会变得呆滞沉闷，如死面团一样无法拿捏。

文学和艺术低劣的时代，很难说是好时代。元朝是这样，明朝前期也是这样。明代中期之后，社会相对稳定，经济快速发展，人有觉醒的愿望，有自由的意识，春意萌动之下，文学如春花沐雨，尽情开放。这一段历史，有文艺复兴般的意义，资本主义也好，人文精神也好，初具萌芽。相对自由的状态下，知识人个性十足，唐寅、李贽、董其昌、徐文长、金圣叹、李渔等都是“奇谲”之才。人有了自我意识，性灵回归，自然活过来了，成为独一无二的存在；文章有了性灵，也活过来了，融乐趣、情趣、风趣、志趣为一体，也是如花朵一样自在绽放。

文章跟人一样，需内外兼修。外在，是语言；内在，是情怀、学问、趣味和思想。晚明众多文人，寄情于山水和风物，文字中注入了生命意识，活力无限，生机勃发。晚明文章的好，最主要得益于人的解放——人性得到释放，有自由的心灵，文章自然而然就好了。好的文章，永远有着人体温度，甚至至情至性，是天地自然熏陶的结果，也是性灵悠游的一团雾气。

清军南下，国破家亡，大好的文艺局面也被毁。明末清初，傅山、王夫之、顾炎武、黄宗羲、方以智、冒襄、张岱等人，既有“国破山河在”的孤愤，也有杜鹃啼血的伤痛。他们后来写出来的文章，冷风热血，洗涤乾坤，是千年的哀愁，也是千年的惆怅。

清代统治，钳制刚硬，在“文字狱”的背景下，文章分为两派：一派为文选派，一派为桐城派。文选派以《昭明文选》为主臬，讲究文采；桐城派呢，以承接传统为己任，讲究义理和文气。可是义理也好，文气也好，桎梏过多，拓展跟不上，气韵也接不上。义理追求，若难破禁区，下行为循规蹈矩；文气倡导，若没有自由，扭曲为装腔作势。

民国文章，重点在破，不在建。民国这个时代，承前启后，知识人有大使命，文章也好，文学也好，都是如此。以文章来破道统僵死的“神”，也破社会僵死的局，责任重大。

民国文章，是中西融会，试图打通东西方文化。短短的民国，为什么出现了很多大师？是“旧学邃密”和“新学充沛”交融的结果——民国之初，全方位开放，东西方文化交流，几乎无障碍。优秀知识分子相对独立，做的又是不破不立的事，大气象自然形成，大格局自然养成，大师也纷然呈现。严复、胡适、林语堂等等，都是以这样的方式被激活的，是时势造大师，也是大师造时势。

陈独秀、胡适、鲁迅一班人，以文字揭竿而起，引导民众探索前方道路。路在何方，很多人不知道，若论清醒者，胡适绝对算一个。民国腔调的好，在于自由度，敢讲敢说，切中时弊，妄自菲薄。民国之初，各方面是很宽松的，言论相对自由，没有“文字狱”，没有精神桎梏，人们的创造力得到了激发，相比之前二百多年的严酷统治，最大程度上激活了社会的创造精神和自由精神。

民国文章，最精彩处，是真挚、高贵、尊严和趣味，最突出的，莫过于真挚。真挚，最基本的，是讲真话。文章，最可贵的，还是“真”吧，一“真”遮百丑，一“假”毁百优。以真为基础，讲真话，说人话，是做人作文最重要的东西。真话，不一定是真理，可是假话一定不是真理。真话，有美的光泽。假话，没有美的光泽，只有铜锈的青绿，泛着难看的死色。

文章之背后，实是人心，是思想的突破，以及意志的艰难前行。人心软弱，难成黄钟大吕。

真挚、高贵、尊严和趣味，这四个词后来为什么屡屡让人缅怀？是因为中国历史上，能体现这四点的时代，是少而又少。

民国历史太短，万象伊始，尚未深入，就已结束。民国文章也是这样，若论深厚，暂且不足；若论广博，也嫌不够。民国以文字承前启后，继往开来，无论对现代汉语的确立，还是对时代精神的探索，都立下了汗马功劳。可是文学单骑突进，文化没有系统改造，国民性整体没有跟进。到了最后，不免雷声大雨点小，声嘶力竭中，性命孱弱，最终还是坍塌下来。

民国破了文化的“神”，也破了文章的“神”。文章破“神”之后怎么办？有的堕落下行，沦为工具；有的依旧坚守，寻找新的神灵。民国白话文，尚未从古典文字中走出来，思想尚未成熟，精神尚未深入。不过那一段时间的文章认识格外纯真，表达极有诚意，好似当时女大学生所穿的白衣蓝裙，清纯是清纯，积极归积极，却有些呆板，难得有老到圆熟的认知和智慧。

试着总结一下：先秦文章，有思想，有力量，有风骨。魏晋文章，有真谛，有才华，有趣味，有风云气象。唐宋文章，成为历史上的一个高峰。之后，文章写着写着，格局越来越小，横里也变小，竖里也变小；横的是文采，竖的是思想……从总体上来说，中国文章，强在形式，强在音韵，强在风华……弱在思想，弱在哲思，弱在幽默……文字与思想，一直是血肉和筋骨的关系，概念上是可以分割的，事实上却是无法分割的。好的文章，一定内在带动外在，以性灵和思想带动语言文字，绽放出迷人的自由光华，蕴藏着对众生的安抚和拯救，并以与社会的连接，点亮精神的闪光点。

文字，若能够找到与天地、自然、社会与人心的连接，不断地发掘它们之间的关系，绝对是好文字；若以文字的功效，不断地探索世界的本质，也是足够光彩的好文字。

以我的认知，散文，或是思想的光华，或是文字的魅力，或是意志的前行，或是情趣的表达，或是禅意的隐约……好的散文，一定是生气勃勃的：它是清风明月，是葳蕤生长的植物，是田野氤氲的岚烟，是柔情摇曳的花朵，是夏夜小河边的萤火闪烁，更是头顶上璀璨无比的星辰河汉……文章，还是清妙的福音，如《奇异恩典》般的歌唱，有自上而下的恩泽和光亮。以我的观点，《圣经》也好，佛经也好，都是最美的文章。那种文字中蕴藏的般若性，那种腔调中的善意，那种虔诚的态度，那种圆融芳香的气息，那种清静恍惚的圣洁，都是叙述和表达的绝美体现。如此文字，字里行间，静谧空灵，仙乐飘飘，有内在的韵味，有永恒的诗意。相反，那种故弄玄虚、故作姿态、装腔作势、无病呻吟的东西，都不能称为好文章。

强调一下，稳固常识——散文如花，花朵呈现的光泽中，一定要是真的，唯真才是生命。真是通灵的，是善与美的基础。没有真，不是善也不是美，只是如塑料花一样漂亮，也如塑料花一样虚假。

闲语不赘，言归正传。这一套安徽文艺出版社的“散文家文丛”系列，旨在以丛书的形式，努力推出一些能够进行内外探索的好文章好作者。文章以美为表，以真为骨，以趣为气，以好读和耐读为基本要求。我们一直以这个标准看待文章，也是以这个标准来选择作者的。对于散文的定义，我们延续化繁为简的说法：诸多文体中，小说，占了一个山头，绿树成荫；诗歌与戏剧，又分别占了一个山头，枝繁叶茂；山头与山头之余，是大片郁郁葱葱的草地，它们叫作散文。散文很大，它是文字最原始最茁壮，也是人心最辽阔自由的地带。

孔子说:“质胜文则野，文胜质则史，文质彬彬，然后君子。”“文”，是文采，是外在的；“质”，是内里，是内在的。此语可以形容君子，也可以说文章——好文章，也是“文质彬彬”，其美如玉。顾随说：“中国文学、艺术、道德、哲学——最高之境界皆是玉润珠圆。”这一个标准，是通感，也是天道，是客观存在的。好的散文，浑然天成，如同美玉，那一抹无比迷人的润泽，是天地之灵光，也是迷人的人情之美。

赵焰

2019 年 7 月

目录

卷四

卷一

寂静

一

冬日早晨的地铁站，繁忙、寂静，有一种肃穆感。固定时间，奔到固定地铁口。左行右立，顺电梯一节节向下滑行，一个个紧贴着，如穿在一根竹签上的大小肉丁。大理石地面刚刚拖过，泛着潮湿的冷光，刺白日光灯下，反射出簌簌移动的模糊人影。没有人说话。匆促的脚步声，衣服与背包摩擦的嚓嚓声，闸机转动时嘎嘎响声。电子屏幕高吊，一闪一闪无声播放着早新闻，几个黑脑袋歪仰着看。菜绿色铁靠椅，冰冷、坚硬，坐满了人，围裹严密，表情僵冷，带着宿睡未醒的倦怠，埋头在铅字密集的对开报纸中。几分钟的等待如此漫长，广播用标准而单调的声腔播放到站消息，站台上有了些微骚动，显出一点生气。地铁呼啸着滑行过来，伴随铁轨的尖叫，自动门滑开，吐出一堆人，吞进去一串，闭合时哐的一声有点闷声闷气。管理员举起小绿旗，哨声尖锐脆亮，警铃嘟嘟嘟响了三下，地铁就再次打起精神奔命似的呼啸着钻进黑洞中。地铁如一条长虫，无论天晴落雨，恒定的班次、恒定的速度，停靠在恒定的光线、恒定的温度、恒定的站头上，排下几颗虫卵，吞进新的几颗。每天这个时候，我这颗虫卵可能遭遇昨日的另一颗，但谁会在意谁？谁又认得谁呢？我们的差别仅仅是符号：姓名、职业、地点。

随人流走向一排闸机口，我们这些虫卵，低眉顺眼，一个紧挨着一个，等候安检。坚定的闸机，司法精神的守护者，规则、秩序的执行者，闸机面前，人人平等：持票证者、合法交易者、良顺者，进入；精神错乱者、危险用品携带者、捣蛋者，挡住。等候前一个安检时，不耐、不安悄悄爬上心头：我是一个危险分子吗？我携带了危险物品吗？应该没有。或是我面庞上一根青筋的抽搐，神经质颤动的右手，迟疑、呆滞的神情，引起了安检人员的警惕，他干脆利落地发出指令：背包检查一下！我的包顺黑色传送带移动，进入黑箱（黑帘遮蔽）中，绿灯一闪一闪，视屏前安检人员的眼神如钉子般……一分钟、两分钟……心脏几乎停止跳动——红灯闪烁，机器轰鸣，全副武装的人在靠近，尖叫、奔跑、推搡，蔑视、惊惧的目光箭一般射向我——我的良顺的包不知被谁（当然不是我！）塞进了什么；或者，进入黑帘的是我的彩色挎包，出来的却是一个黑色双肩包……这种晕眩感因安检人员“请走”的手势得到舒缓，嘀的一声，单调、清亮地显示我的“安全性”，闸机对我给予正确评估，顺不锈钢闸旋转进入，我由一个“嫌疑分子”，被确认为一个“安定分子”。

总有一天，打一出生，我额头就印上一串身份条形码，到那时，所有笨重的黑箱闸机设备一概取消，无论何时何地，车站、码头、机场、海关、医院、图书馆、会场，检查者只需在一个小小仪器上揿一下，一个红点会自动扫描我额头上的条形码；或者，在闸机口安装一种仪器，自动扫描我的眼睛或脸蛋……无论何种方式，轻轻松松、毫无察觉地，自我出生以来所有的资料、档案当即显现，是否良民一目了然，治理者再也不必烦恼，被治理者也安之若素！总有一天！便捷、美好的一天！

现在，虫卵们密密挨挨在罐子里，衣服紧贴着衣服，裤子摩擦着裤子，手挨着手，汗粘着汗，我吸进去的是面对面一个黑瘦老男人吐出的口气，一个胖大婆娘的屁股正顶着我的腰部。我如此清晰地看见左侧女子脸上的皱纹、黑痣、未抹匀的粉底液、破损的口红；身后油腻男鸭子般伸长了脖子，津津有味地偷窥我的手机短信（他嘲弄的笑容、探头窥视的猥琐模样，清清楚楚映在玻璃窗中）。一切太平！忍耐、寂静的早晨，安之若素的早晨。我这个虫卵关那个虫卵什么事？我们各自戴着耳机，随各自的节奏晃动，谛听耳机中的声响，与它低语、手谈，自己温暖自己。左右、前后，我们如此贴近，又如此遥远；这般亲密，又这般疏离。

每天早晨，在城市庞大腹部里，我被 10 号肠线运送，在 7 号拐点被排泄出去，挤在一大群黑色灰色偶尔红色的虫卵中，左右前后，来自不同方向的虫卵在拐点会聚、鼓荡、散布开去，沉默、忍耐、安寂、认命地顺群流动，十几根散射状毛细血管将我们输送到不同端口。——排得整整齐齐的鸡蛋，传送进高温箱，另一端冒出一群群颤抖的黄绒毛小鸡，转动着黑眼睛，尚未学会叫唤，人们在争论食用集体孵出的鸡肉对身体的利弊；排得整整齐齐的猪，一头接一头顺传送带移动，嗷嗷叫唤着经过一排机器，出来已然开膛破肚，被分割成大排、龙骨、精肉、肉糜，由分类传送带送往包装车间，人们在讨论如何改良机器，缩短一头猪的宰杀时间，以减少猪的痛苦——每天，我随其中一小股流到15号端口，停顿，识别，挤出，端口与地面相接，腹部的终端，是另一些寂静内部的开端。

宇航员透过机舱，看啊，茫茫宇宙，陨石、星球无声运行，地球故乡遥远、微小，被动地接受光。那颗恒星，有着如此强烈的光焰，没有法拉同的莽撞与勇气，单凭伊卡洛斯的蜡翅膀，谁能挨近？长久待在黑暗轨道上，它们寂静地运行。从未有过洪水泛滥，索多玛与蛾摩拉不曾化为焦土，听不见鸟鸣，鸽子尚未衔来橄榄枝。没有罪恶，也没有拯救。德谟克利特说，我们都是一个个原子，沿着一个方向，无声运行，各自“静悄悄地活着”；伊壁鸠鲁纠正说，我们都是一个个原子，在宇宙中运行，有时会改变自己的方向，一个原子有时候会撞到另一个原子。巨大星球、陨石，瓦解，碎裂为沙砾尘埃、为原子，我们这些原子，各自在茫茫宇宙中，寂静地运行。

二

朝北的玻璃窗紧闭，拉上厚窗帘，阴冷的风也会从缝隙钻进来。天空是张巨大的灰网，拉伸平铺无极。灰色蓝色土黄色的钢筋水泥大楼，四面布满方眼睛，呆头呆脑矗立着，试图突破灰网，奋力挣扎到一半，就停住了，干瞪着灰暗眸子，将余气嘘嘘吐尽；它们方形圆形三角形或畸形的脑壳，裸露在冷风中，有时承受酸性雨水，有时笼罩在灰黄的雾霾中，这让它们显得缥缈神秘；偶尔显现的阳光，也会让它们头上的卫星电线、不锈钢护栏、避雷针或铝制的储水箱闪闪发光。成百上千的人钻进一幢大楼的肚子里，可都到哪里去了？偶尔有个把黑色人虫在一两个半睁的方形眼眶中闪了一下，又不见了。

仔细辨别，才发现这个楼与那个楼之间是有空隙的，像用尺子画出的横竖细线，一些小小的黑色人虫黏附在细线上，缓慢移动，有时他们裸露着柔软身子，有时背着坚硬的壳。在一些大点的空隙里，比如火柴盒那么大、碟子那么大，聚集有更多的人虫，他们有规则地蠢蠢挪动，操练？集会？跳广场舞？大楼们总是呆头呆脑矗立着，半闭半睁着眼，宽容地俯视这些人虫的活动，因为什么也构不成妨碍，什么也改变不了，大楼才是世界的主人；偶尔也有些绿色植物，卑微地贴附着大楼脚跟，如暗绿绒毛、水草，这些无用之物，一只机械大手随时可将它们摘除……

夜幕降临，大楼们的黑色躯体连成一片，有些被灯光勾勒出线条，好似夜女穿上闪闪发亮的彩衣，戴上妩媚多样的面具，但那闪耀的红色黄色紫色，妖娆身形，并不改变它们稳重黑暗冰冷的质地。此时，大楼们的方形眸子，有的紧紧闭着，像许多猫头鹰沉默地挤在一起，坚硬翅膀张开，连成一片黑色铁幕；有的大张着，精光四射，透明如玻璃球，一支箭即可穿透楼房薄薄的肌肤，直抵内脏，到底也不过是空洞洞的透亮，并没有什么秘密。一条条黑色人虫，如今寂静地躺在不同光洞里，或将自己消化进大楼的巨大黑暗。没有人愿意摆脱大楼的遮蔽庇护，谁都知道，与楼同在，才能获得主宰世界的踏实、稳定、可靠的安全与力量。

四季更替，早夜晨昏，刮风下雨，阴晴转化，唯一不变的就是这些钢筋水泥大楼，具有寂静的永恒性。大楼们紧紧挤在一起，只有高矮、大小、胖瘦、形状、颜色的差别，它们的面貌、材质、气味，如此相像。不必再去追溯一幢大楼的历史，过去现在将来，它们的面貌将是一个样，那些具有独特个性、拥有自我历史故事的楼房早已被摧毁，不可复制了。一幢大楼坍塌、腐朽、死亡，原地马上就会矗立起一模一样的另一幢，用喝一杯咖啡的时间搭积木，建造一幢大楼，也不过如此。大楼们越来越多，越挤越密，直到它们之间连一根线的缝隙也没有，就向天空凸出来，它们悬在半空，脚下只有小小的支点，依旧坚硬地繁殖着，在地球薄薄的肚皮上沉默地、持之以恒地膨胀着……

三

高铁是条鳗鱼。那钢铁身子，似乎裹上一层柔软、富有弹性的皮革，光滑、闪亮，周转灵活，行动迅捷。它探出圆而滑的脑袋，白色肚皮贴着大地，尾部甩摆，顺轨道河流，以令人难以置信的飞翔速度滑行过来。20 世纪初，火车尚未进站，就叮叮哐哐宣告它的到来，钟声、鸣笛声、站警的口哨声，火车呼哧呼哧喘着气喷着浓黑烟雾尚未停稳，乘客们就大包小包攀挤起来，推搡、踩踏的尖叫咒骂，小摊贩的吆喝，接吻哭泣，唠叨叮咛……一切生机勃勃的喧嚣吵闹，随着绿皮火车的逐渐淘汰而平息，从此，寂静的高铁时代到来了。

高铁优雅滑行到准确位置，人们排队守候在这条鳗鱼骨节处，那富有弹性密而无缝的肌肤奇异地滑开一个口子，虫卵们一个接一个有序地排放出来，像吐出的白色口沫，站台上的虫卵又一个接一个被它吸进去。一切都在无声、有序、循环进行着，洁净、精准、快捷、寂静。我像其他虫卵一般，安分守己上车，找到自己的编号，放好包袋，挂起外衣，拉开窗帘，做这些的时候，小心不要影响到别人。车窗明亮，厕所干净，洗手池有冷热水，座位有充电插座；没有摊贩兜售商品，座位下没有走私物品，我曾描写的火车场景，“年轻的喧笑，牌局没心没肺的沸腾，富有弹性的粗口，淌着口水的呼噜，被剧烈蠕动的腮帮围剿的泡椒凤爪，玫瑰花瓣般簌簌下落的瓜子壳”，也没有。电子指示牌循环显示各站站名、运行速度。火车柔软地在大地上滑动，树木、房屋、裸露的黄色山坡、蛛网般的黑色电线，全都一闪而过，不曾激起思维、情绪的一点点波澜。它停靠在某个站台2分钟，我试图回想某年某月与某人到过这个地方，与之相关的风景、故事、小吃来不及冒出，火车已抵达下一站。一个地名紧接着一个地名，地名仅仅是符号，失去鲜活的记忆与生命了。

“在车厢晕黄灯光下看《十九世纪的爱情》，司汤达与他的米兰女子，基耶斯洛夫斯基《机遇之歌》中赶上或赶不上火车的幸与不幸，《两个人的车站》……”这不属于高铁时代的意象。20世纪80年代暑期的火车上，南来北往的学生挤在一起，一路弹吉他歌唱；陌生乘客对面坐下，喝啤酒吃花生，海阔天空神聊，一天一夜下来，熟络如故交，甚或相恋成婚：这一切，也如发黄日历，随绿皮火车远去了吧？如今我们安安静静地坐在各自座位上，我看窗外，邻座对着手机傻笑，后排有人在玩僵尸游戏，前排一对情侣头挨头塞着耳机，在iPad上看宫斗剧。列车员挂着职业微笑推着小车，间或磕碰到座椅，她优雅地询问:“要咖啡不?”

到某站时，上来一个板刷头中年男子，一件行李也无，满身酒气，像只煮熟的大虾。他一屁股坐下，就开始说个不停，看见挖空的山就骂小企业污染，看见在建的楼房就骂强拆，看见蛛网似的电线就骂雾霾；他旁若无人，高声品评着时事历史，夹带哧哧笑声，又夹杂他打电话给别人、别人打电话给他。他穿戴齐整，像个到省城开会的乡镇企业干部，表情傻呵呵的，话语颠三倒四，说出的道理又似乎清楚明白。一个醉汉，或疯子？这突发事件让寂静的车厢陡然热闹起来。许多人从座位上站起来，看着他笑，几个闲汉有一搭没一搭地逗他说话——那些貌似理性、平日低微卑贱的人，在逗弄这个醉汉或疯子时，突然找到了某种优越感。

那人持续说了一个多小时，脸上醉红退光了，还说个不停，逗弄他说话的那几个闲汉也厌倦了，各自回到座位。他依旧自顾自说下去，一边说一边捕捉倾听者的眼神，只要被他逮到一个倾听者，脸上的笑意就扩散开来，语速加快，声音也更响了。醉汉，或疯子？有时他闪过的眼神，奇异地明亮、狡黠，甚或智慧，仿佛是在装疯卖傻。有人开始嫌他聒噪，呵斥他。他却掏出香烟点燃，一边悠然抽着烟，一边继续谈论种种样样。不知谁去报告，跑过来两个女列车员，凶狠地呵斥他："车厢里不准抽烟，再不灭掉，罚款三千元。"不肯灭。列车员上去抢烟，那人就扒着座位高声叫唤起来。列车员气急败坏，环视着车厢高声叫道："家属是谁？怎么让个疯子自己乘火车？"查他车票，他满口袋乱翻，在票夹里翻出一张。列车员奈何不了，就扔下他不管了。看看没人搭腔，那人开始在车厢里跑来跑去，高铁抵达一个站台时，他就跑下了车厢。他是不记得高铁只停靠 2 分钟吧，或真是个疯子？高铁开动了，车门锁上了，只见他在站台上跑着挥着胳膊叫唤，我扭头看他，他远远落在鳗鱼尾巴后了，还卖劲地追着……

所有人都舒了口气：吓人！这下终于安静了。

四

医院小方块墙砖闪着白色冰冷的光，如森森牙齿。菜绿色靠椅，黑色号码牌，长而扭曲的队伍缓慢挪动。消毒水味混杂各种药味、呕吐物的馊味、蒸腾的汗味。电子屏幕上闪动某个姓名，一具肉体赶忙挤上前领取号码牌。一个生病的人，眼前紧紧拽住的只是一个号码。我攥着自己的号码牌，顺箭头指向走。输液室是个大蜂巢，被灰色纤维板隔出许多小方洞，每个小方洞排几张菜绿色靠椅，一张椅子填一个病号，像蜜蜂幼虫，透过针头、插管，吱吱吱从药瓶中吸取生命花蜜。那些在蜂巢中移动的白衣白帽白口罩、只露出两只眼睛的护士，是照料幼虫的勤劳工蜂。她轻盈停在一只幼虫边，拍打着翅膀，用轻柔恒温的声音问："1234 号，有什么事?"她麻利地插管、穿刺、拔管，调节点滴速度。幼虫们安静忍耐地盯着药液一滴滴穿越软管，进入自己的血管，不叫不动，生怕漏失一滴生的希冀。

6478 号椅子张着口等我。犹豫不决。轻盈的护士工蜂已经降临，她推来的小车上装有我的药品。轻柔恒温的声音："6478 号，姓名? 为什么不坐?"我答应，坐下。她麻利地抓过两个输液瓶，打开，套上网套，堵上消毒塞，挂在吊杆上，又从密封袋中取出一次性输液器，将一端针头插入瓶塞，理顺软管，拽过我的右手，捋起衣袖，用一截止血带绞住我的手腕。她动作果断，手指冰冷，隔着口罩，声音依旧清晰："握紧拳头!"我触电般收起五指握住拳头。她在我的手背上拍了拍，盯着交叉静脉青蛇般鼓起，这才满意地撂下我的手，取出针套，对着亮光拔出针头，将空气排出，再次拽过我的右手……我别过脸去：左肩紧贴着一张老妇人的蜡黄皱脸（6479 号，肺炎，浑浊发黄血丝交叉的眼睛看看我就闭上了，嘴角下垂，眼皮颤动，嚅动着紫黑双唇，低低叹着气——想着她的地板、饭锅、浸泡着的衣服，儿子的早餐，外孙的尿片）。6480 号是个壮小伙（酒精中毒，黑色抓绒套衫上印着“人艰不拆”几个白字加惊叹号，牛仔中筒靴，几根挑染金发几乎插进眼睛，长着粉刺的脸通红，他一边打着嗝、吁着气，一边用左手滑动手机触屏玩游戏）。对面只有一对老夫妻，男的是 2369 号，一边输液，一边打电话：“你说我什么病？尿毒症！老子活了大半辈子，现在每天靠吊水活，操！手背上密密麻麻的针眼……”他声音洪亮，中气十足，倒好像什么病没有。他的小老太婆似乎大病般枯黄着脸，弓着背，半边屁股挨着椅子，忍气吞声又满脸疑惧地拉拉老头子的衣袖。一只护士工蜂站在他身边喝道：“2369，嚷嚷什么！不要影响别人！”

五

触碰到不洁的物事：手指头摸到腐烂的苹果、水斗残剩的饭菜、油腻桌布、猥琐男人碰过的杯子；下雨天，穿凉鞋的脚踩进脏水洼，人行道上松动地砖内的污水溅到脚指头上；长头发浸到油腻汤水中、垂碰到湿拖把，或在地铁上缠在衣领、头发油腻的男人的衬衫纽扣上；翅膀发亮的蟑螂爬过脚面，绿眼睛抖腿脚的苍蝇叮到手腕……用香皂洗了又洗，看上去很干净了，凑近嗅，都能闻着香气了，不洁感还是存留着。触碰着的部位，毛孔收缩，皮肤起疙瘩，血管也绷紧了。不洁感如同阴影，巨大树影下的心、脑，乃至身体各部位，都感觉不安。不时看看触碰的那个部位，不时嗅嗅，一种近乎绝望的愤怒，会在这样的不洁感中慢慢扩大。

碰见一个不洁的人，就是那种衣袖干净、领子干净、头发滑润干净的人，也能远远闻到不洁的气味，你在他猥琐谦卑的笑容下看见了一圈圈扩展的颟顸傲慢。所以不洁感只是一种感觉。那种感觉长久存在，白日里你都不曾意识到，到夜里，梦魇中，你陷进一个冒着泡沫咕咕作响的黑沼泽，双脚陷进去无论如何拔不出来，越陷越深，腰部周边蠕动着无数红色小虫，头顶的老树上纠缠着一堆堆难看的蛇；一大群得了鸡瘟的吐着白沫半闭半睁眼睛的鸡；一大片慢慢黑黄枯萎的丝瓜，却有很长很长的藤蔓漫无边际地生长；一整面墙布满软软的、没有头和眼睛的、潮湿的虫，正奋力向上爬；吃剩的油条被扭断了，一截截撒得满地都是……碰见不洁的人与物事，你不曾意识到，不洁感却已偷偷潜入，在梦魇中显现出来。这种时候很多。你尽力避免，不看，不听，不碰。总是不可避免。

六

第一个梦。我是七八岁模样，大眼睛，薄黄头发。妈妈被蛇咬中脚面，脚慢慢肿大，像馒头，像冬瓜，像胀气的皮囊，胀得皮肤光亮亮，胀到脚踝、小腿，青黑色随之蔓延到小腿，转眼就到大腿了……妈妈扎住小腿血脉，推我说："快，到下河屯找步天叔！"我撒腿奔跑。妈妈说下河屯有棵大榕树，榕树下有一条河，河边有茶园，步天叔在那里。我顺田埂奔跑，乌云翻滚，雷电交加，大雨倾倒下来，前后左右都是白蒙蒙的雨帘，我辨不清方向，一头滚进水田里……沾泥带水爬起来，大声哭叫："妈妈，妈妈，步天叔，叔叔——"没有人听见，前后左右都是水，都是雨，都是我的泪。我大声哭叫，张大了嘴，却发不出一点声音。我就这样直着喉咙叫，四面都是水，都是雨，却听不到一点水声、雨声……间隔一段时间，这个梦魇就会出现，我始终是七八岁模样，大眼睛，薄黄头发，在雨中奔跑、跌倒、大声哭喊，却发不出一点声音，醒来时，尚张着嘴，无声地喊……

第二个梦。我们在一张底片中旅行。一辆带篷马车，长长的泥土路，色调昏黄，雾气腾腾；听不见车轮声、马蹄声，道路无尽延伸；没有送行人，也没有人知道我们去哪里，我们自己也不知道……在一个码头，等待船开，突然发现一张票班次不对，他去换票，我进检票口。我在船上等，船就要开了，他却怎么也没到。我非常着急，心跳加速，走来走去，却不知道该找谁，也无法与他联络……我们要去一个小岛，人家说，那个小岛很美丽，很安全，有许多花，没有声音……船就要开了，他还是没到，我急着要跳下船……

第三个梦。我和他约好在一个花园后门见。群山黑暗，白霜般的月光照着我走的路，黑色树影在脚下晃动。我坐在木椅上等，不知等了多久，他没来，就想：我弄错门口了吗？绕花园围墙走。围墙上布满荆棘，透过荆棘缝隙，看见对面门口，月光勾勒出一个黑色身影。是他吗？我想钻过缝隙，穿过花园，看清那个身影。缝隙太小，又有刺，无论如何钻不过去。我绕着围墙走，找大点的缝隙。突然，荆棘间劈开一条小路，顺路走，我赤脚踩着冰凉的土地、夜草、白霜般的月光，越来越接近那个影子……我的赤脚触碰到冰凉、柔软、黏糊的东西，呀，满地都是蠕动的鼻涕虫！影子就在那里，要见到他，就得踩着满地虫子过去……我和他，手牵手，从山中飘出来，像两片纸人，白衣白裤，身子扁扁的。我们折叠的手，折叠的腿，轻盈摆动，轻巧地越过一些山石、树梢、荆棘。我们像风筝般，手牵着手，飞过城镇，那些积木般、瓦片般堆压拥挤在一起的肮脏楼房，我们都轻盈越过了。回转头，我和他无声地对视、微笑，冰凉的微笑像月光般洒下来……

梦醒，伏在枕头上，摸索稿纸，写下：

昨夜说的　今天都忘记了

一边写下　一边就消失了

熟悉的你　面目模糊
两个纸人　嘿嘿笑着
笑声没有温度

七

尾声。一封信。

我的朋友，我在祖国东部岛屿给你写信。大海环抱着她，散落的小岛礁是她的海星饰品，从南到北，一年四季，这里郁郁葱葱，四百年来，人们称她“美丽岛”。而你在祖国西部，你的城叫乌鲁木齐（美丽的牧场）。来自大洋的潮湿气流，最先抵达我所在的岛屿，穿过曲折海岸、宽广平原，翻越千里戈壁、茫茫沙漠、连绵山脉，才抵达你的城。那丝潮湿气流抵达你的绿洲时，已凝为片片雪花了吧？

这篇文字已近尾声，我坐在岛屿中部的一幢高楼上，露台四面敞开，潮润的海风呼呼涌来，拍打着木窗框，窗前几竿竹子唰唰摇动。城市在脚下，无数星点灯光在灰蓝的远方，流动成人间银河。城市已然睡去，偶尔一两声狗吠，呼啸而过的机车声，人家关门开门的声响。听不见虫鸣，夜花都闭合了，月亮刚刚半个，星星倒是大的。

打下“寂静”两个字时，也是在这个露台。那天，太阳还露着血红的半个，东天竟现出一抹彩虹，宛如幻觉，来不及多看几眼，就消失了。太阳沉入西天，飞翔的鳞片状金红色云朵漫天泼洒，不停变化着形状，从没见过如此飞扬、明亮、绚丽的天色！在岛屿的黄昏，我独立于天地间，讶异于世界的富丽多变。来自小小星球的小王子说，忧伤的人喜欢看落日。小王子每小时挪一个位置，就可看一次落日。这一个月来，我在岛屿看过多少次落日了呀？在岛屿北端，夕阳坠落在橘红色淡江中，一点声息也没，一切都是朦胧的、平淡的；而在岛屿最南端的垦丁，浪涛拍打海岸发出巨响，泛起的泡沫可诞生多少个维纳斯？太阳在变幻莫测的云彩中忽隐忽现，将阔大海面染成橘红、酡红、玫瑰红，这样的落日又是多么壮阔！如果说看落日是忧伤的，那么我应该喜欢日出。我在岛屿，记忆中唯一的一次看日出，就是与你们在帕米尔高原的喀拉库勒湖看日出，当万道金光从慕士塔格峰巅射出时，一切闪闪发亮，人啊，土块啊，草甸啊，全部活转过来，冰冻的湖面哗啦啦融解，雪山掀开她灰暗、沉闷的面纱，山脉呈现丰腴的曲线，牦牛一路奔跑进太阳中，那个瞬间，我们是在一起的呀。

在这岛屿，落日黄昏中，我开始写作这篇寂静文字。寂静属于外部世界，是当下的我们的生活处境。诺瓦利斯在《塞斯的弟子们》中说，一个年轻人叫夏青特，试图到外部世界寻找事物之母，他焦灼而兴奋，跋山涉水，穿行于蛮荒之地，在一望无际的沙漠中茕茕独行，到处询问人、动物、山岩和树木，既听不懂他们的语言，他们也只将沉默给予他。我们的外部世界原是寂静的、疏离的、分裂的。写作《小王子》的飞行员圣埃克苏佩里说，从高空看，“地球的主要根基是山、沙和盐碱组成的底座，生命在这里，只是像瓦砾堆上的青苔，稀稀落落在夹缝中滋生”。飞行在茫茫天宇，他如此孤寂，就想象遇见一个来自小星球的小王子，于是创作了一部忧伤、温暖、充满爱与美的童话。诺瓦利斯笔下的夏青特，后来是在故乡，在他最爱的女子面庞上，在清泉与花朵间，在他自己的内心，找到事物之母的。啊，我的朋友，这么些日子，我们各自经历的复杂状况，会让我们有勇气用温暖的爱的笔去抵抗那些人世寂静吗？或者，我们终归是如《城堡》中的K，于莫名的时间落进莫名的空间。一个黑暗的夜晚，一个下着白雪的冰冷的夜晚，一个无名村庄，一个永远也进入不了的城堡？又或者这个岛屿的人只禁锢在岛屿上，而你的城，墙永远无法推倒，绿洲终将被沙漠吞没，潮湿的泪水翻不过山脉浇灌不了牧场？爱与美足够有力量去抵抗外部的寂静吗？

我愿意用另一个词去替代寂静——静谧。在岛屿的黄昏，独立于天地间，假如我在落日中感受到忧伤，虽孤独，并不寂静，我愿意以静谧的心灵来体会这样的忧伤。静谧来自内心，大自然会激发培育静谧的源泉。落日之美会泛起我的忧伤或壮阔，会让我更加渴望美与爱，从而有了生的勇气与信心。在静谧的内在世界中，我站在大海边，仰望星空，想起沙漠，也会充满温柔与感动。所以圣埃克苏佩里在寂静的飞行中，用忧伤而温暖的爱的笔调创造了小王子，虽然离巴黎解放仅仅25天，他驾驶的侦察机坠落。圣埃克苏佩里的时代，尚有英雄。我的朋友，我们命该遇见的时代是，无论在岛屿，在沙漠，个人如尘土微乎其微。我们正在变成有厚厚硬壳的甲虫。即便如此，当我们拥有一副甲虫的躯体，将孱弱而柔软的肉体小心缩在壳中时，也要努力持有一颗人的心灵，那颗心灵，尚在反复思念并呈现那些静谧瞬间：

……喀纳斯湖畔，在木屋窗前读书，草坡延展到高高的路边，各色野花流淌到窗下。傍晚山转蓝，阳光闪灭，马背上一个图瓦童子的小小身影，几只羊肉肉地、缓缓地穿过草坡、云杉、红松，走出窗框外的世界……在台南龙山寺，月光发出微弱清晰的唰唰响，红砖地面上晃动着斑驳树影，更显得月光空明如水。四下空空、寂寂，一阵风呼啸着穿过寺庙芜廊，飞檐下铃铛叮叮咚咚，如泉水清冷，悠长齐整的诵经声远远传来……帕米尔高原的凌晨，远方、左右前后，是不可知的黑，温暖的黑色，墨汁一般厚重，芳香的黑，地上的黑漫到天上去了，我们沉默地挤在小小的铁壳里，亲密如兄弟，渺小而温暖，未知而信任……在花莲七星潭，雨后云层重压，太平洋墨绿延展，海水涌动着、积蓄着，卷起、滚动，向海岸层层推进，排山倒海般喧响着，泼下巨大浪花，雾气迷蒙。天地多广阔，海就多广阔，人是多么微小而伟大……

2014年10月定稿于台中，2018年重读，略改。

七月书简

7月10日

我在我们常去的那家茶馆给你写信。你本来应该坐在我的对面。窗外草地如你走前一般明绿，薄薄地泛着灰白的阳光，想来太阳底下是热辣的。但我无法听见蝉咝咝的鸣叫，如我们在东山看到的那种灰褐色的蝉，它们透明的翅膀被雨濡湿了，就飞不起来，趴在草丛中，呆头呆脑很可怜的样子。我带来看的两本书，都是你送给我的，上面有你圆圆的字，写着让人微笑的话。一本是但丁的《新的生命》，绿封面看着真是年轻清爽；一本是宝蓝皮贴麻衣的《枕草子》，我们已经有了周作人译的版本，因为我欢喜，你在昭明书店就又买了这于雷的译本。那些浅浅的文字，真是让人欢喜且动心的，你说，浅浅的文字，就好像我这个人，没有特别的深度。

你去美国有一周了。张兆和特别喜欢沈从文去外地，因为这样她就可以读到沈从文的书信。我好久没给你写信也没收到你的信了。落在笔下的文字，与日常的交谈会很不同呢。前日一个朋友和我说，收到我用八行笺写的信，感觉很特别。汉字一个字一个字地写在美丽信纸上，也须得一个字一个字仔细来读。汉字的性子是慢的，一目十行读得飞快怕是囫囵吞枣吧？金圣叹说，轻将古人妙文，成片诵过，是犯了天条呢。他说得吓人。总之是需反复咀嚼着去理解信中的意思，连同读信的感觉，都需是缓慢的，匆忙不得。好的意思、优雅的汉字、美丽的信纸、漂亮的字，还有从容美好的心思，都是搭配在一起的，少了一样，就不美善了，就可惜了。但我们现在只将写信当作交流信息的工具，交代完事情，一切就结束了。电子邮件自然便利，合乎现代生活方式，但总让我感觉匆匆忙忙，想表达点好的意思，这样的形式下就觉得生硬别扭，连同表达本身都做作了起来。若是在线交谈，词句简白、符号化，又听不见好听的声音，分辨不清神色间的繁复意味，这样的交流真是单一而枯燥啊。

但现在即便想将这些念头写在八行笺上寄给你，寄到洛杉矶时你恐已到纽约了吧？你收到时，我的心绪及所在环境也已全然不同了吧？又没有黄耳，也没有青鸟来帮忙，就是将书信藏在鱼腹中，鱼也游不过大洋去给你吧？若是藏在瓶子中，又如何恰巧就漂到你的手上呢？我听说古罗马时，有将信写在奴隶的头皮上的，待奴隶头发长了，才打发上路，这样信就很隐秘，收信的人须将奴隶的头发剃掉了才能看呢，这样的家书，才是“抵万金”的吧？还听说在西印度群岛，写好信，要等一种树开出两层的花瓣，将信藏在花瓣夹层里送出去，这样的信，一定芳香极了吧？这都是真有趣的，于今日加速度的世界看，也太漫长了吧？山中方一日，世上已千年了。

刚在《枕草子》中读到这样的话：“将非常长的菖蒲根，卷在书信里的人们，是很优雅的。”平安朝的女子给爱人写情书，即便几小时内可收到，也要附带些什么。收到的信中不夹些礼物，是让人失望的，随便什么都好，胡枝子、带朝露的柳枝、一片寡淡梨花，总要和端正认真写下的信放在一起，收到就别有风情了。日本平安朝的习俗其实是学的中土唐风。《会真记》里说，崔莺莺写了一封伤情动性的书信给张生，凄美极了的情词之外，还附着玉环一枚，取其坚洁不渝、始终不绝之意，彩丝、文竹、茶碾子各一，寓泪痕在竹、愁绪萦丝之意。书信与物事，都是为了传递心意，其中风情意韵又何止这些？辗转揣想，很有余音绕梁三日不绝之味。收信的人见着东西，体会着心意，想着佳人亲手折下树枝，沉吟半晌研了墨，冬日灯下伸了白素手垂了细脖颈一笔一画仔细写来，这是何等可爱的情景呀！这些风致，又岂是我们现在能体会的呢？

既是不能体会，若是这样去做，倒是东施效颦。所以我现在也不能给你寄书信，又不愿意写邮件给你，不过是先悄悄地写下这些字，等你回家来看吧。小宝，或者我不过是找了个理由来写字吧？你看汉字那样可爱，我轻轻一招手，它们就挨挨挤挤地过来，各个端着脸等我来挑选，我也没有蜜蜂帮忙，凭着感觉挑选好看的汉字，按着我的心思、偏好将它们排列，仅此就心满意足了。最近它们在争论，关于什么是好的散文，说要向以往的散文写作挑战。我回说，我并没有什么更好的意见和特别的观点，古人都已经说过了，“辞达而已”，“一言以蔽之，曰：‘思无邪。’”。我是这样理解的：“辞达而已”是说汉字表达的准确性，要准确地将所想的、所听的、所见的表达出来，其实不易，需要很好的观察力和想象力。我在下笔时，常常觉得“词穷”，或流于空泛的表达，这是因为我的观察力的匮乏及想象力的贫瘠，还有，就是我并不真正理解我用以表达的汉字。普鲁斯特趴在蔷薇花丛中大哭，哀叹自己根本没有写作天分，没有能力将所想的写下来；伍尔夫说她不敢读普鲁斯特的文字，读了她就不敢下笔了。他们尚且如此，我又有什么好抱怨的呢？“思无邪”呢？这是说文字之间心思的雅正、真挚。常常看到将汉字弄得洋洋洒洒，架子撑得满满当当，且如饭后的阴谋脸上的皱纹一般藏了许多高深术语（电线杆上缀满了亮闪闪的塑料叶子，以为是棵树呢），可读完也不知道他到底想说什么；高明一点的，的确能告诉人们一个概念、一种想法，但真是他思考的呢，还是写给人家看的呢？文采的确是漂亮的。我觉得一个人的能力和智慧真的很有限，我要是敢于或有能力将我理解、观察和体会的这个世界，用我们雅正的汉字，准确、真挚、坦白地表达出，而不是“遮蔽”地呈现，或仅仅是个空架子，就心满意足了。

还是回到“你去美国有一周了”。（呵，我的心思如此泛漫，就像那种从树脚就长了枝枝丫丫的树，比如被唤作“千枝”的樟树，或满头满脑都是“小扇子”的银杏树。）美国，美国。这两个字如此抽象，即便你告诉了我你是在南部的伊利诺伊州，我甚至上谷歌如老鹰向兔子俯冲般查了地球上你的位置，还是觉得你是去了外星球了。这要惹那些洋气的人笑话了。但你想想，伊、利、诺、伊，因为是音译，这几个汉字排在一起，真是毫无道理，模样古怪，让人咬字不清，无从记忆。我们说汉字是属于自然的，譬如草莽英雄，这个“莽”，原是说一只狗在草丛中窜来窜去，很鲁莽的样子吧？“锦官城外柏森森”的“森”，人行走在很多很多树木中，日光为之遮蔽，荫翳潮湿，光线昏暗。水声潺潺的“潺”，不但像水流的样子，也模拟了水的声音吧？太阳升到了树梢上，照耀四野，万物就明亮起来，灿烂无可比拟，这就是“杲”字，上日下木，明亮的意思；到了傍晚，太阳下山，落在树木底下了，天就昏黑了，万物陷落在遥渺幽冥之中，这就是“杳”，上木下日，昏暗的意思。而拉丁文字呢？是属于城邦，属于广场，适宜在公众面前演说的，是要面对一大群人，高声大气地滚滚吐出来的。前儿听马丁·路德·金的演说，那种排山倒海的气势、变化万千的音节感、繁复的旋律感，如此激动人心，富有煽动力，而一旦翻译成汉字，这种音节感、气势就减弱许多。至于音译为汉字的外国地名、人名，更加古怪，因为它们脱离汉字组合创造的自然之境了。何况，我们在读一个中国地名时，总有许多联想：福建称作“闽”，因为有条闽江；江西有赣江才呼作“赣”；龙泉出产龙泉宝剑；杭州让人想到东坡肉、苏小小墓、蔓延无边一一举着的荷花（正当时!）；扬州是“二十四桥明月夜”、乾隆下江南的幢幢画舫；苏州，当然是唐伯虎点秋香的虎丘，且说且唱又扮角色又作旁白满口俚语如今都成了古雅东西的评弹；无锡呢，东林党人书声雨声家事国事也挡不住血雨腥风王朝覆灭……小宝，你说你所在的城市叫 Campaign，译作“香槟”，是这个城市的香槟特别好喝的缘故吗？

但我并不缺少有关美国的知识。这里那里到处都见着麦当劳、可口可乐、花旗银行、福特汽车；南北战争、《我有一个梦想》、水门拉链门按摩门，谈论这些就像谈论天气一般稀松平常。还有文学艺术：卓别林，因为他我爱上了电影；纳博科夫，他满脑门儿写着机智与聪明；海明威，20 世纪 20 年代的巴黎公子哥儿，莫里斯说因为海明威的小说才发现“原来美国也有文学嘛”；田纳西·威廉斯，是他引我进入现代戏剧之门；当然不能忘记菲茨杰拉德的小说，村上春树说他读了 20 多遍《了不起的盖茨比》，不知道是否夸张，今天再读，菲茨杰拉德制造年轻的美国梦的强烈冲动，以及梦幻破灭的绝望和虚无感依旧深切刺激着我。啊，亲爱的小宝，我罗列知识，仅仅想问你：为什么我拥有了这些知识，还是无助于培养我对一个外国地名的亲切感，我想，先是我缺乏亲身体验、感性认识，缺乏将知识落实下来的历史感，但我还是觉得，对一种异域文化的了解，只是让我隔靴搔痒地徘徊于他们文明的门庭，了解得再多，也不能登堂入室，也无法将他们的精神化为自己的骨血。因为，我已经拥有了自己的一种骨血，而造血细胞便是这些汉字。我的心田已经播下了一颗种子，另一颗种子，哪怕只有芥菜籽那么小，也是无法发芽的。

不过以后再读到芝加哥、波士顿、华盛顿这些地名，想着你曾经走过那里，想着我因此啰唆地用汉字写下这封信，这些名字对于我就生发了意义，也就变得亲切而生动起来了。

7 月 14 日

亲爱的小宝，中午我在厨房，一面洗红嘴的菠菜，一面听蝉大声叫唤。就在靠近厨房窗外的那棵樱花树上，3 月底开满树很薄很轻透明的樱花，一阵风就刮下许多片，五天后，花啊叶子啊杂错得很难看，终于一片花瓣也不留存的那棵樱花树，如今被蝉霸占。真是夏日有力气的蝉，想来是蜕了几层皮，很年轻很新鲜的那种，叫声齐整响亮，就像今天的阳光一般鲜明、热烈，那份汹涌的狂热劲头，让人全然不会想到秋风起时它们“不如归去”的凄凉。小宝，其实我是想说，几年前我们一起在大慈岩，看蝉才蜕了皮，嫩嫩地趴在树身上，薄薄的褐色蝉壳在风中颤抖着，着实让人担心会掉下来，你就一颗一颗捡起来，装进口袋里。你说小时候在上海，拿支顶头是铁丝叉子的竹竿到处跑，叉子上粘蒙着蜘蛛网，毒太阳在头顶也不管，一味眯着眼去网那些旁若无人声嘶力竭的蝉。捉了蝉用绳子扎住翅膀，一路拖着跑，它们一会儿撞到树身上，一会儿撞在地面上，硬硬地壳壳地响。实在想不出，三十年前的上海竟还是有很多田野很多树的。

真想知道你小时候的样子。即便看了照片，还是想象不出那个尖下巴单眼皮大眼睛的小男孩就是你。也实在想象不了当时你做的事、说的话，会不会如现在一般笑起来嘴角有很羞涩的小括弧，包括你那时候怎么挑食以至于长成一棵细细弱弱的芦苇，全不是现在这般沉厚结实。十八岁以前的你是什么样子啊？居然有那么长的时间，你我都在这个世间，我却对你一无所知，这是多么骇人呢！可见两个人也并不能够完完全全相互拥有，就是父母、兄妹，也总有间隔了不见的时间。非得等到那么一天，日月星辰汇齐了，刚刚好的，你走到那棵树下，我也到了那里，然后一起扭头看见了，一齐说："呀，你就在这里吗?"

我童年的夏天也有蝉，十岁的我和我的爷爷听蝉叫唤，我的爷爷将竹床沿街摆放，提来井水泼地，待得闷闷的潮气散尽，爷爷歪在竹靠椅上，我坐在竹床边，听爷爷讲倭寇、妈祖娘娘、许仙白蛇的故事。当时我刚过门的婶婶，满头卷着卷发器，穿件小翻领碎花连衣裙，弯着绿腰一下一下从井里提蓝色冰凉的水。黑色钢丝电扇嗡嗡嗡地慢慢转动脑袋，将影子投在烟灰水泥墙上。台风来的时节，松木半门被吹得咿呀咿呀乱叫，散了身架一般晃荡着，我就跑过去，拿只木凳子顶住它。这些事情，我都在《爷爷和花和故事》里写着的。你是知道的，爷爷去世时，我开始写这篇文字，一边写一边哭，你就摸着我的脑袋，看着我的眼睛。可是小宝，即便你读了我的文字，也难以想象我的童年吧？我文字里所构造的，仅仅是其中的一个一个画面，似乎很难连缀成一串完整的时间。就是我自己，读文字时，也似乎在读别人的故事呢。我们是回不去了。那些个我想要的如诗的黄昏，那些故事里忽闪忽闪的精灵，那些穿梭在戏台上的才子佳人，都如蝉一般蜕去了一层层赭色的壳，蝉的声音年年响亮着，年年也会慢慢喑哑下去。只剩得如蝉衣般的文字，在风中颤抖着，我如你，将它们一颗一颗捡起，收在时间的袋袋里。

我们独自度过的夏天，始于那个名叫凉城的朴素小区吧？穿过排排坐着剥绿毛豆的婆婆，她们的灰白脑袋如摇头风扇一般跟踪我们，善意地窃窃私语，探询着这对新来的年轻人。在穿睡衣遛狗的阿姨的威严审视下，我们一趟趟驮着书爬上七层楼。打开南北大窗，潮润的风将摊得满地的书页子弄得哗哗响。竹席子铺在地上，你坐着整理那些书，有时候你按照作者的生卒年来排，有时你又按出版年份排，过几天又按照国别排。古人晒书得好大地盘，那时候，在我们小小的房间，你大概也只能颠来倒去地排排那些书吧？在你津津有味地埋头苦干的时候，我蹲在厨房水泥地上，电炒锅架在两块红砖上，烧得发红滚烫，青菜倒进去，嚓的一声乱叫，油烟和香气就顺风飘溢到整个房间。我挥汗如雨，脸蛋通红，高声地隔着过道和你说话。这些瞬间，离现在也有十年了。一切都那么简单而历历在目。夜深了，我们将沙发搬到阳台，面对面坐着，我将脚架在你的腿上。我看的是《聊斋》，那些女狐狸出没的时间，也多在夏夜吧？夏夜的狐狸必是美丽妩媚的，能喝酒，会说笑。

但是十年后，你却在美国。时间的错乱让我怀疑空间的真实性。我在睡梦中时，你在安静宽大的校园看书；如今我这里正是蝉声喧哗的白日，你却已呼呼睡觉了。真是神奇啊！不能同步感觉着你，便觉得你如此遥远。我试着想象你的每一天，你也全都告诉我了，还是难以确认。就如我难以想象你十八岁以前的时光一般。亲爱的小宝，如今你能想到吗？我正蜷缩在客厅白沙发上，在日记本上写下这些话。妈妈在厨房，汗流浃背地炒米粉给我们吃，她说米粉一定要配上黑的香菇、绿的芹菜才好看，加以蛏干、肉丝才入味，水不能太多，太多了糊，太少了又太硬，她说等你回来时也炒给你吃。餐桌上散滚着新买的麻脸赭红荔枝，我的穿丝白裙的姐姐在桌边剥了壳将莹白柔软的果肉塞进嘴里，听爸爸用莆田方言念《撒谎歌》，那是小时候大暑天里我一边吃荔枝，一边听爷爷念的：

大年三十月光光
一个小偷偷荔枝
被个瞎子看见了
瞎子叫来个哑巴
哑巴喊了声
被个聋子听到了
聋子找来个瘸子
瘸子拿把无舌扁担去追
追呀追　追到大桥边
扑通一声
小偷跳了河
瘸子用无舌扁担去钩
钩住了头发拉上来
原来是个和尚
上衣湿了　裤子是干的
……

昨天夜半梦醒，一身是汗。似乎你和我在一座封闭的山中，纷繁复杂，前世今生，都经历过了。伏枕细细回想具体景象，却又不能够。索性开灯来看阿连德，看阿连德说夏日里赤裸着身子在厨房做漂亮的菜吃，符合感官世界，自己笑起来，也想这么干。再次醒来，已经9点30分了。吃过早饭，告诉爸妈说要去公园拍荷花，冒了大太阳跑去，一枝也无，去年我们坐着看的水塘中的荷花不知何时全被拔光了。懊恼。就坐在水边看黑天鹅，它们一点不理人，一对一对，自顾自相互叫唤，亲嘴，理毛，戏水，游来游去。坐到10点30分，蔫蔫回家，路两边各样摊点已然排出，就蹲在一个瓶瓶罐罐摊头，挑拣得草莓花样碗碟三个，也不知何时会用；对面的西瓜摊，西瓜圆圆的，堆得小山般高，中间埋着个圆脑袋男子，赤裸着上半身，好一个圆肚子。进小区时，蝉在树上吵闹地叫嚷，一只橘猫，擦身奔过，跳到短墙头，躬一下身子，回头狡黠地看了我一眼。

7月20日

今天我在夏朵咖啡馆。这个夏朵，总让我不小心就错过了。它陷落在一堆灰蒙蒙难看的楼房中。你留心过吗？它左边是个不锈钢卷帘门五金店，右边人家将彩旗般难看的衣服叮叮当当挂在竹竿上随随便便伸了出去。进夏朵的门，总要低头弯腰虫子般很费劲地钻进去呢。钻进去，就被裹进一个舒适的蚕茧中。“欢迎光临”的齐整迎宾语、有声无气若有若无的音乐是围裹出这样一个小小蚕茧的柔绵的丝。我还是坐在靠窗的10号桌，依旧是紫色四方桌布，外罩一条菱形宝蓝棉布，桌上一个细长玻璃瓶内插一朵大红康乃馨（好歹是鲜花吧），一个木架罩灯悬吊在桌子上方。落地玻璃窗下部从内里蒙上薄薄的米白窗纱，这很好，让我看不见窗外凹凸发黑的地面。正对面的砖墙很刻意地涂成灰绿，倒挂着一排干花：粉红的勿忘我、暗红的玫瑰——时间早已夺去了她们的鲜嫩容颜，周身散发着干枯萎靡的美丽，她们日复一日地悬挂在墙上，该是怎样心神恍惚、思绪苍白地回想着曾经光艳的时光呢？

夏朵的主人大概是看中了它的位置吧？政民路以北是财经大学，南面是复旦，靠西还有城建学院。这样的枢纽地带，稍稍留心，生意总会好吧？亲爱的小宝，你记得吧，这条柏油政民路，也是近年才冒出来的。我们在复旦读书时，那原是条铁路。我们在第四教学楼上课，四教后面是一道土围墙，土围墙有缺口，几块活动木板挡着。下了课，我俩就从缺口溜到墙外。当时沪上不像如今这般寸土寸金，恨不得在指甲盖上砌砖块，偌大的地方荒废着，没膝的杂草，一丛丛开着的不齐整的美女樱，细颈的酢浆草，弯着腰在阳光下闪闪发亮自以为得意摇头晃脑的狗尾巴草，以及从地上很唐突地冒出来，却有非凡诱惑力让人去采下，吹出一朵朵小“降落伞”的蒲公英。我是经常这样将蒲公英吹得你满头满身的。你将我背起来，避开那些小小的扎人腿的褐色麻刺，高大黄连木下，细细的黄白花才刚刚垂挂下来。我们一起仰脸，看不见的圆圆太阳将它的恩赐金雨一般倾泻在我们脸上。

越过一丛带刺的难看灌木，是两块木板拼成的一座桥，下面是河，河两边被杂草深深淹没，看不见水色，听不见水流声，就是跳下去恐也发不出声响了无踪影吧？两边荒地沿着河漫漫延伸，没完没了。当时，我们牵着手，对什么也不害怕，只觉得春日的午后，阳光下到处有草香，有飞虫咬了我的手。这样过了桥沿河走，会看见淹没在草丛中的一个小木屋，矮矮的门虚掩着。也不害怕，推门进去，原来是个暖房，泥地上堆放着盆盆坛坛，三面木板墙还搭起好些木架子，堆着陶陶罐罐，好些蒙着黑色油布。是生物系哪个老师的实验基地吧？我蹲在地上，打开两个油布包的坛子，黑乎乎一堆泥，什么也看不清，我原是一直担心会看见蛇啊虫啊什么的。或者其中孕育着奇妙的苗芽呢，因为我的破坏，那个春天，它们是再也长不出来了。当时，我们对这些并不感兴趣，没心没肺地连油布也不包，就撇开去。我们只是忙于越过木屋子，一味沿着河走，只是沉湎于我们自己的欢乐，只是不停地谈论、笑。这荒芜的地方，好似人间天堂呢。在你的背上，我望见围墙外有条铁路，说："怎么不见火车经过呢？"你说："这里的火车都是夜间开的呢。"你是哄我的吧？

小宝，是什么时候这河流被填掉了，铁路被铺平了，杂草也被铲除了，高大的黄连木都被拔掉了，还有那木桥和木屋子，随我们的年少时光一起不见了？我这样从夏朵望出去，政民路北面，原先河水流经的地方，建起了十几座灰色楼房。原先的铁轨就是这条水泥政民路。它的两边，排列着住家和商店。肮脏难看的卡车大呼小叫地碾过地面，毫不收敛。红色蓝色黄色出租车、三两个心事重重的学生、夹黑皮包神色匆忙的男人，全都像这燥热的尘土一般无精打采又心神不安。路对面堆积着中想网吧、傣妹火锅店、优行相摄影、有着大大的红色圆形字体的游艺城、依恋婚纱摄影（几幅新娘照，蒙尘的玻璃窗），贴近商铺，矗立着几幢高楼，土黄、浅白、鹅黄三色外墙砖，再后面就是一大群灰鸟般的光秃秃楼房。

灰尘满面。心烦意乱。夏朵的主人是否有同样的感觉，故而在这一片杂乱中营造出这蚕茧一般的夏朵，让人钻进去就不想出来？这种慵懒的舒适，未免也如那些干花一般，美丽的魂灵还游荡在过去呢。究竟不真实。我的前面是一个短发女孩子，她一手夹着烟，狠狠地吸一口，一边狠命地敲着键盘，只是偶然抬头，目光从方形镜框逃出，在我脸上逗留了两秒钟。小宝，我其实很难知道，这是否就是曾经的我？她是否在十年后又想象曾经的她？十年后这夏朵又是否存在呀？或者这里又将变成河，又有火车在夜间穿过？我面前摊着的书，上面印了这样几句话：

年岁过去，身体虽然衰老，
但看着花开，
便没有什么忧思了。

我既然看着这些残败的干花，又怎能不忧思呢？只是我的身体还不曾衰老，这忧思，又从何而来，所忧的究竟又是什么呢？小宝，我真想给你打电话，想着你在美国，如在遥远的云天，心下怅怅。斜对面有个外国女郎，可是美国人？她很出神地用长而细的手指头翻动菜单，仔细研究。她的额头高而阔，将一头金发梳到后面，一小绺垂在耳边，这让她显得美丽而忧郁。我不知道小宝在美国，是否也有金发女子仔细地端详喝咖啡的你呢？空间和时间一般，都是无法确定的。

就譬如刚刚外面天空中还堆着铅灰色的云，杂乱的车乱开，扬起很多灰尘，这样将夏朵的优雅安静衬托得很不真实。行走的人的脸都匆忙而燥热。沉闷的空气不用说我也能隔着窗户感觉到。可是突然，有一道阳光，穿过密密匝匝几乎无法突破的灰云，偶然落在对面那些杂乱的招牌上，金黄阳光，神启一般，照亮灰黑的一切，一切就鲜活起来，流动起来。这抹阳光，着实让人心动啊，如同我们灰色生活中愉快的瞬间。那铅灰的云层，也被扯开一块透明的蓝，让世界的灰有了片刻的通透。

很快地，云层又遮蔽了蓝天，阳光倏忽一下就不见了，一切又恢复了它们平淡无奇、死气沉沉的样子。但是，这样偶然的阳光，让我的记忆有了惊喜。亲爱的小宝，你会有我这样的感觉吗？其实我今天是在等待一个作者，一份稿子需要修改，他已经迟到，也没有打电话来，我这样百无聊赖地等着，既不生气，也不喜悦。这时候我瞥见了一个熟悉的背影，是G君，小宝，你想起来了吗？他曾和我最要好的女友T恋爱，双双去了美国，再无音讯。他突然出现在夏朵，人胖了许多，胡子拉碴，我还是一下子就认出了他，也因此想起我们一起读书的时光了。

7月26日

下雨天原是很诱人的，这你是知道的。虽然连日暴雨，出门必得带伞，且又不得洗衣晒被。妈妈坐在矮矮的木凳上，剥着毛豆，隔了纱窗，看大颗的雨流过屋檐直往砖地砸去。这也没什么懊恼，那些被晒得低了头的花树全都湿漉漉地心神舒畅着，风里带着雨气，不复有夏日的闷热。夜里更觉得凉了，空调自是不开，南北窗全都敞着，很是舒爽。爸妈已经睡下了。留一盏台灯，坐在窗边的藤椅上。雨应是收了，只楼上竹竿挂着的残水东一下西一下没头没脑、毫无道理地打着雨棚，零零落落，倒不知什么时候终了呢。

将夜来香搬到窗下，雨水湿了裙边。夜来香细细的茎，举着青绿色小花，白天全都合上，夜晚却将小小的五个花瓣向后仰着，花芯向外尽力凸出来，那副执拗的样子，看着很可笑呢。凑近了嗅花香，过于浓烈，且带着青涩，味道很土；一阵风来，夹着雨气，中间恍惚飘着一丝香气，才是极清极雅的。墙外的车踩着湿滑的地面，不时哗地过去。是清晨？是正午？亲爱的小宝，你正在去纽约的车上吧？你所见的人和风景，都越过了我的经验，你的时间，令我困惑。但我在你熟悉的花园，伴着这夜来香，它们在你回来的时候，也会依样盛开。这个时节，蔷薇花叶子落得差不多了，书带草伸出紫色花苞，且是白兰花、茉莉花、栀子花开放的时节。夏天原是香气浓郁的。只是这么多香气混杂着抢夺主人的欢喜，总有点小小的野蛮吧。

也是下雨的黑夜，窗帘密闭上，听舒伯特。你叹息道："每次听舒伯特，都要泪出，他有如此单纯的仁爱。"我问："莫扎特不单纯吗？"你说："莫扎特也单纯，但那是没心没肺的，你会觉得他美，却不为所动，他如神，高高在上于天，无爱无嗔，非善非恶，是空灵的，甚至是调皮的；而舒伯特就在你身边，他是竹子，极清极仁的，和你靠得很近，对，是竹子，不是梅花，梅花总有一种傲气、一分拒绝，和你存着距离。”我笑：“那么说莫扎特是冰凌花，或者雪莲了。肖邦是什么花?”你沉吟一会儿，看见墙边的兰花，说：“或者可说是兰花吧。他是那种很静的、有点落寞的、美到无力的花。”我问：“你不是说肖邦也有很强有力的曲子吗?”你说：“是的，他就是无力极了所表现出的一种力度。任何一个作曲家，都很难用一个词语来概括，尤其像巴赫、贝多芬这样，他们的面向很复杂。贝多芬是热情的、闲散的、暴烈的等等，身上还有一种黑暗意识，这个黑暗意识，在瓦格纳那里发展到极致。”我又问：“那么勃拉姆斯是什么花?”你说：“勃拉姆斯的人性和舒伯特比，更贴近大地，他应该是一种花瓣很厚很柔绵的花。”我说：“是玫瑰吗?”你说：“玫瑰的花瓣近似，但香味过甜一点。”我说：“牡丹花?”你说：“牡丹过于外向了，太张扬了，他是内敛的。”我左右还是找不到合适的花。

将音乐比作花，我很听得进去。对音乐，我一向是“莫知莫觉”。每当我不过大脑地将奏鸣曲说成协奏曲，D大调答以降E小调时，你总是哀叹“不可教也”。能怪我吗？那些模样古怪的乐符随便一组合就变成不同的旋律在空中流来流去，不同时候不同心情听起来感受也不同（在这点上，和香水很像），我如何捕捉得住?我所能接受的是那些稍稍形象的、似可触摸的曲子，比如杜普雷的大提琴呀，喑哑柔和，最接近人声，我听得懂它在呢喃诉说些什么；比如卡拉斯的歌剧呀，与其说我喜欢卡拉斯的歌声，毋宁说我喜欢的是她歌唱中的故事。上大学时，你放老柴的《悲怆》给我听，因老柴的旋律是极美的，一般人都欢喜，也容易进入。我就努力来想象悲怆的感觉，想象出乌云翻滚的画面，试图用语言或文字描述出来。你告诉我，音乐不是这样听的，它直接进入人的心灵，不可言说地打动内心，对音乐的阐释是无时无刻不在变化中、流动中的。我后来告诉你，当听到亨德尔《弥赛亚》时，不知何故，我热泪盈眶，很难分清是悲伤还是感动抑或是什么，你就笑说，这样，就是听了音乐了。

无论如何，我对影像还是更为敏感。浮云一闪一闪划过水中呀，穿红棉袄的妇人在水边捣衣呀，水边的芦苇在风中倾斜了身子呀，这些，可感、踏实。所以，你将作曲家的风格比作花，我是欢喜听的。但即便是对音乐的体验如此笨拙，我还是习惯了有音乐的时间了。音乐如同阳光。阳光一点一点移动，落在线条繁复的藤椅上、有点呆的地板上、淡白的墙壁上，所到之处就闪闪发光，充满灵性了；没有阳光的地方，是阴暗的、晦涩的，是寂寞、索然无味的。光就是灵，就是生命。音乐也是，当音乐流动，这枯寂的房间就充满了灵氛，我的生命就漫溢着光线，一切就透明、闪闪发光起来。啊，小宝，你就是我的阳光、我的音乐，只有你在的时间和空间，我的生命才会闪闪发光。

花园里第一批白兰花全都开足了，开始孕育下一茬；茉莉正开呢，每天爸爸都能收下十来朵，不知这样洁白、简单的茉莉是否也开在美国的校园？亲爱的小宝，往常这个时间，你一定在书房，只要我探头进去，就会见到你圆圆的脑袋，从一堆书中抬起来。有时候你也歪在蓝沙发上听音乐。你的蓝沙发，你的弧形藤椅，你的黑色台灯，一如既往，乖乖安静地待在那里，被灯光雕出阴影。你说，美是有时间的，顿挫的、最难的不是如何写明亮，而是如何处理阴影；不是如何写实，而是如何去留白。你听舒伯特的音乐时，就是这么坐在藤椅上说，舒伯特的音乐富有阴影之美。

去美国的前一晚，我进书房时，你正在听马勒的《第四交响曲》。你说，马勒的音乐非常奇怪，不喜欢他的人，认为他是个二流作曲家，音乐平庸、神经质，宣泄情感，不克制；喜欢他的人，将他比作精神导师、基督，而不仅仅是一个作曲家。像欧洲这样传统深厚的地方，倒比较宽容，可能喜欢像马勒、勋伯格、斯特拉文斯基这些音乐家的作品；而在一些年轻的国家，比如美国，反倒对马勒不以为然，美国一个音乐评论家写的音乐家传记里，根本没将马勒列为伟大的音乐家，他们可能更喜欢巴赫、莫扎特等，因这是更为稳妥的审美。如今你在美国，是否依然持有这样的理解呢？

等你回来的时候，我要放哪支曲子迎接你？记得一次你从广州回来，我放大卫·奥伊斯特拉赫的小提琴曲，整盘曲子都播完了，你还没到，只得从头放，第一曲才结束，门铃就响了。

本文完稿于2007年夏日。2018年重读，改了几个字。我的心绪，能回到十年前那个夏日吗？

立夏

一

蔷薇拼尽最后气力，吐放出浓郁而颓败的香气。一夜风雨，满地花瓣，半落了花的花萼挂着水珠，呆呆裸呈着；她们的花房会变胖，过些时日，会变成红色。我扫尽花瓣，倾入泥中，从哪里来，归哪里去吧！梅花、杏花、油菜花、樱花、桃花、垂丝海棠，渐次开过了。在古希腊，春夏之交，少女们要祭祀阿多尼斯送春；中国传统是要到芒种节，少女们才将丝线缠绕在花树上，又用柳条花瓣编成轿马，祭祀花神送春。立夏时节，花神还在大地徘徊，那些米碎小花，是她渐薄渐淡的衣裙碎片。而所谓夏，假也，“物至此时皆假大也”。如果说四月是女性的、阴柔的、未定型的，紧接而来的五月则是男性的、阳刚的，一切都竖起、挺立，一切都在生长，力量回升，血脉偾张，骨骼噼噼啪啪爆响，万物已悄悄坐成了胚胎，一切都定型了。

不必为妩媚之繁花四月的流逝悲叹！树木是五月的主宰。蔷薇花尽，枝叶却汹涌地覆上短垣，与回绿的爬墙虎错叠；新竹终于停止拔节，分出枝杈，过不了几天，就缀满叶片了。四月里树们伸出毛毛小手、粉红小拳头，微张着小眼睛，它们那些有白绒毛的小叶片，在五月初的暖阳中，尽情呼吸、舒张、伸长。早安，我的树兄！眼前所见，是怎样色彩富丽的树木啊：明红、橘红、赭红的红枫、槭树与红叶李；银杏顶着满头满脑平庸绿大半年，只为了十二月那数日的明黄绚烂；梧桐送走最后一批绒毛种子，嫩叶已有巴掌那么大，明净透明的绿，不带一点锈斑；还有香樟的鹅黄嫩绿、松柏的积年暗绿……层层染染的绿，光影闪烁中，又变化出多少层次呢？

向复旦走去，国顺路两边的香樟树热情地迎上来，又沉默地退向我身后。当我腰肢纤细身穿碎花连衣裙时，它们还是小树，蓬着童花脑袋站立在路边看西洋景，每天我欢欣问候：早安，我的香樟树！它们就报以快乐的摇曳。如今它们已长成大树，而我常是行色匆匆、心事重重，许多时间竟完全忽略它们的存在。但今天，是鹅黄嫩绿唤醒了我，青涩香气充满着我。香樟树浑身上下枝叶树干原是香的，立夏前后几日，香气尤盛。仔细看，原来繁茂枝叶间，正开着一丛一丛碎花，呈总状花序，每朵也有六片花瓣，微雕一般，花与叶都是青黄色，不留心观察，很容易忽略，远看不过是一树的鹅黄叶子。五月凉风，枝叶摇曳，米碎的花雨一般落下，满地点点青黄，眨眼就与尘泥混同了。在八九月结出青色果子，十一二月转成了黑色浆果，被鸟啄食了，掉落了，或只是干干地挂在枝上，直到来年春天……

一年一年，多少重大事件流过，我记得的只是一个个瞬间，那些瞬间，因了一个物件、一丝香气、一种景象，过去时光，埋藏于记忆深处的，便会如影像闪回，发黄而明晰——某年，去丽水看通济渠，十几棵巨大香樟树临溪而立，溪水潺潺，我与友人缓缓而行，他一路叫“好香”，我一路嗅着掌心的青黄小碎花。又某年，我和小宝在南浔嘉业藏书楼，河边也有数十棵百岁香樟树，它们见证着藏书楼主人，是如何倾三代财富，藏书百万，印刻无数，藏书楼又是如何躲战火躲“文革”，侥幸保存下来。我们坐在树下读书，我读的是《仲夏夜之梦》，河岸边有人唱昆曲《牡丹亭》：“则为你如花美眷，似水流年……原来姹紫嫣红开遍，似这般都付与断井颓垣……”当时，香樟花不停地落，一地米碎的青黄，五月凉凉的风，风中的香气，水面的清疏，婉转之歌吹，流水落花春将逝，仲夏之夜尚未至……

二

光华楼敞亮的教室，小宝在上卢梭的《忏悔录》。我熟悉的爱人，站在讲台上，似乎是别一个人。他沉思地望着前方某个点，微微向前倾着身子，将思维层层推进，间或问学生：“你们说是不是?”这个问句，仅仅是一个逗号，一个休止符，一下喘息，并不影响他的思维的逻辑推进。黑板右侧有他板书的几个字“改造思想”，这是他附带讲的《论戏剧》开头一章所涉内容，卢梭批评，启蒙思想家与他们所批判的教会，有着共同特征，都试图改造人的思想。小宝说他开这门课，只想引导学生如何去读一部经典，像卢梭一般，学会自我学习与独立思考，他说，大学首先是培养一个人，其次才是传授知识。学生们竖着脑袋静听，我分明看见，那个我，瘦弱的、迷惘而爱幻想的十八岁女孩，也正坐在其中……当时的我们，正值生命的春天，如今已迈入秋季；当年的学生，成长为老师，而当年的老师，都在哪里呀？

丁零——陌生的、几乎难以觉察的下课铃声，克制、清冷、简洁。这种铃声，不是我的小玛德莲饼干，我的记忆里没有光华楼，它那灰色结实的身影尚未可怕地耸立在草坪上……划痕桌椅，泛潮黑板，粗野嘶哑的铃声，昏暗的宿舍走道，乱糟糟的广告招贴，经典电影，实验话剧，“黑夜给了我黑色的眼睛，我却用它寻找光明”……20 世纪八九十年代的大学校园，留存下的那些肌理毛糙、思绪纷杂、激情四射的未定型的东西，纷纷进入“改造”“规制”中，自由之精神、独立之思想，被强有力的手反复擦拭、重新书写，只留下模糊的痕迹，以为是幻觉。——21 世纪的今天，矗立在我们眼前的只有这一幢整洁明净、一丝不苟、内脏精密、无所不有的光华大楼，在这个现代城堡面前，一切终归寂静，万事皆中规中矩。这当儿，小宝还在讲 18 世纪卢梭的自我学习、独立思考，真好似一只秋蝉，尽力地拖长沙哑的、声嘶力竭的最后鸣叫。

秋蝉声嘶力竭地鸣叫，是慕恋夏日那盛大、浩荡、汹涌的激情吧?

我先到光华楼前的草坪等小宝。修治平整的小叶女贞，开着细密如雪的白花，等到洁白的花变成浅咖啡色时，栀子花又将开了……小宝从光华楼荫翳门洞下冒出，沉思地微躬着身子，向我走来，深蓝衣服，阳光将他的面容照耀得很光洁。他坐下来，意犹未尽，继续对我讲《忏悔录》的结构，讲章节间的奇妙承接，说是像交响曲的一个个乐章，讲他对某个细节的理解，研究者的一些错误认识。他讲这些的时候，眼神深邃、发亮，凝结着多么深切的热爱啊!

去年，正是立夏后一周，我和小宝从法国里昂到尚贝里去，因为卢梭说，在尚贝里，他度过了一生中短暂而幸福的时光。我们从尚贝里城区出发，步行前往沙尔麦特，当年卢梭与华伦夫人隐居的郊外农庄，如今是卢梭博物馆。卢梭是这样描写在沙尔麦特的生活的："黎明即起，我感到幸福；散散步，我感到幸福；看见妈妈，我感到幸福；离开她一会儿，我也感到幸福；我在树木和小丘间游荡，我在山谷中徘徊，我读书，我闲暇无事，我在园子里干活儿，我采摘水果，我帮助料理家务——无论到什么地方，幸福步步跟随我；这种幸福并不是存在于任何可以明确指出的事物中，而完全是在我的身上，片刻不能离开我。"

五月的法国原野，真是色彩绚丽的油画，我因此很理解印象派画作并非主观之印象，恰好是现实主义，画家捕捉到了瞬间之现实印象，正如中国水墨画也是现实主义，只要你到桂林山水或雾中的庐山去看看。上午10点，光线明丽如水，走过几幢光影鲜亮的房子，拐上卢梭路，越过一条平缓宽阔的河流，在小径分岔之处停下来：路标指明，右边上山的泥石小路就是去往沙尔麦特的。这条泥石小路，是否与当年一模一样？这是卢梭反复走过的神奇之路啊！每天清晨，他就是从这条路一边走一边大声地祈祷？我们在大路上走得一身热汗，过分通透的日照，将头脸烤得火辣辣的。拐进泥石小路，如饮冰泉，通体清凉，越往山上走，树木越葱郁，两边又是葡萄园，一条蜿蜒小溪隐蔽在浓密树木中，有时露出一段清流，有时只听见潺潺水声。周身流溢着树木草叶的芳香，脚下是我不认识的花草。第一次去沙尔麦特过夜那日，华伦夫人半途下轿，和卢梭慢慢走着山路，突然指着篱笆边一朵蓝色小花说："瞧！长春花还开着呢！"长春花学名catharanthus roseus，她说的应是蓝珍珠，花瓣蓝色，中间白眼，四五月间开，华伦夫人叹息它"还开着"，那么，和卢梭第一次前往沙尔麦特，应是初夏吧？三十多年后，历经艰辛的老卢梭再次看见那种花，高兴地叫起来，他想起的是"妈妈"说这种花时的声音、姿态，以及在沙尔麦特生活与思想的全部吧？我一路搜寻这种蓝色长春花，对每棵树、每枝花都报以敬意，它们或曾获得过卢梭的注目（不死的植物哦，你的种子四处飞撒，生命也循环再生）。小宝在前面走得远了，小小的沉思背影，忽而隐在树影里，忽而显现在光亮中。我快步跟上，如同卢梭说的，"那一天正是雨后不久，没有一丝尘土，溪水愉快地奔流，清风拂动着树叶，空气清新，晴空万里，四周一片宁静气氛一如我们的内心”。我们一路走，一路听水声鸟鸣双重奏，真渴望这条神奇、充满香气的路一直延伸下去。

几乎错过！有一块路牌，字迹很小。对面一条岔道，拾级而上，小径几被花草遮蔽，藓苔覆盖着石阶（花径不曾缘客扫?）。走了十来米，几棵高大树木掩映下，露出一幢二层楼房，这就是卢梭博物馆了。登上木台阶，进门（蓬门今始为君开?），楼下靠左一间坐个老妇，卖些卢梭肖像明信片；另外两间，是卢梭的卧室、工作间，挂些卢梭及华伦夫人不同时期的画像，没有生平年谱，没有著作版本等，与这位伟人的贡献、地位比，实在太过简陋。由木楼梯上到二楼，有一间摆设精致些，是华伦夫人的卧室。咯吱响的木地板，斑驳的圆镜，陈旧的美妇画像。家具是否旧物？靠窗一张双人床，垂着碎花蚊帐，那个名垂后世、单纯热心的妇人就是在此辗转她多汗丰腴的身子？卢梭每天早晨散步回来，看见楼上百叶窗打开了，就知道“妈妈”起床了，立即飞奔上来。

房子左侧有个敞开的凉亭（他们曾在此喝咖啡?），门前空地上散摆些桌椅供人休憩，右侧有条小径。小径上方是弧形的花藤枝叶拱廊，穿过藤花廊，可绕到后花园，与葡萄园、果树林连成一片，想来当年都是华伦夫人买进的田产。花园呈长方形，有个围着的小苗圃；中间一条直道通向房子后门，分割出两块齐整草坪，散放着几把鲜艳的帆布躺椅。一对中年夫妇偎坐在右边，戴着遮阳镜，笑着，小声说着话；我们就坐在另一边。空气澄明，阳光直射，明亮得让人几乎睁不开眼睛，风从山丘上的葡萄园吹来，向山谷的果树林一层层扩散，极目驰骋，开阔至极，阿尔卑斯山好似近在眼前，两个山峰，像是中国的山水笔架，又如两个驼峰，常年积有白雪的山头被阳光映得闪闪发亮。万籁俱寂。卢梭也是这样与华伦夫人在此闲话，吹着山上的风，与蜜蜂、蝴蝶、花树、虫鸟一起的？真想与小宝隐居于此。回望那幢素朴静立的房子，阳光勾勒出发亮的屋脊，面朝阿尔卑斯山的墙体隐藏在青幽阴影中。于是我体会到卢梭在《忏悔录》第六章引的贺拉斯诗句：

我的愿望是：不大的一块田地，
宅旁有一座花园，一个水声潺潺的泉眼，
再加上一片小树林。
而诸神所创造的，
当然不止此。

三

河岸植着许多杨树，每棵都有十几米高，密集排列，但那萧萧疏疏的姿态，使得这片林子并不憋闷，倒极有风致。树下草地，年轻的青绿，铺一层白色野花。是什么花开得如此繁盛？

原来满地铺的，是一层薄薄白絮，如雪却不冰冷，似盐又不坚硬，比蚕丝要白一些，并不结成椭圆蚕茧，较蒲公英花密实些，手感极柔绵，却不及棉花厚实……它们从何而来啊？一阵风过，点点白絮又飘飘扬扬下来。我捡拾起一小团白絮，搓捏，柔绵中有一点坚硬，是杨树的种子。白絮来自小而硬的黄绿果子，果子开裂，白絮就爆出来。种子躲在白絮中，大胆地从十几米高的树上往下跳，顺风飘荡，落在泥土中，掉在石子路上、荆棘丛里，顺着水漂流，或被人的头发、衣裳纠缠，带到街市，化作浮尘……可惜！并没有几颗种子会长成参天大树。便是如此，种子还是每年生长，每年掉落。

择了一棵最大杨树，躺在树荫里。那些白茸茸的花种，贴着我的鼻尖、嘴唇。头上一片天空（异乎寻常无限透明的蓝!），只描画几条枝丫、几簇叶片，再无别的物事了，世界是那么简单！一棵杨树，竟能生出那么多枝丫，每一条枝丫，又生长出多少簇叶片？这些心形叶片是着绿裙的少女，有细细脖颈，她们十几片十几片地聚在一起，站在柔软枝丫上，甩着“绿袖子”，上下左右摇晃着，跳跃着，舞蹈着，唰啦唰啦闹热地议论着、喧笑着。树干则一动不动，如稳重肃穆的老者，静听“少女”们没心没肺地笑闹。亚里士多德在《动物志》中说：“植物无法移动，没有感觉，许多动物则不能思考。”但我分明看见了杨树的精魂。有哲人说，一棵树的心，是在树干与根的交界处。那么这些心形叶片呢？是树的头发？手脚？抑或那万千叶片，就是树的心灵的无数反应，是它的精魂的万千幻化？俄耳甫斯另有一种说法：灵魂源于外界，通过呼吸深入生命体内，对此，风起了循环作用。如今风舞动着万千叶片，正是将灵魂从外输入杨树体内吧？那些叶片呼呼叫喊着，喋喋大笑着，激烈诉说着，都是树之灵发出的悲喜吧？奇怪的是，当我这边的杨树在舞动欢叫时，离我不远的几棵杨树却一动不动缄默着；我这边才沉静下来，涟漪一般，激动的战栗开始在那边传开，一开始轻微的战栗，扩展为层层叠叠的起伏。风在树林间穿行，将灵魂从这到那循环传送，我的心也涟漪般战栗起来。我记起丘特切夫的诗句：

在这棵高挺的人类之树上，
你是一片最好的叶子，
最纯洁的汁液将你滋养，
最纯净的阳光让你成熟。

你在它的身上轻轻地摇曳，
与它的灵魂发生最和谐的共鸣，
与暴风雨进行先知式的交谈，
或者与微风一起快乐玩耍！

伴随着风的，是光的运行。光从这棵树运行到那棵，背光的叶片，墨黑，黯淡，是暮晚归林的鸟儿；面光的，则有雪的光芒，白亮耀眼，不能逼视；唯有光暗重叠的叶片最为生动，在风的带动下，光影晃动，交叠更替，没有一丝稳定。一切皆变，一切如幻。我微微合上眼睑，也能感知枝叶上的光晃动不停。若是风将一条枝丫扯得过了，光就直接落在脸上，刺眼的白亮带来一小块热度，转瞬，又被密集的阴凉取代了。

风停顿的间隙，杨树喘息着，种子们撑着“降落伞”密密麻麻从天而降，将我的身子、身边的草地当作着陆点。躺上一天，我就会如蚕蛹般裹在白丝里了。河流在眼前浅浅地流，河面平整，细密波纹上抖动着白色天光。多么缓慢，还是在流动。赫拉克利特说，一切源于水，一切皆流。这水畔，该会徘徊着怎样的水泽女仙、花树女仙、树木青草和种子的精灵？……刚巧是五月，我们刚巧走到这片恰当的草地！换个辰光，又会遇到怎样的风景？在这起风的下午，思绪随风、随水，穿行、流转，神秘的感觉如那些白絮种子，此处彼处地掉落……瞬间而过，一切皆流。小宝在身边看书，读柏拉图，几小团白絮种子掉落在他头上，就笑说，那是灵感的种子——他终于想通了一个问题，便在白纸上写下风传送来的神谕——我继续读《在少女身旁》。普鲁斯特《追忆似水年华》第一卷写了少女希尔贝特，第二卷写了少女阿尔贝蒂娜。从没有一个人，如他，似乎不注重情节推进，任由一切缓慢流动，头绪纷杂。普鲁斯特的词汇集中在：小径、脸颊、花朵、衣裳、房间、教堂、音乐、绘画、幻象、睡梦、夜晚、回忆、时间、譬喻、色彩、差异性、个体性。没有固定概念，没有固定不变的人、色彩、表情，随时间流动，在“我”的幻象中，一会儿流动到过去，一会儿延展到未来；停滞的时刻，一个少女，或者说一个名字上的少女，会演变成许多个不同少女，这个与那个，又呈现鲜明的差异性，具独特个性。悬崖、大海、树木，在不同天气、不一样的时间，因不同心情、不同视角，发生着奇特的变化。但这仅仅是开始。——直到我读到最后一卷，才看清楚他那哥特式教堂般恢宏的、交响乐般精心设置的完美结构。

河流在眼前，浅浅的、缓缓的，草树尽力俯向河面，显得河又窄又多曲折。这条河我是熟悉的，有多少时间，我们在此徘徊。20世纪末，那帮和小宝一样年轻的博士刚留校任教，每周有一两天在我家聚会，一起读书、清谈、下棋、听音乐……读经典，谈无用之事。有一回，读的是莎士比亚，天气是那样晴朗舒爽，大家就说到野外去。我们八个人雇了两条船，带了葡萄酒、咸鸡、卤牛肉、各样零食。坐在船上，举着纸杯笑着叫着乱碰，小船任性地漂在河上。微醺。两岸草坡，开满酢浆花和美女樱，一团团粉红云朵从草地升上天空。将船绑在一棵苦楝树下，各自掏出《威尼斯商人》，分派角色……“巴萨尼奥”仰躺在大石上，拿书合着脸，是听鸟鸣还是遐想？戴墨镜的光头“夏洛克”，一手拿书，一手拽着缰绳。“安东尼奥”手指间夹着烟，忙着说话，烟灰长长地不落。头发微鬈的“朗斯洛特”，像只猴子蹲坐在树杈上……朗诵老是中断，大笑、插话、纠正……当时，苦楝树开满紫蓝色小花，那种紫蓝色，有一种淡淡的忧郁，很合乎年轻的多愁善感的心，后来我也一直很喜欢这种树，因为它叫“苦楝”，这两个字是特别好看且令人伤感的……十几年流逝，当年的读书人都长大了，如每一片花瓣、每一条枝丫，伸向各自不同的方向；风，吹断了共同价值之链，我们，也再难坐在同一条船上，读同一本书了！

那天，应是立夏前后，我们的年纪也正处于生命流年中的立夏，真如乔叟老头唱的，我们这些年轻的——

他宁可床头堆上二十本书，
也不要提琴、竖琴和华服；
书外装着红黑两色的封皮，
书内是亚里士多德的哲理。
可是，尽管他是一位哲人，
但他的钱箱内却殊少金银。

——选自《坎特伯雷故事集·总引》

四

一弯新月，夹在两幢楼房间，被灯光漂白，如失血唇色、拔细眉毛；在山中，她会是片利刃，尖新，光芒锐利。北斗七星瞌睡着，昏昏沉沉、含义不明地指向北方。古书说立夏："蝼蝈鸣。蚯蚓出。王瓜生。"城市中已不明所以，只是出行时，看铁道沿线农家，屋前垣后，搭着架子，藤叶蔓生，五月间开着黄花，王瓜是小小的，如弹丸。

今天是立夏，我笑。小宝说，立夏有什么特别呢？是呀！今日我也不过是去学校接了他，下午一起到公园读书，和许多日子一样。每年都有立夏。时间是线性流动的，又是循环往复的。今年的立夏不是去年的，去年的又不是前年的。明明白白看着时间流逝，我再不是那个我，你也再不是过去那个你。眼睛、脖子上的痣、头发颜色、皮肤褶皱，一切悄然发生变化，但是为什么，你还是那个你，我还是那个我?

我点了立夏必要吃的几样小菜：春笋、蚕豆、鸡蛋。说是笋能健腿脚，蚕豆明亮眼睛，鸡蛋能强健心脏。五月是毒月，万物生长，百虫也不例外，吃了这些，强健自身，避免灾害。但不知吃什么能够强健大脑?“天行健，君子以自强不息”，在一个精神疲敝苍白的时代，君子（如何可称为君子?）如何能“自强不息”?

春笋，呼朋引伴，一夜间，呼啦啦冒出许多。竹子是极富生命力的，给点水就尽力冒出来，一日拔三节，几天就长到二层楼那么高。新笋掐着嫩。立夏前后，也有长到二层楼那么高的，尾部还嫩着，我小时在山上，就是对着未老的竹小伙，奋力撞过去，末梢啪嗒掉下来，捡回去炒着吃，照样是嫩。我母亲是如金农说的，炒竹笋要配花猪肉，既能调出春笋的鲜，又去掉生涩感。今夜我点的小菜，却是油焖春笋——将嫩春笋切片干煸，加水、酱油、白糖焖后收汁，鲜且入味，加糖也为着去涩味。苏州、无锡、上海一带的油焖春笋，真是极甜，要甜而不腻方好。但有时候，我就是喜欢吃春笋的青涩气，便只是切片干煸，加些葱花，金黄点翠，以钴蓝铀盆盛上来，极诱人的。还有将极嫩的春笋连壳切短，置于白水中搁点盐煮熟，这就是手剥笋，单为了吃时鲜气。在江南，还有一道咸笃鲜，却是我家乡不曾吃过，成了上海媳妇，我才学会——将咸肉、春笋、鲜肉或排骨炖在一起，三种鲜味调和，鲜美异常。第一次吃这道菜，是在我婆婆位于上海新永安路的弄堂房子。我爬上咿呀作响的木楼梯，黑暗中摸索着打开木门，隔壁厢人家与婆婆家只隔薄薄一层木板，临街开四扇木窗子，我婆婆立在窗口，洗春笋，切春笋，切咸肉鲜肉，煤炉子烧滚滚开水，咸肉、鲜肉、春笋通通放进钢精锅子，汆一汆，再换水，大火烧开小火炖，两三个小时下来，香味弥漫小小房间，钻过木板缝隙，漫溢到隔壁人家去，站在楼梯上都闻得着……

蚕豆。四月里蚕豆苗矮矮地趴在田头，拨开叶子，才能看见紫蓝小花。蚕豆花实在不起眼，蚕豆荚子也难看，剥过后，指甲会染上黑汁。常见老婆婆坐在小区楼房门洞，一边聊天一边剥蚕豆，脚下一堆咧嘴壳子——母亲，你在家乡也是如此度日吧？剥好的蚕豆，头顶有一条“眉毛”，倒光蚕豆，篮子中会落下好些孤单的“眉毛”。我今夜点的，是小宝喜欢吃的清炒蚕豆，只将嫩蚕豆连皮滚油热爆，皮炸开，撒一把葱花，即可上碟，吃的是时鲜气。但我母亲非但要剥掉蚕豆外壳，还要去蚕豆皮，剥净的叫豆瓣，油爆后加水烧开，然后将洗净的牡蛎调入淀粉，以筷子拨进豆瓣汤中，烧滚，勾芡，加点醋，就是很好吃的海蛎豆瓣汤了。我每每回家乡，母亲总要做这个汤，说要烫烫地喝才不会腥气，她一边说，一边看着我喝下去。我说好喝，她就单手撑着腰，呵呵呵地笑。——母亲，写下这几行字，我是多么想念你的海蛎豆瓣汤啊！即便有豆瓣，我又到哪里去买家乡海边无比鲜美的野生牡蛎呢？也无论如何，做不出母亲的味道。

至于鸡蛋，我要了一份香椿炒蛋。香椿是紫红色的，短短嫩叶一捆捆扎着，切细了炒蛋，极香。我小时候没吃过香椿，虽觉得好，也不甚想念。传统立夏节，得吃整个水煮蛋，小孩子们喜欢玩斗蛋，就是比试谁的蛋立得稳、不易碎，都与成长相关。母亲用五色丝线编成蛋兜子，将染成红色黄色的熟蛋装进彩色蛋兜，两三个挂在胸前，跑起来，有意无意磕破了蛋，就吃掉了。端午节的蛋是黄色的，用艾草水煮的，连同樟脑丸、粽子，一起挂在胸前，累赘得很。我不记得吃掉多少枚鸡蛋，只记得极讨厌闻雄黄气味，又死活不肯洗艾草水澡，妈妈就哄，洗完澡才可以穿花裙子哦。我小时对立夏节不感兴趣，因为只有鸡蛋，花裙子还藏在衣柜里，要等到端午节才能穿。

一边吃饭，一边和小宝絮絮地说这些。步出小店，隔壁水果摊头果子甚是诱人，又立住了看：草莓整整齐齐码在篮子里，好似匹诺曹的鼻子；青白肤色的甜瓜姑娘散发出甜香，诱你扑上去咬一口；枇杷，橘黄皮肤上蒙着白霜的，是流着蜜汁、口感沙甜的，我小时就好奇何以难看的枝叶能长出这般完美的果子；但我偏爱杧果，它们像满月婴儿的胳膊，肉肉地排着队挤在一起睡……夜的街，浮动着各种香气，水果的、阳光的气味，新割草地的腥涩之气，白日所见的香樟树、苦楝树、女贞树的花香，还有一种俗而甜的香味，含笑的。时间，会在花色上印下牙痕，又附着在花香上，颤抖地一脉脉传递……走过一幢高楼，又嗅到一种沁人心脾的香气，青柠的？柑橘的？原来楼前有两株不高的橘子树，微弱灯光下，暗绿叶片间，成团成簇地聚生着小小的青白色五瓣花。屈大夫喜橘树，苏东坡到宜兴买房，也曾想如屈原种500亩橘树，想想，单是嗅橘子花的香气也是美事吧？这立夏夜，若是在乡野，蚯蚓正埋头掘土，蝌蚪变成了青蛙，一眉新月，数点小星，橘子花香气阵阵，又该是怎样的清新宜人呢？

卢梭说："我必须在冬天才能描绘春天，必须蛰居在自己的斗室中才能描绘美丽的风景。"写下这些文字的时候，立夏已过，梅雨来临。绵绵不绝、闷热烦扰的梅雨季。熬过这几天，蝉声就该大噪起来了。

2017年6月25日初稿于沪上，7月22日改订于杭州。

绿衣黄裳

爱情本身并不是一个物件，而只是一种偶然的相遇。

——但丁

一

我在这四月的最后一天给你写信。其实前日我才从你的城市回来。城市的名字和你的名字亲密地靠在一起。在我未去的时候，在我的火车一点点靠近它的行程，在我抵达了你的站台的瞬间，所有陌生的一切，都写着你的名字。这个陌生的城池，因为你姓名的光辉，充满温情暖意。

仔细思量，你的面目举止，模模糊糊，分辨不清具体细节；

能够想起的，一两句随意交谈，一个腼腆笑容，都很可疑，无以确定。那时候，他们揪住你与你合影，其实我也想与你合影，最终犹豫不决地错过了。所以我这里甚至没有你的一张照片。与你的相识，也如夜晚的池塘，隐约难辨是舞动的柳树呢还是水鸟扑扇的姿影；如晨星，被东方的鱼肚白消淡，终究了无踪迹了。

但我的确如此牵念你。虽然心里暗暗担心。我曾在某处说过这样的话：

> 我们把不可知给了名字。当我们写下、呼唤一个名字的时候，想象同时展开。或者是口耳相传，或者是纸上的阅读，我们赋予了一个名字先入之见的意义。名字的世界，是一个想象的世界。当想象的世界遭遇可见世界时，我们往往惊慌失措地问，那个就是他吗？正如普鲁斯特正沉浸于对盖尔芒特家族悠久历史的考量时，突然瞥见尊贵的盖尔芒特夫人也会如那些浅薄的小妇人追逐服装的时尚时的惊诧，也正如当他沉迷在贝戈特流光溢彩的文字时，人们告诉他，那个留山羊胡子的、笑容谦卑的人就是贝戈特，文字的价值也随之一落千丈。普鲁斯特说："只要我们接近名字所指的真实的人，仙女就会消失。"

但我还是如此牵念你。窗外的油菜花闪闪过去，你会说，轰响的油菜花。浅白的江水在午后瞌睡着眼，并非属于你的侵早的薄灰。白桦树、婆娑的银杏、蓬着脑袋的香樟树全都伸出毛毛的小手，“春日迟迟，卉木萋萋”。萋萋。你又会用什么词来描摹这春天汹涌的生机？你所说的那些黑塌菜、酢浆果花、疯狂生长的野芫荽，一定属于你的四月乡村。如今我却来到你的城市。在这里，我的目光游离于那些雕花木窗格，那些线条优雅的桌椅、笔力横逸的对联题字，那些前尘往事。喟叹、泛舟江上、归隐消灭、捐躯、不满、修身齐家、指点江山、风声雨声，你是否，也如我一般在这旧时代的读书亭内看下午的水光泛漫潋滟地映照在题匾上，一任时光凝滞在红鲤鱼的浮游上、在静寂芭蕉阔大的叶面上？或者，背着手缓慢行过爬满紫藤花的木回廊，卵石道上满布可怜的紫色，四月柔软的风穿过竹丛，窸窣如冰凉泉水，如女子细细低语，这些，你也如我一般觉得舒爽可爱吗？何况一湾泮水之外就是喧嚣世界。

便是巨大喧响的世界，往来奔突、慌张得失去章法的车子，尘土飞扬的街面和人的脸，杂乱错落堆叠的肮脏楼房，半山亭上呕哑嘲哳的唱词，过于肥胖面目可憎的红鱼，也全都因为你的名字，充满了芳香气息、亲切撩人的喜悦。平俗的市民气、拼命运转的繁忙景象，怎能遮蔽我的诚挚的爱意、温暖的思念和亲切的问候呢？

我多么想，就在这杂乱繁忙的街市，在穷街陋巷，就在匆忙流走的人群中，遇到你。但我的到来，不足以获得你的感应，这个值得记忆的日子，不足以让你心神不安。

我多么想，直接电话告诉你我的到来，告诉你这个城市对于我的意义。但是我害怕，一旦落实，美好的牵念、如四月阳光一般的善意，就会变得鄙陋，充满可憎的情欲的嘴脸、心慌意乱的图谋不轨，就会萎落如尘埃，就会面临被随手丢弃的尴尬场景，而我也将变成如那肮脏的手帕子一般凋谢在地的玉兰花。

这犹豫如此长久。对你的思念汹涌生长。高大的银杏从腰间就满布着那些年轻的青绿“小扇子”，孔子冢上的黄连木才刚编织黄嫩“发辫”，那些枝干粗糙的麻栎却已垂挂下一串串黄绿花儿。林间隙地，圆圆光斑金币般落下，随风浮闪。矮矮梅树已长满柔软的嫩绿叶子。青草也在疯长。几个工人，穿梭于梅林间，忽左忽右地移动手中的割草机，嗡嗡声响如飞机螺旋桨转动，刀刃所触，噼啪有声，青色草屑飞扬下落，草地一小片一小片平整地短下去，青涩草腥气四下漫溢着。

千百个给你打电话的理由，将我的意志消磨殆尽。我是以怎样故作轻松、漫不经心的口吻告诉你，我在这里，就在这里？结果如我所预料的，你以你的理由告诉我，你正在做一件重要的事情，实在不凑巧，很抱歉，无法见我。匆促的回答，粗暴的口气，毫无味道的声调。我哑口无言。来不及申辩，电话已经挂断。

我呆立在一丛坚硬盛开的杜鹃花边，看紫色鸢尾花寂寞地陷落在暗绿色浮泛着脏物的水塘中。一对新人正在拍照。新娘拉扯着白色婚纱，听凭如麻雀般跳来跳去的摄影师这样那样地摆弄姿势，“再亲密一点，对，再靠近一点，笑一笑”。

残破的樱花。满地都是樱花尸体。空气中漫溢着不胜流连的散淡而略略腐朽的香气。到处是零落的跳脚的小鸟，无情无义地兀自将歌声唱得婉转，阳光将那些枝丫的影子有心无意地胡乱写在干硬土地上。

四月是残忍的一个月。难道对我必定如是？不！至少我不必再焦灼期待，至少我用不着陷落在内心纠缠中。遗憾是在预料中的。至少我可以将思绪和目光还给从不吝啬将美好奉送到我面前的自然。至少我还有唯美的心和烂漫的眼睛。还有爱。

王尔德说：我们的心要存有爱，不要有怨恨，因为怨恨会蒙蔽我们的双眼。怨恨让我的感觉粗糙，让我匆促、浅陋，不知道时间对美善有多么宝贵，让我忽略人的心意一如天空的薄蓝、子规的啼叫、四月含笑的甜香一般自然而美好。只有爱，才能达到唯美，才能让心智和灵魂提升。我之遭遇拒绝，受伤害，由此引起的伤感、遗憾、难过，乃至愤怒，其实仅仅因为自尊心或者说虚荣心在作怪。假如我的心还满盛爱意，假如我还有所牵念，萎谢在地的虚荣心并不能增加或减少爱；而假如，我的爱意和牵念终究散入江水、天空，幽渺辽远不可寻觅了，那么，纠缠于怨望的虚荣心又有什么必要呢？

更何况，我并没有怨望的理由。姓名的光辉赋予你审美的气质，语词的力量唤起我艺术的想象，这些引发的爱意、牵念，成长为热烈的期待。但我怎能期待你如我一般感受我的感受，遭遇我的遭遇，对待我如我所期待的呢？人的交流何其难也。尽管我渴望如传说中的难觅知音，愿意做那乘兴而来尽兴而去的客人，与你共尽江上河豚，把酒话桑麻，但又怎能期待你的心似我的心呢？

那天傍晚，我来到你的单位。蓝黑门房告诉我，你的办公室在三楼。远远望去，密闭的窗户全都属于你。我走进挨近你单位的一个咖啡馆，坐在靠窗的第三个位置，喝冰泡沫红茶，渴望有奇迹发生。夕阳在对面高楼收尽最后一丝光亮，黑洞洞的窗户也一张张咧开了光亮的嘴。是该走了。这个城市，我不会再来了。王尔德说，左右我们的是神召，而非心愿。

二

绿衣觉得，自己是那种相当观念化的女子，她的观念又是如阳光、影子瞬间变化，无以把握。她会因为一段对白、一种氛围爱上小说中的一个人物，会因为一块正在吃的饼干、一个眼神，或仅仅是某个语词爱上一个人，也可能，一个小小的生活细节，一瞬间的厌倦漫上，就会让她迅速抛弃他。

绿衣写完给黄裳的信，敲一下键盘发出去，她就认定爱情已被她从心中打发出去了。她打算不再去他的城市，也把他从记忆里从心里抹去。要抹去他，这似乎是简单的，因为他仅仅存在于观念中、文字中。她深深吸口气，说，开始了，他就活过来；说，结束了，他就泯灭了。绿衣四月里写的信，是一个句号。爱情结束了。只是偶尔听到他的名字，不小心知道与他相关的消息，一种柔软的痛即刻穿胸而过，泪水迅速迷蒙了眼睛。绿衣觉得这很可笑，不真实，因为爱情已经随信件发出而结束了。但那种悲痛的感觉，头晕目眩的瞬间，很像是读了一部小说被某个情节击中。绿衣是常常为了书中男女主人公的爱情命运泪水涟涟的。

再次见到黄裳，绿衣依旧没有准备。她以灿烂略带羞涩的笑容迎向他，一任自己的手被他握住，木愣愣的。她只特别留意自己的手的冰冷，意识到他的手尤其坚硬。他一点也不陌生，甚至非常熟悉。不错，他的名字曾被绿衣千百次呼唤，被细致写下来，体现在汉字繁复浓醇的节奏里。从被写下的那刻，他的名字就是永恒的了。令绿衣奇怪的是，这个熟悉的名字，如何与眼前这个肉身男人重叠，使得男人也并不陌生。所以绿衣判定，她第一次见到黄裳，其实已经清楚记下了他的模样，他眼睛的光亮、鼻子的大小、眉毛的深淡、身上的味道、手的坚硬力度，他黑色而温暖的质地、笨拙而喑哑的表情，连同内里燃烧的滚烫执拗的火焰，已经深刻印在她心里。绿衣一见钟情的，并不是他璀璨的语词、华美的句法，而正是这个内向男人的肉体本身?

绿衣并不恨他，甚至觉得温暖且踏实。那种平日里他的名字带来的如小说情节一般的伤痛并没有如期而至。她很高兴再见到他。黄裳也没觉得不自在。他们一起站在路边，宽大的水泥路上人来人往，自行车摩托车汽车混杂着穿梭往来，市声喧嚣，一派繁忙匆促又生机勃勃的小城景象。怕绿衣被自行车撞到，黄裳拉了拉她的衣袖，他们就一起站到了人行道台阶上。

这是南方十二月的早晨。充溢水汽的风冰凉凉地刮在脸上，如同赤脚踩进冬日溪流，清冽的寒意。绿衣穿件小腰身黑色丝绵缎面中式盘纽毛领外套，很不协调地裹了条鹅黄的羊毛大围巾，手上一双同样质地、颜色的羊毛手套。绿衣心里有点懊恼，早知黄裳来，应该打扮得更漂亮一些。她一边跺着脚，一边脱掉右手的羊毛手套，将手送到嘴边哈着气，手套从左手上滑落地上，黄裳弯下腰捡起来，仔细拍了拍，努着嘴吹了吹，交给绿衣拿着，依旧交叉胳膊在胸前。他穿着黑蓝风衣式外套，脊背略略弓起，垂头俯视着比他矮一个头的绿衣。黄裳说："你其实应该坐中午12点的火车，那样我们就可能在火车上碰到。"绿衣说："我排不开时间，只能改坐汽车，所以弄到夜间才到，又想夜深了不好去惊动大家，直到早上才知道你也来了。"

他们面对面站着，微笑着细声细语地说着一些零碎的事情：共同认识的一两个朋友的近况，最近写的东西、看的书……两年来他们似乎从未中断过联系，昨日刚刚通过电话。冬日早晨的阳光薄薄地斜落在他俩身上，水泥地上投下两道长影子，勾勒出高高矮矮两个轮廓。阳光下，绿衣的鹅黄羊毛围巾松软洁净，衬得她的面部鲜润柔嫩，脸上一层薄薄的透明的绒毛，好似枇杷上的白霜；黄裳的目光停在那些细细颤动的绒毛上，绿衣的褐色眼眸中，倒映着黄裳的身影。一瞬间，他们似乎没什么话可说了，沉默着……突然想起来似的，一起抬头四下张望找寻同伴，说："他们人呢？早上活动怎么安排的？"

谁也没有提到那封信、那个电话。黄裳没有解释什么。绿衣也没问。

一切刚刚开始，就在这个南方十二月冬日有着暖阳的早晨。那封信，并不是一个结束，而是开始。因为那封信——信中那些灼热的呼吸、亲密的语词，那种强烈热望，酝酿组成一种仅仅属于绿衣和黄裳的心领神会不愿被揭破的氛围，那种他们共同持有的秘密，那种因为时间沉淀而开始具有的现实感，那种已经开始写作的不再是虚空的回忆——让他们眼神交错又分开，将绿衣和黄裳从人群中划分出来，区别开来，他们组成了独立的一个小小共同体。一根细细的线，亲密地、颤抖地、心照不宣而甜蜜地将他们系在了一起。

后来的两天，他们并没有从人群中逃离。绿衣甚至故意离他很远。但只要一转身，一抬眼，绿衣就能知道他在哪里。或近或远，绿衣只要需要他，他似乎就唾手可得。他存在着，近在咫尺。有时候他们目光交织，微笑一下，很害羞地又分开。这种秘密所带来的甜蜜感，涟漪一般慢慢扩大，整个行程，都是芳香。

但是行程也很快结束了。

会议最后一天，自由活动。年纪大的人早早撤退，或留在城里购物访友。年轻点的，头天就积极闹热地商议渡海到对面的浮叶岛过夜。那天早起，却是一片迷雾，海面上笼着一层浓酽奶白，什么都看不见了，这样的天，船夫恐怕是不愿意载客的。绿衣暗暗担心，默默祈祷起来。到了中午，太阳竟出来了。原来半岛气候，惯例是早上多雾中午放晴的。到了傍晚，太阳蛋黄般挂在西天，一丝云彩也无，墨蓝海面染出一片金黄。冬日海潮不高，八个人就兴奋地乘了船渡过去。这浮叶岛，像一枚枇杷叶浮在海上，故名。只有一个村落，就叫浮叶村，二三十户人家，靠采牡蛎、打鱼为生。冬天旅游淡季，除了他们一伙，再无半个游客。当中一人是浮叶岛人，他热忱地安排酒饭、住宿。

那天晚上，大家闹得很厉害。八个人喝了11斤岛上自酿的米酒，那种米酒甜醇得很，极好入口，后劲却大，几个北方人不惯，纷纷醉倒。绿衣和黄裳是南方人，知道这酒厉害，但也喝了不少。从酒店出来，已是夜里2点多。十二月深夜，岛上只有酒店还笼在一碗摇晃寒微的灯光中，其他地方全都陷落在黑暗里。伸手不见五指、无边无际的黑，不知是从天上泻下来，还是从地上漫上去的。那种黑暗并不让人害怕，倒似乎存有天然的稳重和踏实。没有月亮，星星却大而亮，如碎裂的宝石散落天庭，闪闪发光，有坚硬可切磋的质地。眼睛习惯了黑暗，看着星空，竟觉得黑暗明亮起来。岛上空气异常清冽，略带鱼腥味的冷风，让绿衣一出门就打了一个寒噤，她赶忙拉紧了鹅黄围巾。如同约好了一般，黄裳跟在身后，他脱下黑蓝风衣，将她裹住。绿衣挎着他的胳膊，紧紧贴着他的身子，感觉着他的热量潮水般传递给她。不知什么时候，他俩脚步错乱地离开酒店朝前奔去，将其他人甩在身后。他们笑着，热烈地说着话，依偎着，奔跑起来。

酒店面海。他们直接跑到海边沙滩上。白日看这沙滩并不很好，杂质石块很多，海水也并不干净，现在浓黑将一切难看的全都涂抹去。海面、天空一片黑墨色，分不清边界，只是漫上沙滩的一排排轻浪，浮泛着白色的颤抖的线，来了又去。海水轻柔地舔吻着礁石、沙滩，发出轻叹、嗟呀。绿衣和黄裳感觉，这样的轻声细语，让星星也颤抖起来。回望，酒店笼在一碗晕黄灯光中，摇摇晃晃，虚无缥缈。反是他们这里的浓黑，更为真切。隐约可见沙滩上搁着一大块东西，挨近看，原来是一艘废弃的木渔船。黄裳将绿衣抱上去，自己也爬上来。两人面海挨着晃着腿坐在船舷边，如同两个孩子。黑色似乎更浓了，黑暗带来无尽的安全、温暖，黑暗将他俩密切地圈在一起，天地间就只有他们两人了。他们的手握在一起，潮润的、温暖的手，纠缠在一起，秘密的言语在这种纠缠中，在黑暗中被证实，被黑色的眼睛看见了。绿衣说起高中毕业时，和同学到湄洲岛去，也是在一艘木船上，一群人围坐着说鬼故事，也是这样黑暗，不过那个船夫吸着烟，烟头红红的，一闪一闪。那是夏天，沙滩上有种一闪一闪的荧光小虫，伙伴们将虫捉来，在沙滩上摆了一个心形……那时，离现在有十来年了。绿衣说："你不觉得吗？有时候，某个情形特别相似，好似过去经历过，未来某刻也会发生，那个时刻一直存在着，或早或晚，你必定会经历呢。"

绿衣絮絮地说着这些，黄裳静默听着。她就问起他的父母、妻子，一些琐碎的生活的事情。他告诉她小时候着急去看电影，跑得很急，浑身是汗，人家以为外面下雨了；回家乡那条路经过成片的油菜花地，车开过感觉是从油菜花中犁过去，过去了，火焰般的油菜花又在身后合拢……不知道过了多久。黄裳打开手机里存的音乐，一个耳机塞进绿衣左耳，另一个塞进自己右耳，恰好是一曲《神话》；下一首是王菲的《红豆》："有时候，有时候/我会相信一切有尽头/相聚离开，都有时候/没有什么会永垂不朽/可是我，有时候/宁愿选择留恋不放手/等到风景都看透/也许你会陪我看细水长流……"

绿衣抬头，试图看清黄裳的眼睛，却只能感觉到他的呼吸。她挨近他，脱下羊毛手套，脱下的那只手套没抓牢，掉下船去，很快就被海浪卷走了。绿衣顾不得它，一味裸着手抚摩黄裳的脸。细润的热度透过手掌传递过来，她突然泪流满面，呜呜哭起来。泪水决堤一般，似要将她所有的委屈都倾泻出去。她胳膊缠绕着黄裳的脖子，将眼泪涂满他的脖子、脸颊，反反复复地说："我会陪你，看细水长流——你怎么做，我都相信你的。"黄裳无声地摸索着捧着她的脸，亲她的眼睛，眼泪越亲越多，越亲越多……

不久，黄裳给绿衣写信，说他妻子生了，一个儿子，属猴。绿衣回信说她很为他高兴。她寄来绣有猴子的鹅黄棉布帽子、鞋子和衣裳。黄裳一直安稳地生活在他的城市，日子流水一般过去，没有多少变化。绿衣离开了自己的城市，到纽约去读工程学博士，和一个华裔同学结了婚，后来又移居去了巴塞罗那。离开中国前，绿衣写信告诉了黄裳。他们谁也没提出要再见一面。但是生活中有什么变化，绿衣去了哪里，她都会告诉黄裳，他们一直通着信。每年新年或春节，黄裳都会收到绿衣寄来的礼物，书签、秋天落了的叶子、笔记本、旧版的书、唱片，也不过是些小的玩意儿。黄裳将这些小物件放在一个盒子里，锁在一个柜子里，他也没有很认真去想它们，但是，样样东西，也都保存了下来。

后来的一个新年，黄裳没有收到绿衣的礼物，也没有信。他就觉得纳闷，心里想着这个事情，他想叫孙子发一封邮件去问问，终究也没发。过了半年，收到一个包裹，英文和中文字迹都是陌生的。打开来，一条鹅黄羊毛围巾，一只鹅黄羊毛手套，附着一封短信，信的字迹有点模糊、歪斜，但他还是一眼就认出了：

这两样东西，你一定记得吧。有一只手套掉在沙滩上，被海浪卷走了，当时你还叫了一声，想下去捡的。我后来就没再戴过这套围巾手套。你见到它们的时候，我恐怕是不在了。就像我们听的歌，“相聚离开，都有时候”。这都没什么。不过，我还是希望，它们能继续陪伴你走过很长一段时间。我一直很幸福的，因为有你在心里。我知道在这个世界，你存在着，在某个地方，我每天都能想象你的样子。时间过去了，在我心里，你一直没有变化，一直是我第一次见到你的样子（啊，第一次见面你是什么样子呢？其实我也讲不清楚），我只是觉得自己很爱你的那个样子。我究竟爱你什么呀？我也不知道。我只觉得你一切都很好，很好。谢谢你。想念我吧，因为你的想念，我会很安宁的。

你的绿衣

四月三十日

此文第一部分写于2009年，第二部分写于2010年。2018年夏日重读，蝉声盛大，文字有明前茶的香气。

魔术师

一

晓枫，我在东海之滨给你写信。写下这几个字，就好像我是坐在海边遮阳伞下，到处泼溅着斑斓色彩，发烫的沙滩翻烤着几条裸白男鱼女鱼，帆船如鸥鸟绷紧银白肚子，尽力撑开灰翅翱翔在大海之上。其实，我是在东海之滨的城市，密集楼房中最微不足道的一幢的底层，面壁而坐，窗帘露一缝灰白，分辨不清是阴天是傍晚，楼上冲击钻好似在牙齿上打洞，拖鞋来来去去好似钉着马掌……

我在桂花香气中给你写信。这是桂花开的时节，正在读你的书，夜半难眠，心中默念开始的第一句话。如今你的书已读完，桂花却也落光了。秋雨来得太快，天又冷得太快，江南这个时节竟还有台风，金黄新鲜的落桂，次日就变成褐色桂沙，满地僵硬的“蚂蚁尸体”；浮动的桂花香气，好似淡出画面的影像、消逝于湖心的石子、无力扩散的涟漪……真叫我如何开始这第一句话呢？

我就是想要寻找诗性的开始，将你放置在温柔氛围中，当我浮想你的时候，心中升起温暖的、亲密的、心照不宣的情谊。爱一个女子，也同样需要想象。需要隔着时空的距离，需要语词的支撑。这一个多月来，我带着你的两本书——《巨鲸歌唱》《有如候鸟》，你的鲸鱼，你的鸟儿，跟随我上班、走路、乘地铁，它们安安静静待在我的包里，被我翻动，画满标记。我好像带着小小的一个你，你的肉身，只要轻轻打开，你的魂灵就飘出来，你的语气、声音、笑容的质地，唇尖舌利，自怨自艾，逞能、任性、疑虑，你的冰雪聪明……在阅读中，我们再一次相遇，再一次认识了。

我努力回忆我们第一次，也是迄今唯一一次见面。四月初的江阴、南通，灰瓦白墙浮在雾气腾腾的天地间，柳烟朦胧，油菜闪亮，一派青绿山水。你的出场，似有帝都人沾带的霸气。一路车行，听你不停夸奖：江南好，湿润，繁花似锦，口气却漫不经心，更像是到外省慰问时的俯就、宽谅。吃饭、开会时，你妙语连珠，唇舌甚利，反应机敏，自然而成话语中心，整个人闪闪发光如小恒星。我佩服你的聪明，却感觉我们性情差异甚大，难以成为亲密朋友。你也的确不是一个易于亲近之人，合影时，我无意间挨近你的身体，你不自觉地缩回去，保持一定的距离——当时我想，对他人你是否潜意识地缺乏信赖？你是否也害怕异性间的肢体相触？过分亲密的触碰，是否会让你不自在？

如今读你的《齿痕》一篇，我才知道你那时的确是漫不经心：正值你牙齿正畸之后数月，无端拔掉四颗牙齿的悔恨、携带矫正器的不便与痛苦，使你心情极度晦暗，我不知道你的痛苦，乃至听你诙谐幽默地自嘲正畸过程，也不以为然，跟着你一起笑。我不知道也难以体会这笑容里含有多少痛苦与泪水。《齿痕》中，充满细节感地呈现你的痛苦，他人读来，还是很难“感同身受”。可见，一个人的痛苦，他人是永难体会的，安慰的话如隔靴搔痒，就算是亲近之人，尝试着体谅、同情，又如何能感受其中之万一？更何况当时陌生如我，对一个人的客观印象，又怎么可能是真切的呢？

我当时之觉得你不可亲近，还有一个缘故。在我们碰面之前，早已耳闻你的名字。对于名气大的人，我总保持一定的警惕、距离，如果不是读过他的文字，有了自己的判断的话，就像对于特别流行的书或电影，我也不愿意马上接触，宁可等到稍微冷一些的时候，再去阅读或观看。我这个性子，或可称具有独立性，但细究起来，其实是羞怯，过分自尊而生出的狭隘，这虽让我保持清高自许的面目，也使我可能错过与最优秀者倾心交谈的机会。害羞，羞怯，你后来在文章中反复提到这类词。如今，我猜测到当我的身体靠近你时，你不自觉地离开，也是出于羞怯，或孤僻的天性。“害羞的人最容易被当作傲慢者，因为他们缺乏

向所有人敞开的热情。如果不经过骄傲的校正，你的羞涩会显得有些近于胆怯。”（《幼象》）

那个春天，我轻易浪费掉了有可能是此生与你唯一一次同屋而眠、彻夜交谈的机会。吃完晚饭，你窝在床上，阅读收到的几本文集，我则匆匆忙忙出门去看两个熟识的诗人，当我回来，你已准备就寝……

那是六年前的事情了。在这六年中，常常听到你的名字，有时读到你的文章，你常常出现，却如同一个符号，不具有历史背景，不带有丰满血肉，缺乏情感与经验的细节。时至今日，我才完整地阅读你：文字闪烁，气息扑面而来，你好像就站在我面前，一颦一笑，触手可及。

时至今日，我才真正地认识了你。但，我心中的这个，是你吗？到底是你用文字，还是我以意念，在我心中，复活了一个完整的你？

我批评的那个“她”的文字，是晓枫作品吗？批评者，常常是借他人酒杯，浇自己块垒，借作家的衣裳碎片、砖块水泥，成就自己的设计理念。

二

周晓枫的散文，除了篇幅长，行文繁复密集、语言华丽是其特点。她也在多个场合，说自己好用奇峻句式，口音浓重，色调浓稠。“作诗但求好句”“语不惊人死不休”，放在她身上，是合宜的。听她说话，或在群里与人贫嘴，随意间，语言都极富节奏感，音色铿锵，如大珠小珠落玉盘。不知她是天赋说话如此，影响到她的写作，还是长期华丽而富戏剧性的运笔，影响了她的说话方式。她自称是一种巴洛克式的语言。

我要赠给晓枫另一个标签：语言的魔术师。不必读全篇，只要读晓枫一段文字，就能感受其中的戏剧性。好像一个变脸艺术家，一转身，一抹脸，瞬间变化出令人惊异的脸谱；又好像一个红鼻头尖帽子的魔术师，身披大氅，站在舞台中央，两手空空，弯弯身，挥挥手，气球就从手掌冒出，鸽子扑棱棱从天而降；舞台旋转，灯光渐暗，音乐响起，别样世界在晓枫笔下风生水起……她几乎是津津有味地在每一篇文章中，经历这种修辞的冒险。

这种快意的、戏剧性的修辞冒险，与她的旅行很相似。旅行，在她看来，就是一种好奇的冒险。她关注那些奇特事物、浓烈色彩、异域风情，摩洛哥人的婚礼，洛杉矶海岸的巨鲸，“传说他们用露水修建庙宇”（加德满都河谷），“到处炸溅的斑斓色彩”（里约热内卢），她惊奇地、兴致勃勃地、心满意足地沉醉于异域风情中，并以其独特视角，捕获人们日常忽略的东西。惊心动魄或奇异的景象，能够刺激她的感官，令她沉醉，激发她的想象。似乎，她更愿意置身于陌生人群、陌生地域。平庸的日常生活、复杂的人群关系、尴尬的个人处境，令她不安与焦虑，或许只有在陌生中、想象中，她才可以“出离”日常的自己，获得安全、可靠。而身在熟悉人群中，却深感孤单。越熟悉，越陌生；

越陌生，反越亲切自然。“异域的语言神秘而复杂，无法沟通、交流，失语者的障碍也是自然的，不会引以为异。一个旅行者，可以任性，可以自由。”（《初洗如婴》）

语言，同样可以建构陌生感。以想象催动激情，以语言制造幻景。晓枫，敲蛋壳般小心翼翼地一个个敲打出文字，依靠写作，她模拟、重现并再次拥有那些瞬间而非凡的记忆碎片。她用文字制造幻象，将自己包裹，弥合事物之间、人的关系之间出现的缝隙。在修辞的冒险中，现实之狰狞远遁，衰老与遗忘之阴影消逝，她让记忆留存下来的比现实可能的更完美、更华丽：“她记得天上的云，如同无垠的北极冰层，堆云之术如何达至技艺的绝境。她记得夜空满天的霜晶，迁徙的飞鸟日夜兼程。她记得南方小镇，穿睡衣的女子梦游般穿过自己的八月。她记得那些覆满松林的无人山坡，起风时让人嗅到一种冷香。”晓枫所做的一切修辞冒险，似乎，仅仅为了让自己不要遗忘。“即使是最野心勃勃的大师之作，它最核心的任务，依然是将你带回一个脆弱的、仅仅属于你自己的瞬间。”（《初洗如婴》）

那么，晓枫的修辞，是否仅仅是一种形式、一层皮毛？她的写作，是否不涉及事物的核心，流于玩弄辞藻？不！在我看来，形式即内容。单就语言来看，晓枫的修辞，某种意义上，构成了她的内容的全部。很难想象，撇开那些充满想象力的灵动语言，撇开刻意营造的迷幻氛围，撇开到处乍现的斑斓色彩，撇开对事物内部的精细呈现，一篇文字会变得如何干巴巴毫无生气如风干了的苹果。

晓枫的修辞语言，有两个法宝：一是使用富有特性的形容词，一是譬喻。

近二十年来，从艺术设计到文学语言，都流行极简、骨感。日本文学从村上龙到村上春树到青山七惠等年轻一辈作家，文字越来越寡淡；美国文学也是，卡佛是一个代表。影响到中国内地的作家都在呼吁，多用名词、动词，少用形容词。好像用了形容词，就容易被目为“文艺腔”。其实，文艺腔恰好是形式主义地、教条地使用词汇或文体，就像小津安二郎批评的拍电影采用“文法”，不思变通。周晓枫充耳不闻极简潮流，依然故我地亮出她的招牌：形容词。她说：“上帝命名万物，魔鬼用动词篡改，留给人类的，只剩形容词。我们通过形容词或形容词性质的书写，标记各自独特的属性。”“前缀形容词，无论‘魅惑的月亮’还是‘清凉的月亮’，都包含了写作者的态度，使事物渐具私属的性质。”私属性，就是独属于作者的在当时、当地、那个情绪氛围下捕捉到的事物的个体性，是与其他时候、其他事物区别开来的唯一的特性。晓枫致力于挖掘、呈现细分之事物。譬如，她这样写海：“暴雨来临之前饥饿的海面，天空翻滚末日般的乌云，海水呈现出墓碑般的岩灰色。”(《巨鲸歌唱》)以“饥饿”形容海的吞噬感，以“翻滚末日般”呈现恐怖之现场感，“墓碑般的”，名词在此具有形容词性质，精准传达大海的色彩，带有强烈的“自我”主观性。

《耳语》中：“微妙的天线，小而凉的血肉，里面有说不清的心理密码和动作笨拙的寻找。我将裸露自己的壳，并准备由此承受危险……”她是将自己比作一只接近爱人的湿润蜗牛，用一组形容词来写那只特定情境下的“蜗牛”“微妙的”“小而凉的”“笨拙的”，传达自己爱极恐失、软弱胆小、羞怯却又柔情似水的极其微妙的情绪。

除了叠加、任性而自由地使用形容词之外，晓枫还善于以一种事物譬喻另一种事物。首先是，呈现两种或多种毫不相干事物的“神似”之处，她抓取转瞬即逝的细节、情绪，敏锐捕捉、感知事物之间内在的、精微的联系。且看《初洗如婴》中的几句：

“平底锅上的黎明，像煎蛋一样慢慢热起来。”充满差异性的两个名词，被她穿插在了一起，有超现实主义效果。渐进感、感知情绪是一样的。

“一声喇叭被另一声喇叭追逐、修正，这里响一下，那里响一下……她想象街上的萤火虫之夜。”萤火虫的星点、喇叭声的嘈杂，都有一种纷乱感。一种是物，视觉，一种是声，听觉，两者奇妙连接，传达出“我”的不耐烦情绪。

“一生无论怎样壮烈或优雅，终点，不过是一支烟弹下的骨灰。她看到一个肉体被蚀空的昆虫外壳挂在悬动的蛛丝末端，被风吹拂，像打秋千的小亡灵……”烟灰、昆虫壳，寻常意象的组合，在上下文中有万念俱灰的时间感。

周晓枫最华丽、修辞运用最完美的一篇文字，无疑是《巨鲸歌唱》，充满了“神似”的譬喻：“尤其退潮时分，浪涌越来越弱，泡沫散碎，像垂危着逐渐松开的拳头……”——她抓住了无力感。“贝壳是如此迷人的食物，以至于它从边缘满溢出来的肉色在我们看来就像飘摇在酒肆外的幌子。”——她捕捉到诱惑。鲨鱼游动起来仪态优雅，豹子奔跑时好像失去重力飘浮在空中，都有一种抒情感。乌贼，是善于喷墨营造戏剧效果的魔术师，又像是裹紧披风的僧侣；鱼，是水里结出的果实；大海中的鱼群，好似夜空，星星密集而远离；真理，就像是鱼鳞：闪耀、零碎，易于剥落，弥散腥气，难以食用……

晓枫的譬喻式修辞，让我想起一个大师——普鲁斯特，他极其善于捕捉事物之间的神似，奥黛特的一低头，让斯万想到波提切利画笔下的女子，心醉神迷的就是那一低头；一个蛋糕，让他喋喋不休地大谈教堂建筑史；凡德伊的一段旋律，他用了三四页篇幅，浮想联翩，可以说个三天三夜。一个优秀的写作者，无疑是善用譬喻的。层层叠叠的想象、譬喻，将事物做深刻的细分，精准而深入地呈现事物复杂、多样的内部。晓枫抽取了世界奇妙连接的那条闪闪发光的丝线。

晓枫使用譬喻时，除了寻找事物的神似，还善于用对立面来比拟：

“这奇怪的对称，也许反倒是通约的法则：唯轻盈之物才能制衡最大的重器。比如灯塔之光指引万吨巨轮。比如理想，仅凭它动人的发音，可以让几代人甘愿付出喉咙的血。比如死，为了抵偿它的安静，我们动用了一生的喧嚣。”

“越是硬质的保护，越有软质的心肠。也许这有助于鼓励我们穿越生活中无情的甲胄，去触及隐藏在背后那暖意的体温。就像冰冷的钟被撞击，传来的却是清越之音；就像通过霹雳金刚手

段，体会菩萨慈悲肉肠。”（以上选自《巨鲸歌唱》）

无论是叠加运用私属性形容词，还是神似、对比的譬喻，晓枫充分发挥想象力，调动她所有的体能，以其丰沛的语言，充满激情地，完成一次次修辞的冒险，呈现其对事物对真理的敏锐、精微的感知。

修辞，是晓枫的长处，纵情任性使用，难免不节制，有时也的确成为她的短板，以致为人诟病“太华丽”，道其有好句，无完篇，文字如一副副雕花马鞍，等等。文质彬彬，讲求文章的中正和谐，文与质，恰到好处。假若晓枫自称她的文字是巴洛克式的，那么，过分使用修辞，就难免走向矫饰主义。

但是，谁能规定如何写作呢？批评者总是眼高手低。是也非也，且纵情任性地写吧。

三

多年前，喜欢基耶斯洛夫斯基的电影《维诺尼卡的双面生活》，我写下一篇文字《找寻另一个你》，开头两段是这样的：

> 这个世界，你不是孤单单一个。主宰的神，将自己的大能，将至善至美散布开来，投射在不同物体上，包含有统一之美善的，不仅仅是你一个。各不相同的物体表现出奇异的相同，包含于不同肉体的灵魂，也惊人地相似。于是这些肉体，凡间的众生，无论多远，都渴慕着接近。“日有日的荣

光，月有月的荣光，星有星的荣光，这星和那星的荣光，也有分别。”（《哥林多前书》第十五章第四十一节）无论是怎样有分别的荣光，都是光，都来自共同的源泉，都从神给予的生命中发生。所以，遥远的两个，因为能体验到、呼吸到、感觉到那光的相同源泉，而彼此接近。

深蓝夜空，星星幽凉闪光，如坚硬宝石，你不是独自一颗，遥远的国度，大海的那边，近在咫尺，也会有一颗和你一样：发亮眼睛，乌黑短发，对音乐，对美，对爱，都敏感、纤细；脆弱如瓷，又如宗教般坚执。春天的树木，绿叶伸出毛毛小手，你是其中的一片，会有另一片，和你如此相像又略有差别。你感觉到她的存在，在梦里，在记忆中，在书页的字里行间，在戏剧舞台上，在上扬飞升的音乐中，在天雨落在脸上的瞬间。某个情境，看见她如同看见自己。你将拳头抵住自己内心，埋首静听，知道她的存在，如同那光，从窗户进来，在沙发上跳跃一般自然，你能看到她的出生，她旋转、无声坠落地面的过程。你听得见她凋陨的声音，为之悲伤哭泣。你不停地寻找并确认着她的存在，知道自己曾经和她一起呼吸，她降生、喜悦、变老、死去，你都清晰地看着这一切发生。你一再地梦见自己，一再望着镜中之像，确认自己，也思念她……

美少年那喀索斯，从破碎、模糊的水中之像，臆想并完成对自我的认识。拉康“镜像理论”所谓“自我即他者”，这个“他者”，不仅仅是婴儿通过水、镜子，还通过影像、他人、语言、空间等一切“他者”，实现对自我的确认。晓枫，阅读你的书，我毋宁是以你的文字，以你为镜像，来确认自我。我也曾从那些伟大的女性写作者，阿赫玛托娃、茨维塔耶娃、艾米莉·勃朗特、弗吉尼亚·伍尔芙、艾米莉·狄金森……那里，吸取语言之蜜，抽出编织文字的秘密丝线，她们躲在书橱暗影中，只要打开书橱，我就能听见她们或激情或焦灼的同性暗语。但毕竟，她们远在世纪之外，如星星闪耀夜空，心存敬畏的我，只有仰视的份儿。

在你的书中，我可以感性地寻找到我们的共同之处——一些情绪或细节。诸如，“我喜欢这种略带倦意的灰暗。整个世界并非忧伤，只是令人出神罢了”“我们可以像水生植物，安静而无根地，寄生于冥想之中”“暴雨将至。这是一部电影译名。我喜欢这个名字，甚至喜欢置身其中的灾难情绪”。诸如，对情欲，“每每感觉到你的鼻息，心就被什么轻轻漾动，如同被微风吹拂，我枕靠在最微小的涟漪上。有时，温柔是多么有力的腐蚀啊……因为它近于一种自律的激情”。（以上选自《耳语》）诸如暗恋，“我就像笨靴子爱上脚蹼一样，心动而绝望。那些说不出来的甜蜜的话，全在心里……像棵无人采摘的樱桃树，暗暗地落了”(《幼象》)。诸如遗忘的焦虑，记住的全是碎片，一闪即逝的感知，能记得“覆满松林的山坡，起风时让人嗅到的一种冷香”，却无法记住人脸、姓名，钥匙钱包到处乱放，而“保持记忆唯一的办法，是逐字逐句地记录”。也如你一般，偏执狂般喜欢挤压塑料包装膜的小气泡，也喜欢喝棕色的饮料：浓茶、咖啡、巧克力，也喜欢吃笋、蘑菇和茄子……晓枫，体贴到与你同样的感觉，读到我们不谋而合的偏好，我总是禁不住微笑起来。

但或者，我们的差异大于相似。我在第一次见到你时就意识到了。你高大健壮，一直盘踞于北方京城，我矮小黄瘦，毕生游走在南方水乡；你反应敏捷，善于分析，机警、锋利，我则混沌、笨拙，感知迟钝；你口吐莲花，用词华丽，譬喻迭出，而我直抒胸臆，讲求直白；你理性，我多情；你貌似更孤僻、怀疑，而我更加轻信与合群……我与你的差异，好似隔着长江黄河、一大堆的城市村镇。

但无论是相似的细节感觉，还是差异的个性，都如同样貌不同的枝丫、叶片，我们生长在共同的枝干上，扎根于厚实泥土中，那就是，对美、爱、温暖之人性的热爱，唯有在文字中，在书写中，这种共同的灵魂需求得到释放。诚如你说的：

“就像有些数量稀少的动物，它们一生中，可能只遇到同类一次，甚至没有这种幸运，就孤寒终老。我们为何如此相像？无论善意还是急躁，包括羞怯，也包括极尽克制的温柔。你如此了解我，从外在习惯到隐秘内心，也许一切，仅仅因为我们太过相似。”“我们的身体里都有一头害怕孤独的小兽，寻求交颈摩擦的温暖和哺喂。”（《耳语·李生》）

是的，我是幸运的，在文字中遇见了你，我的姐妹，不至于孤寒终老。从此知道，在北方的城，有一个你，穿梭往返，当我嗅闻丁香花散发的迷离香气时，你也会悲伤香气的终将消逝。在未来，我和你，在遇见与错过的时日，在影像中、舞台上、书本里，我们相依相存，相互倾听着、赞美着、体恤着……

四

尽管周晓枫声称，“比之寒光，我更易醉心于刀鞘上的雕花”，但或许为了应对一些批评（诸如“要手起刀落，须得去除过多的装饰”），或许是她自觉的转向，晓枫最新出版的这本《有如候鸟》，摆出手握长剑的姿态，试图刺向一些更“宏大”的主题，诸如：《布偶猫》讨论暴力，斯德哥尔摩综合征，施暴者与受虐者的关系；《初洗如婴》探讨记忆、遗忘，阿尔茨海默病；《恶念丛生》探讨善与恶的关系；《浮世绘》白描当代社会之怪现状。

我读这些文字，在想，是否，晓枫出身于医生家庭，使得她对心理与身体的病症、医学名词与医疗过程，分外敏感。就好像福楼拜家就在鲁昂医学院，其父是当地名医，其兄也继承父志。我曾去鲁昂拜访福楼拜少年时的故居，三层楼房，一层是手术室，二层是父亲工作间，摆满各种机械，瓶瓶罐罐。福楼拜从小看着浸泡在玻璃瓶中的夭折婴儿、人体内脏，看着父亲给人锯腿、放血、接生，听着生命降生时惊天动地的哭叫，看着流血、衰微，直至死亡，据说这奠定了他的虚无主义气质。他后来在写作中刻意保持的冷静、克制，手术刀般准确、冰冷的解剖，是否因其医学世家出身的气质?！当我读周晓枫，看她头头是道、手术刀般解剖概念，事无巨细地罗列人体器官，《齿痕》中对牙齿正畸过程不厌其烦地描述，对痛感逐一呈现时，我就不禁想到她的医生家庭。

但在这里，我关注的，并不是晓枫试图改变形象，试图举起佩剑，做一个指刺现实的骑士。我要讨论的是，修辞的繁复，是否会成为一种障碍，从而影响利刃的硬度与速度？如果是一把利刃的话，无论你是直截了当地刺出去，还是你跳着狐步舞，要一套花拳绣腿，摇摇晃晃地刺出去，它都是一把利刃，只要利刃本身足够锋利，内在力道足够强，刺向目标又足够精准。打醉拳的，眼花缭乱的招式，也许是迷惑敌人的方法。

一个空荡荡的房间，只摆放一把椅子，不会显得很大；但如果放进书橱、椅子、电视柜、餐桌、大衣橱等等，分割成客厅、餐厅、卧室、书房，你会发现，塞进的东西越多，空间反而显得越大。古小说中有个故事，讲一个人获得一个魔法瓶，夜深人静时对着瓶子呼唤，瓶中人就呼朋引伴地跑出来，美酒佳肴果盘摆了一桌。瓶中人也带了一个瓶，轻轻一叫，瓶中又冒出来戏台班子、各色店铺、各样吃食。如此再三，瓶子套着瓶子，好几世的人生，都装在一个瓶子里。我的意思是，一段文字，意象密集，想象丰富，会极大拓展时间与空间。

再说速度。如果站立在塔上，扔下一片羽毛，羽毛飘浮于空中，不会着地；若以同样力量，扔下一只铅球，铅球会以加速度着地。密度大，力量大，速度也快。所以，文字的速度并不单单通过节奏加快、断句分行增加形成，速度是在意象的飞快转化中完成的。密集意象，会加快文字前行的速度。力量相同的情况下，一把沉重钢刀的刺杀效果，远高过一把薄而无力的刀片。我曾经到黄河壶口瀑布，看瀑布落下来，挟带泥沙，巨大的重量感，水呈土黄色，一整块倒下来，不像水，倒像是一整排黄土坡坍塌下来，震耳欲聋，气势非凡，前赴后继，滚滚向前，如黄龙奔腾。我站立岸边俯瞰，两股发颤，不敢久看，生怕被那水的力量席卷下去。意象繁复的文字，就好比那挟带沙土的黄河之水，凝重、有力，也有速度。

晓枫擅长在有限空间内，“塞”进密集、繁复的意象，并不停转化意象，变奏主题，极大拓展了文字的时间、空间；如果她捕捉的意象特性是精准的，就会是有效的，并不阻碍文字的运行，反而加快了速度。比如，她写一只锥螺，螺线具有不可思议的数学之美，“我知道，这种融合极具感性与理性的螺线设计，体现在宇宙的每个角落：从猎犬座大涡旋星云到漏斗形的飓风，从盘羊坚硬而对称的巨角到植物向上攀缘的触丝，乃至巴特农神殿的陶克立柱，以及，人类听骨之后隐秘的耳蜗。这只锥螺的轴线，其实，藏了神创世时的一个元音”（《巨鲸歌唱》）。她以几个意象的转化，拓展了空间的同时，快速抵达神创造万物之美感与神秘性的原初。

《弄蛇人的笛声》，是晓枫在意象的密度与速度上完成得很好的一篇。

她声称怕蛇，也许是恐惧、厌恶，反促使她去探究奇异之物。此文结构很有意思，全文除序曲外，有 13 节（模拟蛇的长度?），每一节结尾，都与新一节的标题连接，好似蛇的形体，一节节首尾相连，有叠加，有错落。全文由与蛇相关的意象组成：蛇后之舞，妖冶、神秘，令人肝肠寸断；蛇囫囵吞下整体，“无论这个整体多么微小，它也珍惜”；青蛙与蛇，天敌间的相互依存；伊甸园传说，上帝、蛇与人的关系；蛇承受上帝的酷刑，对蛇的形态的描述，“如果愿意，它的嘴里可以不储存任何褒义词，只留下一对复仇的牙”，“蛇无从触摸，它对世界全部的感知都需要通过一寸寸带有痛感的身体磨砺”；蛇被逐出伊甸园，却带走了真理，“蛇用自己的身体比拟了巴别塔的绝望”；蛇是先知，启蒙了人类，人类却背叛了它；负恩的人类；弄蛇人与蛇，仿佛游戏的双方、阴谋的同盟，人与蛇相互模仿，互为镜像；蛇岛与人岛的对峙，对待异端的态度；古老如神话、谜语一般的蛇。

蛇的意象变奏，是交响曲中的一个个乐章，是咏叹调的反复歌咏，交叠、错落、缠绕、互补、往复、前行。从伊甸园，到人世间，从当下舞台，穿越至上古，速度何其快，时空跨度何其大。“蛇拥有寓言家那样谨慎而带有嘲讽的智慧。交叠、翻转，蛇是它自身的魔方，自身的谜。”晓枫在她曲折、密集、繁复的书写中，完成对神秘世界的认知，她，是一个破译谜语爱好者。一个试图接近真理的人。一个弄蛇人。弄蛇人与蛇，是束缚与试图获得自由的关系，好似艺术与其创造者，是爱与热爱、奴役与控制，他们一起经历难以言明的冒险与享乐、服从与自由……

五

晓枫，天冷下来了。好像是，秋分一过，一年就要结束了，如今已是立冬。上海这个季节倒是天高气清、色调明朗。听说北京是十一月看枫叶最好，与日本京都一样。我猜想，浓郁暗红的枫叶，从古都楼宇的灰调中斜出，应是极美的。我近时重读川端康成的《伊豆的舞女》，真是作者年轻时的文字，虽已有他往后一贯的物哀凄美，毕竟多些少年人之明朗欢喜，与《山音》中的老年人心境，截然不同。我读你的《初洗如婴》，就想起川端的《山音》，后者更沉郁，或许年龄更大些吧？衰老、失忆、病亡，一天又一天，绝望与恐惧的阴影挥之不去。就像一个掉进大海的人，濒临死亡，奋力挣扎，狠命攀附着漂流木头——那些美好事物：樱花的灿烂，狗尾草与胡枝子的妍丽，向日葵的旺盛生命力……华枝春满的夜晚，纯洁美丽的少女，都是这样温暖，却如风一般易逝，实在叫人伤感啊。

我读完你的两本书，一边构思这篇文字，一边开始阅读小津安二郎的研究资料，有五本书要读，还想将他的电影重看一遍。我是喜欢穷尽，又非得从第一页读到末一页，这样才觉得心安，漏掉一些，心里就很不踏实。所以，我做事就总比他人慢一些。我先读了《我是开豆腐店的，我只做豆腐》，收了小津的日记、信札、访谈等等，他说的有几点让我印象深刻：一是拍电影没有“文法”，也就是固定的程式、套路；二是人情是永恒不变的主题；三是在绝望中尝试明朗的呈现；四是不落痕迹地留有余味。

小津自然是从导演的角度说这些，从写作上，他这四点也很合我的心呢。我觉得，川端，即使在少年的明朗欢喜中，也含有无尽之哀思；而小津，就是呈现老年人哀伤孤寂的《东京物语》，也带有一种明朗幽默色调。川端也罢，小津也罢，虽各有偏向，但都具有东方美学的克制、隐忍、简洁。我个人是倾心于此的。你的文字，却不是这个路数。

关于你文字的特点，我在第二、四两节中已充分展开了。你也说自己："我是不是喜欢工笔胜过写意，是不是喜欢油画胜过水墨，是不是天生就不偏爱含蓄蕴藉或淡泊明志的，就喜欢浓稠强烈、色彩和情感都饱和度高的?"（《关于写作》）

你将你的文字浓墨重彩的缘故，归结为自己缺少中国历史和古典文学的训练，说翻译文学是你的源头。这一点，可能有一定影响，但不是完全如此。首先，即便是翻译文学这种"国产奶酪"，使用的依旧是现代汉语这种"国产奶"。现代汉语总归是从古汉语中来的，即便我们采用了拼音、西式语法，其根底还是汉字。汉字是表意文字，阅读或书写，需得一个字一个字完成，汉字的性子归根到底是慢的，与西方表音文字成串吐出，滚滚而来的音节感、节奏感，产生的效果，是很不同的。我国古人以毛笔书写，一笔一画，凝神专注之间，才能体会汉字缓慢、表意的特性。现代汉语经拼音化一变，又经电脑录入一变，越发沦为一种纯符号功能，失去汉字本身具有的审美与表意特征。但无论如何，用汉字书写的人，必定是在中国文学、中国历史的范畴内；

而以汉语思维的人，也与用表音文字思维的，不很相同，从根底上带着东方审美特征。所以，你说你的文字是巴洛克式的，那也不是西式的巴洛克。我们看西式巴洛克教堂，那种立体性、环绕感、穹顶空间，无限向上的效果，与我们东方人的对称、平衡很不同；西式教堂的光是从穹顶、从高处的彩窗投射下来的，自上而下，我们东方传统楼宇，光线透过雕花窗、格格窗，是从斜面，几经周折地进入宽大荫翳的房间。西方建筑善用花岗岩、玻璃窗，而我们的传统建筑，善用木头竹子、泥土陶瓷。使用材料不同，思维不同，也必影响我们的建筑。现代高楼大厦，东西方已接近，这当然会使生活及思维趋同，传统的印痕与影响，透过汉字，尚残存些许。我们，就是传承汉语的人。

中国文学，一个是《诗经》的传统，一个是楚骚的传统；一个是《论语》的简约，一个是《庄子》的奇丽。你的文字是华丽、密集、浓稠的，你称你的文字是巴洛克式的，我则更倾向于说，你的文字具有楚辞汉赋的特点。铺排、绵密，意象繁复，情感丰沛，在楚辞汉赋中，极尽呈现；譬喻生动，想象力丰富，才情洋溢，在《庄子》《史记》中比比皆是。就是南北朝时的骈文，也有华丽绮靡的特点。所以，你的文字，就是在中国历史与中国文学传统之中的。

就我个人的写作而言，我的确更赞赏川端康成、小津安二郎的克制、隐忍、简洁，还有沈从文的笨拙、直抒胸臆，许地山的空灵、禅意（我无法抵达）。也有绵密特点，但审美上更偏爱写意与空灵。关于写作，我没有系统的理论，曾经列出过一些词，这里选择几个，算是我的零星想法，与你交流：

流动。我喜欢文字的流动感。既指时间，也指空间。文字顺时间之河流动，有时顺向，有时逆行，有时循环往复；有时一泻千里，有时陷入圆转旋涡，有时被礁石所阻激起浪花。我在文字自成的时间中摇摇晃晃，譬如乘地铁，顺向，反逆，都是可能的。另外是空间之流。一个人的旅程，不是直线的，也并不一定要抵达某个目的地。写作也是如此。我经常被岔道上的风景吸引，驻足，流连，一不小心就走进岔道，有时我折回来，有时就顺着原先不曾料想的，一直走了下去。布列松说：“你意料之外的，无一不是你暗中期待的。”获得意外，尤为幸福。

轻逸。若我的心不够轻灵，下笔必是滞重的，我的文字就飘不起来，不能如烟、如香、如精灵一般飘逸而出。我的文字哦，是鸽子，扑棱棱扇动着白翅膀，转动着灵巧的小脑袋，还有滴溜儿滚圆的黑眼珠。我做梦都见到它们。轻逸的文字，是色彩浓重的油画蒙上了一层轻纱，是墨滴在宣纸的洇漫处，是小提琴纤细轻灵的高音，是湖面上的光、那些可视不可捕捉的跳跃银鱼，是轻风摇曳下的枝叶，或明或暗，光斑闪烁。世界如此之重，所以要轻。能砍掉美杜莎头颅的珀尔修斯，他是穿上长翅膀的鞋，飞翔在风中云里。但轻逸，不是无根的浮萍，随水流动，瓦雷里说，“应该像鸟儿一样轻，而不是像一根羽毛”。必须满怀深沉的爱，站立于坚实厚重的大地上，我的轻逸小鸟，才能飞得很高。

空白。云雾遮蔽山峰之处，流水无以望断的尽头，戏剧舞台的第三面墙，水墨画中的大片留白，《广陵散》因嵇康而成绝响，

《红楼梦》中未有结局的人物……为什么要将文字和想法塞满书页的每一处空白？真是令人喘不过气啊！吞吞吐吐不好吗？我独坐在空屋子里，读者从敞开的门进来，我们相互辨认着，然后紧紧抱在了一起。什么时候，有谁读完我的文字，掩卷叹息，想一想，又翻回去看一看，我就心满意足了。

六

近十几年来，散文创作呈综合发展态势。虽说短小散文未必无佳作，长篇大论可能是冗余，但新时期散文创作的确朝篇幅长、规模大的方向发展，显见效果就是，在期刊占据显要位置与篇幅。多种文体交错，虚实之间勾连，长短分割讲究，叙述人称多变，此外，诗歌意象、小说带入感、戏剧氛围、电影闪回、田野调查、新闻记录等多种元素在散文中的灵活运用，使得散文创作融合了多种文体与形式，却又自成一格，成就不可替代的厚重文本，不再是学者的戏笔、小说家的补白、诗人的兑水功夫。

传统散文创作观念，诸如“形散而神不散”，也受到挑战。我曾在创作谈中，提出“跨文体”与“形神俱散”两个关键词：

“也许除了韵文与小说，所有文体，都可称为散文。何必称什么抒情散文、叙事散文、哲理散文、散文诗、书信日记或童话？何必这样壁垒森严呢？它们都是一个个框子，我在框子之间跳来跳去，跨越文体，穿梭往返，有什么要紧？至于神，我们常讲心不为形役、心游万仞，神意飘飞在云层之上；失神状态，真是太好了。恍惚、迷离，牧神午后，湖上晨雾，只有形神俱散，才能抵达神意。但并非说，文字真就散架了。文字聚合，如同影像闪现，音符跳跃，用我的心，去体会、呈现汉字之间、句子之间，声音的节奏，意象的节奏，情感变化的节奏，思维的内在节奏与逻辑，去寻找他们之间诗性的连接。诗性，是我们接头的秘密暗号，是群星闪烁的夜空中那飞翔的巫婆扫帚。”

周晓枫最新出版的《有如候鸟》，就是一本跨文体的实践作品。“我希望把戏剧元素、小说情节、诗歌语言和哲学思考都带入散文之中，尝试自觉性的跨界，甚至让人难以轻易判断到底是小说还是散文。”以此，她尝试突破壁垒，融合抒情、叙事与哲思，将散文带到一个更宽广的空间。

《布偶猫》，运用穿插了密室杀人式的悬疑小说情节，凶案现场调查，“我”与一只猫的进行时对话，毕加索恋情的史料分析，瑞典斯德哥尔摩银行抢劫案新闻分析，罗浮宫艺术品的心理学解剖。这些，都围绕暴力这个主题贯穿，纵深展开，小布偶猫只是一个小小的药引子。

《初洗如婴》，运用第三人称“她”来写自己，自己的经历，自己的感受，而写作的这个“自我”，好像置身事外，出离“自我”，客观审视那个“她”，就像卢梭与让-雅克的对话，我和另一个我的对话。

《恶念丛生》：一开场即小说式的带入感，或如电影画面进入，议论，现实关系的引入穿插，诗歌借用，个人记忆，历史事件，杀婴案件调查分析。多样手法，反复变奏，分析善与恶的关系。

晓枫小说化写作最具代表性的是两篇文章，《离歌》与《月亮上的环形山》。

《离歌》以“我”的旧友屠苏的死开场，设置了一个小说式的悬念：屠苏为什么死？屠苏是个怎样的人？读者与“我”一样，都想寻找答案。接下来，抽丝剥茧，展开叙述：“我”记忆中的屠苏，现妻小夜叙述中的屠苏，前妻叙述中的屠苏，好像是个罗生门式的场景，每个人都有一种说法，到底哪一种是“真实的”？叙述的合理性在哪里？哪些是共同的？这就引动“我”去探查分离之后的屠苏的生活真实，以及他去世后，其亲人的生活真实。读者也跟随“我”前往屠苏家、故乡、中学，去调查。文章后半部，读者与“我”的视线是同步的，“我”记忆中的那个屠苏似乎退隐不见了。调查的情节，让我想起岩井俊二的电影《情书》。

《离歌》是一种小说式的写法，但不是小说，而是主观视角的散文写作。“我”既承担旁观者、倾听者的角色，也参与其中，并主观判断小夜、前妻、屠苏父母妹妹叙述的真伪。如果是小说，人物是按照自身逻辑发展的，读者或作者处于客观视角位置。一旦“我”参与到现场，却又站在裁判者位置，给予屠苏一个道德的、真假的判定，死去的屠苏却没有辩驳的可能。这种主观意愿，可能会远离现实。当举起手术刀解剖时，“我”是否怀疑过手术刀切入的方向？对屠苏的情境设置是否为先入之见？我认为，如果对屠苏的调查，始终保持文章一开始的罗生门式的不确定，并不落实某种结论，而保持其敞开性、复杂性，或将屠苏的命运放置在更广阔的时代背景下，分析其个性及生活的社会、体制因素，去除流于情感八卦的成分，本文或许更完美。又或者完全是一个小说写法，让小说人物自身展开其命运，“我”不参与其中，给予明确的主观判定。

其实早在《巨鲸歌唱》这本文集中，晓枫已经尝试着小说式的散文写作。比如《月亮上的环形山》，这篇写人叙事的散文有极强的小说场景感。“我”同样既是旁观者，又是参与者，以一种同情与悲悯，来写霍叔叔与残疾女儿画画，还有霍叔之妻，保姆，自己的感受，情景感很强，人物性格突出，文字弥散着悲伤的爱，爱与痛苦的相互依存，强烈辐射到“我”的内心，影响“我”的生活与情感，带有强烈的宿命感，令人震动。我以为，这是比《离歌》更好的一篇文字。因为，霍叔叔对画画的爱：“这注定是令我震撼的仰视。没有鸽哨那样喧嚣的鸣响，迁徙的鸟群飞过，毫无声息，却带我记忆终生的轰鸣。”

在新书《有如候鸟》中，晓枫说她试图拓展散文创作的空间，形式与文体的综合，她做到了，如上述。但是，她似乎放弃了擅长的修辞美感，摆出执长剑的姿势，试图将文字写得“深刻”“锐利”，我认为，她并不是很成功。剖析理论，并非她所长，举例再三，为了论证先入之见的概念。事实是，任何一种观念，都可以寻找到论证根据。

我还是更愿意与她一起进入她的修辞冒险，沉溺在她那繁复密集的意象、浓稠热烈的词语色彩中，折服于她的想象力，体味她的精微感知。在那些作品中，晓枫，她是害羞而焦灼的寄居蟹，执拗地举着自己的塔形教堂；她是贝类，外表坚硬，内里柔弱，如修士般闭合自己的灵魂；她是水母，轻盈飘逸，具有幻觉之美；她是乌贼，神秘诡异，擅长喷墨技艺，魔术师一般富戏剧性；她是蛇，妖冶古老，谜语一般的先知，真理的哑言者；她是海参，害羞敏感，昼伏夜出地写作，自伤自厌，既智慧，又柔情，内心幽谧，却又充满激情的女性。她是，周晓枫。

2017 年 11 月 4 日初稿，2017 年 11 月 7 日定稿。

卷二

下邳故事集

一　张良

刘邦平民出身，其父应有薄田，他却不事生产，游手好闲，到处蹭吃蹭喝，好容易混成个泗水亭亭长（相当于派出所所长吧?）。但他为人大度，如宋江般出手阔绰，江湖上，善施小恩小惠很易得好名声。张良却是韩国世家公子，原应姓韩或姬，五世相韩。父亲死后二十年，秦灭韩，为了替韩国报仇，张良顾不上家中三百奴仆，也不埋葬死去的弟弟，倾其万金家财，到处寻访刺客，想要刺杀秦始皇。他的决心，与燕太子丹，有的一拼。

那刘邦却在咸阳观看秦始皇行仪，羡慕叹息道："大丈夫理当如此。"平民出身的他，要做皇帝，得有传说：母梦与神交，行动有云气，赤帝斩白帝（白蛇），等等，纷至沓来，也不知是应了传说，做成皇帝，还是做了皇帝，传说即变成历史。总之是，连秦始皇都听说东南一带有天子气，乃东游寻访，想要去镇一镇。

秦始皇的东游，决定了张良的命运。

先是，张良找到一个大力士，能使一百二十斤大铁锤。张良自己应该不会武艺，司马迁说他“状貌如妇人好女”，文弱得很，且多病。书生张良与大力士一起埋伏在博浪沙，伺机攻击秦始皇，据考，此地两边高，中间低，官道在低洼处。天子出行，跟随的副车有三十六乘，不知是大力士抡起铁锤，跳了过去，误将副车当作秦皇驾乘击打，还是铁锤从高处飞将过去，偏离了目标……总之，“误中副车”，失败！荆轲刺秦，好读书击剑的荆轲，沉着冷静，勇士秦舞阳却吓得发抖，变了脸色，令机敏的秦始皇察觉有异吧？图穷匕见，同样失败！

铁锤大力士后来怎样？史书没有交代。只讲秦始皇怒极，大索天下，主谋张良自然得赶紧逃！他更名换姓（大概此时改姓张），藏匿到了下邳。而此时，自疑有“天子气”的刘邦怕被秦始皇察觉，也像逃避希律之杀的耶稣般，隐藏在大山草泽间。

张良刺秦时，应该只有二三十岁，英勇、意气，有点冒失。幸亏没被抓，没受酷刑而死，否则历史上就少了一个“运筹帷幄，决胜千里”的大军师。张良的改变，发生在他藏匿的下邳。

张良在下邳的大多数日子，司马迁一笔带过：“居下邳，为任侠。项伯常（应作‘尝’）杀人，从良匿。”也就是说，张良在下邳，依旧如前，凭着韩国公子的身份、钱财，秘密交游，蓄养侠士，伺机而动。好似《水浒传》中的王孙柴进，多少侠士豪客亡命之徒，受其庇护。项伯就是其中之一。看官仔细，司马迁为什么独独提项伯？这个人，与项梁、项羽关系密切，在后来，刘邦封汉王、得汉中、逃出鸿门宴，皆得项伯在项羽跟前游说之力，归根到底，项伯为报张良活命之恩，受其引导，迷惑项羽，听凭刘邦做大。此乃千里伏线。

“圯上进履”故事，是张良在下邳的关键遭际。司马迁作为史家，惜墨如金，在此却泼墨般生动描绘细节，极具画面感：

> 良尝闲从容步游于下邳圯上，有一老父，衣褐，至良所，直堕其履圯下，顾谓良曰：孺子，下取履！良愕然，欲殴之。为其老，强忍，下取履。父曰：履我！良业为取履，因长跪履之。父以足受，笑而去。良殊大惊，随目之。父去里所，复还，曰：孺子可教矣。后五日平明，与我会此。良因怪之，跪曰：诺。五日平明，良往。父已先在，怒曰：与老人期，后，何也？去，曰：后五日早会。五日鸡鸣，良往。父又先在，复怒曰：后，何也？去，曰：后五日复早来。五日，良夜未半往。有顷，父亦来，喜曰：当如是。出一编书，曰：读此则为王者师矣。后十年兴。十三年孺子见我济北，谷城山下黄石即我矣。遂去，无他言，不复见。旦日视其书，乃《太公兵法》也。良因异之，常习诵读之。

圯，水之意，圯上，即水上，指古沂水上的一座桥，旧址在如今徐州市睢宁县古邳镇圯桥村便民河（古沂水分支）河底，因康熙年间大地震而沉没。如今在距旧址东南不远处马邦大沟（古沂水）与引河交接处，再建了一座新圯桥，桥下立碑纪念。

张良遭遇黄石公于桥上，桥，或象征引渡者。黄石公是一个智慧隐士，抑或是个得道仙人，无可考；司马迁虽以此事为怪，也不去考证。“子不语怪力乱神。”故事的关键是：试探。国破家亡，张良毕竟是韩国公子，面对一个粗衣老者突兀之侮慢言行，设若他一时愤怒，动手殴打，抑或扬长而去，均无后事了，黄石公折其少年刚锐之气，子房能隐忍小怒，方可成就大业，此其一；张良在淮阳学礼，礼之根本，乃是仁爱，他能“念其老”，对老者知敬爱，有怜悯；老人飘然离去，态度潇洒，张良能识其迥异于常人之处，有慧眼；如约而至，此乃有信；一而再，再而三赴约受挫，依旧坚持，此乃有恒。故而，仁爱，隐忍，持敬，守信，有恒，这样的张良，才是“孺子可教”，是可以成就功业的大人。至于黄石公授予的到底是《素书》《黄石公三略》，还是《太公兵法》，并不重要，重要的是传授给怎样的人。张良在下邳蛰伏期间，磨砺了心性，应该还饱读了各类典籍；黄石公授书传说，不过是赋予其往后的智慧超绝、运筹帷幄、决胜千里神秘性。成就帝王，需要传说；成就军师，同样需要。天授王权，与神授智慧，都具有神秘的权威性。

陈胜吴广起义，天下闻风响应。张良在下邳，也聚集了百来号人，他想去留城投奔景驹，半路却遇见了刘邦。此时刘邦已杀沛令，自命沛公，萧何、曹参也已追随，聚集数千人，在下邳西圈地。两人交谈投机，刘邦能用其谋略，张良心觉此乃天授，便不去投奔景驹，从此追随刘邦。往后，刘邦占秦宫、封汉王、以汉中为根据地、使用彭越黥布韩信、逃离鸿门宴、迷惑项羽，每一步成功、壮大，以至最后垓下之战汉胜楚败，都离不开张良谋略。故而，建汉之初，论功行赏，刘邦提了三个人，张良排第一："夫运筹策帷帐之中，决胜于千里之外，吾不如子房；镇国家，抚百姓，给馈饷，不绝粮道，吾不如萧何；连百万之军，战必胜，攻必取，吾不如韩信。此三者，皆人杰也。"

三个"人杰"，往后之命运，却各自不同。

先说韩信。他不是如萧何、曹参、樊哙这样最早追随刘邦的故人，而是弃项羽而来的。因张良建议被重用后，攻城略地，立下汗马功劳。韩信一路打到齐国，手握重兵，楚汉正在拉锯战中。此时，韩信倒向汉，刘邦胜；倒向楚，项羽胜。谋士蒯通劝其自立，与楚、汉形成三足鼎立之势。韩信若听蒯通言，汉朝是否立国，或反被楚灭，难说！但韩信说："汉王遇我甚厚，载我以其车，衣我以其衣，食我以其食。"说他不能背信弃义。他既这样想，就应更"贴心"，偏去向刘邦索要一个"假齐王"。刘邦正在前线作战，一听，当即破口大骂，张良赶紧去踩他的脚，老刘随机应变道："要做就做真王，何必假王呢？"其时已心存芥蒂。韩信这个齐王，未做几天，项羽被破，刘邦来不及称帝，就赶紧将齐王军权收了，转将韩信封为楚王，都城即在下邳。齐国广大，靠海，不好管控；而下邳离刘邦出生地沛县不远，是刘邦早年根据地，韩信的一举一动，尽在刘邦眼皮底下。但韩信分封的楚国，毕竟管辖有5郡36县，好大地盘，好大一块肥肉啊！真教人既不放心也不忍割舍啊！偏偏的，韩信居功，不知收敛，在都城下邳，出门陈列兵仗，威仪赫赫。就有人觑着皇帝心思，告韩信谋反。刘邦不敢上楚国去抓捕，就将他骗到陈地，方才逮住，后赦免，降为淮阴侯。此时的韩信，应该夹着尾巴做人，居然还敢“日夜怨望”，称病不朝，这不是换一种方式“居功自伟”，不肯服气吗？好！再次被骗入朝，抓起来，这次，夷三族。正应了“飞鸟尽，良弓藏；狡兔死，走狗烹”。韩信先是重情，不肯自立，殊不知对统治者而言，只有利益，没有情分；后来他又自居功大，根本不相信刘邦会杀他，故而两次被骗，殊不知只要韩信这种“连百万之军，战必胜，攻必取”的人一日活着，统治者即一日寝食难安。当初韩信说项羽缺点有三：一是逞匹夫之勇而不能用人，二是有妇人之仁，三是所到处尽行残灭。他要刘邦反其道行之。刘邦做到了，包括没有妇人之仁。所以，从大汉立国，至吕后弄权，因功分封的异姓王，被铲除殆尽。

萧何状况比韩信略好。萧何是刘邦故人，又是文臣，没有兵权，但他有“人望”，这也犯忌；刘邦分封时，萧何居然敢与曹参争功，这就更犯忌了。好在萧何懂得委曲求全。刘邦与项羽拉锯战时，萧何镇守汉中，安抚百姓，供应军粮。汉中是后院，可不能失火，故刘邦时时派人问候丞相辛劳，有人就对萧何说，汉王起了疑心。萧何赶紧将亲戚子弟全都派到刘邦那参军、做人质，“汉王大悦”。立国后，除封侯外，赐萧何佩剑穿鞋上殿，父子十余人，皆有封邑，可谓恩宠已极。至韩信被杀，又加封萧何五千户，有人就对萧何说：“你的灾祸来了。”于是萧何不敢受封，反将家私捐献出来，以作军资，“高帝乃大喜”。黥布谋反，萧何又拿家私出来佐军，有人对他说：“你离灭族不远了。你在封邑经营了十来年，深得民心，这叫皇帝如何心安呢？不如自己败坏名声为好。”萧何一听，赶紧贱价强买民田房屋数千万，弄得百姓怨怒，上告到刘邦那，“上乃大悦”。但萧何还是小心谨慎得不够，按捺不住，居然为民请用皇家园林。皇帝大怒，就将老相国下了狱。放出来，素来恭谨的老萧何，赤着脚、蓬头垢面跑到刘邦那谢罪。刘邦说：“你是贤相，我是桀纣，我将你下狱，是要让天下人知道我的过错啊。”一副流氓无赖嘴脸。经刘邦敲打后，老萧何好歹得了个善终。萧何是一辈子等待着被抓捕，被处死，灾祸如达摩克利斯之剑，时时悬挂于头顶。

只有张良深知刘邦的帝王心，自始至终，有远虑，懂谋略。汉六年，分封功臣，刘邦欲封张良三万户采邑，他赶忙推拒，说：“我在下邳起事，与皇帝遭遇留城，此乃天命所授；我有点计策，万幸见效，也是幸亏皇帝能够采纳……”将个人功业尽可能降低。他请求受封的留城，大概只有一万户，故址在今天沛县东南40余里魏庙镇一带，古城早已陷入微山湖中。据说留城原来是山，地震，黄河倒灌古泗水，这才变成湖泊。张良为啥独独愿意受封于留城呢？除了下邳，对张良一生影响最大的就是留城。有纪念意义啊！“留城”者，留情也，他是要刘邦念及留侯时，会回想起当初他们一起闯荡南北建功立业的困苦艰难、大汉立国的来之不易；他是要刘邦，对他“手下留情”。他的儿子，取名“张不疑”，亦是要刘邦不要对他心怀疑虑吧?!可是，这样一个虽无军队，且体弱多病，却有满腹韬略的人，若是“放”回到封地，皇帝又怎么可能“不疑”呢？所以，张良没有回他的封地，没有如韩信在楚国都城下邳威仪赫赫地巡回，也没有如萧何好好治理自己的封地。司马迁说，张良跟着刘邦迁都前往关中，又自称多病，辟谷修道，闭门养病一年多，不问朝事。之后，他又宣称“愿弃人间事，欲从赤松子游耳”。赤松子乃上古仙人，神农氏雨师，秦汉时多传其事，或如黄石公在下邳显身，与张良相见，未可知，无可考。是不是修道游仙，也不得而知，至少张良是要告诉皇帝：我隐退修道去了，朝廷的事，你们别来找我。这样，陛下您总该留点旧情，总不会生疑了吧？

完全退隐，其实不可能。皇家要你出山，不出也得出。张良终究要卷进朝政中：皇帝要废太子，改立戚夫人之子赵王如意，吕后急了，找人劫持了张良，要他出谋划策。这是要张良站队。张良就指了一条道路：找隐士商山四皓辅佐太子。刘邦果真被吓住：连四个请也请不来的八十老人都来帮忙，看来太子羽翼已成，动不得了。戚夫人只能哭。但皇帝日后一查，定然获知这是张良的主意，心中会恨吧：这个老头，身在道山，心在朝廷，还是个威胁！就算张良正确站队了，那吕后也会想：他既有智计立这个太子，也会有智计立另一个吧？所谓“匹夫无罪，怀璧其罪”，张良这样的智者，岂能为他人所用？吕后定是要张良活在她的眼皮子底下的。故而刘邦一死，吕后以感恩之名，强行将张良抬出来，强迫他进食，不许他辟谷，说：“人生一世间，如白驹过隙，何至自苦如此乎！”张良不得已，只能强行进食。一个人，自己无法选择吃不吃饭，还有什么比这更苦的吗？

刘邦死后八年，张良去世。传说吕后听到消息，即指示：一定要找到张良墓。那是生要活人，死得见尸的架势，太后是怀疑张良会诈死，从她眼皮子底下消失吗？一个老人，空有侯位，无兵无卒，统治者尚如此担心。张良似乎能推断自己的身后事，吕后一声令下，据说全国一下子冒出800多座张良墓。是张良预先布下众多疑冢吗？他是担心自己死后被掏坟掘墓吗？总之，他似乎为自己的死，也提前做了安排。也有传说，他真的得道成仙，摆脱了世俗权力。

但张良可以决定自己的生死，却决定不了后代的。汉文帝（当初他扶植的太子）五年，张良儿子张不疑，即坐“不敬”罪，国除。纵观三个“人杰”，韩信居功自伟也罢，萧何谨慎小心也罢，张良修道退隐也罢，对于统治者来讲，都一样，只要你存在，就是威胁，异姓王侯，总是要剪除的。待到汉景帝时，连同姓王也要剪灭，加强中央集权，就是帝王的梦想。

今年四月，因了机缘，去往睢宁古邳镇的下邳国遗址。进村庄，杨树环绕一湾静寂池塘，几座白色村舍，绿黄相间的大蒜田中，一个红衣戴笠农妇俯身拔草，黄土坝上爬满了盛开的油菜花。友人指指以网围住的池塘，说，康熙年间地震及黄河水泛滥，下邳古城就沉埋于此了。两截黄土坝，在池塘中半没半露，据考可能是东汉、魏晋、宋金、明清的城墙叠加，城墙从池塘一直延伸到便民河。张良遇黄石公的圯桥，就埋在便民河之下。碧沉池塘与便民河之间，隔着一大片青绿萧疏的杨树，树下油菜花繁盛未谢。一阵风过，杨树枝叶婆娑，似在絮絮低语，诉说数千年来的沧海变迁。唐代在下邳城西门建有留侯庙，庙联为："报韩仇椎博浪知难而进穷一时，兴汉业筹帷幄功成身退垂千古。"一进一退，道尽留侯一生。李白、苏东坡、李商隐等也曾到下邳，寻访张良踪迹。李白诗《经下邳圯桥怀张子房》，甚合我心：

子房未虎啸，破产不为家。
沧海得壮士，椎秦博浪沙。
报韩虽不成，天地皆振动。
潜匿游下邳，岂曰非智勇？
我来圯桥上，怀古钦英风。
唯见碧流水，曾无黄石公。
叹息此人去，萧条徐泗空。

想那张良，一介书生，体弱多病，状貌如妇人好女，却英勇多智，或进或退，皆大丈夫所为，两千年来，英风猎猎，照拂至今。春四月，伫立于古沂水之畔，遥想刘邦韩信纵马驰骋于此，张子房书剑布衣从容往返于此，英雄俱往，不可复见，心向往之，低回流连不肯离去。其时，石楠泛红，杨树萧疏，泡桐花大张，满枝尽是繁华紫色矣。

二 吕布

所谓“一部三国史，半部在下邳”。下邳历来是兵家争夺的战略要地。

东汉时下邳为侯国，管辖 17 县，孙权之父孙坚，曾任下邳丞；下邳国与彭城国皆属徐州刺史部，疆域甚广。184 年，黄巾起义军攻入下邳，下邳王刘意弃国而走。193 年，陶谦任徐州牧，与曹操大战，病死后，刘备接手，又与袁术交战，令张飞镇守下邳，张飞杀了陶谦部将曹豹，吕布即乘乱夺了下邳。198 年，曹操与刘备联手，杀了吕布，夺了下邳。206 年，下邳国除，改为下邳郡，仍属徐州刺史部……一二十年间，各路势力竞夺，下邳城战火纷飞，百姓生活在水火中。

据《后汉书》《三国志》载,陶谦与曹操对战是在徐州，治所后来迁到山东郯城；陶谦死后，刘备接任徐州牧时，治所应已移至下邳，因为吕布是从刘备手中夺了下邳，并自封徐州刺史，治所就在下邳。到三国时，徐州刺史部治所才移到彭城（今徐州）。但《三国演义》中说刘备、吕布的治所都是在徐州，这样，为了解释吕布何以在下邳被缢死，就不得不添补一些情节。《三国演义》作者被认为是明朝罗贯中。明洪武年间，下邳县已属邳州，并另建新城，古下邳城的重要性大大降低。罗贯中不知是误会，还是有意，将战争重心移到了徐州，这与历史不符。

三国时，下邳最著名的事件是吕布被吊死在白门楼。小说

《三国演义》对此事也有演绎，只是细节与历史有些不同。

《三国演义》中，吕布甫一出场，即挨骂。张飞这厮，性情暴戾，滥杀无辜，可只要碰到吕布，即可自居道德正义，骂吕布是“三姓家奴”。吕布终其一生，贴着这个标签。但《三国志》中，没有说吕布认丁原为父；吕布背叛董卓，也并非完全出自王允筹划，惑于貂蝉美貌，而是董卓虽宠信吕布，稍不如意，即以手戟掷吕布，吕布武艺高强躲过，却已私心怨恨。若换一种叙述手法，完全可以说，吕布杀董卓，是审时度势、铲除暴虐、弃暗投明、大义灭亲，既为自己，也为汉室，除了大害。吕布自己也将杀董卓当作一件大功劳，到处邀功。的确，如袁绍、袁术、曹操、刘备等等，哪一个不是从董卓之死中获益，开始了争战年代？但《三国演义》中，吕布如此“壮举”，却没能一呼百应，成为除暴英雄，反而处处不受待见，为人轻视，背负“三姓家奴”恶名。究其缘由，《三国演义》推崇“忠义”，塑造吕布“三姓家奴”典型，是与关羽的忠义形象做比对。同样是武将（关羽还打不过吕布），因为忠义，关羽地位就高。其实还有一个内在原因——吕布是一个失败者。历史从来都是由成功者书写的。凭你如何狡诈狠毒，一旦得了天下，便可将花样文字，织成一段遮丑锦被。

我并不想为吕布的行为辩解。单就史料来看，他的确为利所动，杀了丁原、董卓，没什么好。只是，他真的比曹操、刘备等更恶吗？去读读《三国演义》，满目是狡诈、变节、阴谋、争战。所谓“老不看《三国》，少不读《水浒》”，因为年纪大点，经些世故，就能觉出，刘备之仁厚近乎伪，关张则近乎僭。

《三国志》《后汉书》中，只说吕布这个人的毛病是：有勇无谋、性情反复、不听谋士、随性决断。也就是说，他逞匹夫之勇，且任性，凡事不好好思量，就轻率做决定，故而总是反复。说到底，他既没有刘备的城府心机，也没有曹操的雄才大略。若在和平时期，凭其一身好武艺，可领一方土地，遵循上意，做一个好将领。偏偏，他生逢乱世，群雄角逐之时。吕布之所以死得快，有四个原因：一是武艺高强，令人顾忌；二是有野心，不肯死忠跟随一个人，想要单干；三是没有家族背景做支撑；四是缺乏谋略，不晓得如何用人、如何驾驭部下。说到底，还不够狡诈。

吕布有野心，他杀董卓，也是想单干。故而，投奔袁术、袁绍，这两家世代大族，皆不能容他，袁绍还想偷袭杀了他。当时群雄并起，他即与张邈、陈宫等合伙，树立自己的旗帜，想要分天下一杯羹。他去夺兖州，曹操说："这是我的地盘，你干吗来夺？"吕布说："汉家城池，诸人有份，偏尔合得。"这可是说了大实话。当时众雄，岂非都在瓜分汉家天下？

《后汉书》中说，吕布在下邳投降，被绑来见曹操，说："今日已往，天下定矣。"显然，他没有将跟从曹操围捉他的刘备放在眼中，认为自己才是可与曹操一决雌雄的英雄，如今他完蛋了，曹操可以一统天下了。《后汉书》记吕布的话是："明公之所患不过于布，今已服矣。令布将骑，明公将步，天下不足定也。"意思是，假令吕布我还在马上，并不会被曹操你捉住，天下还不足以平定。到了《三国志·魏书》，这段话变成：“明公所患不过于布，今已服矣，天下不足忧。明公将步，令布将骑，则天下不足定也。”变成吕布说，如果曹操带步兵，命令吕布带骑兵，区区天下可定，没什么可忧虑的。从这些对话，还看不出吕布有什么怯懦，只是被抓后的一般性感慨。但到了《三国演义》，变成吕布向曹操求饶不要绑得太紧，并对曹操说：“公为大将，布副之，天下不难定也。”至此，罗贯中成功塑造了一个“三姓家奴”的懦弱形象，并以陈宫的英勇就义，反衬吕布的跪地求饶。

《魏书》是站在曹操立场，《三国演义》则是站在刘皇叔立场。为了抬高刘备，将历史上昏聩无能的陶谦，塑造成一个谦谦君子，这才有了“三让徐州”的故事，成就刘备的仁厚重义。贬抑吕布，也是要抬高刘备。但即便是努力强化吕布被执求饶，还是无法解释刘备的背信弃义。先是，袁术攻打刘备，吕布前去劝和，关、张担心刘备被杀，刘备说：“我待彼不薄，彼必不害我。”可见刘备深知吕布不是一个狠角色。当时吕布对刘备说：“吾今特解公之危，异日得志，不可相忘。”叮咛之声犹在耳，刘备已然违背诺言。当吕布投降、被抓，曹操尚且犹豫，有爱才之意，刘备果断提醒曹操：“你难道忘了丁原、董卓的事吗？”意思是吕布易反复，如果曹操用了吕布，反会被其所噬。曹操原就是多疑之人，一旦认清自己没有把握能驾驭吕布为己所用，也就杀了。吕布恨道：“大耳儿最无信。”

刘备除了背信，借曹操之手杀吕布，乃是出于更狡诈的深谋远虑。吕布勇猛无敌，关羽单个打不过吕布，张飞更是吕布手下败将，将下邳连同刘邦的两个妻子都丢给了吕布，两人相加，也只与吕布战个平手，“三英战吕布”一节，关羽、张飞、刘备三个人，才逼迫吕布逃走；曹操与吕布在濮阳大战，曹操派了六名大将，才把吕布团团围住。所以，郭嘉给曹操出主意，决古沂水、古泗水灌下邳城，围困了吕布三个月，逼得吕布自己投降；若是与吕布单打独斗，甚或只要让吕布骑在马背上，曹操和刘备都抓不到他。如此一员骁将，好比一把锋利匕首，在谁手中，谁即可为利器；何况，吕布并不容易驾驭，容易反复，匕首没用好，反会伤及自己。故而，曹操犹豫不决（他爱才，掂量自己能否驾驭得住吕布）时，刘备脑子清楚：吕布如此骁勇，若被曹操收用，如虎添翼，关羽完全打不过他，他将是劲敌；假如曹操也降伏不了，放虎归山，他对于曹操、刘备也都是敌人。故而，从刘备角度，留着吕布，无论如何都没有好处。表面上，他为曹操着想，拿之前吕布杀丁原、董卓事，令曹操起疑，不敢用吕布，实际是，刘备自己没有本事，借曹操之手，杀了吕布。这种事，是“仁义道德”的刘备干的。吕布徒有匹夫之勇，却远不及刘备、曹操狡诈啊。故而当曹操问陈宫，当初为何舍弃他，转而去辅佐吕布时，陈宫答：“布虽无谋，不似你诡诈奸险。”这是说到点子上了。足够阴险诡诈的曹操、刘备者流，最终才会赢得胜利。

《三国演义》具有强烈的功利者观念。赢者通吃。至于失败者，自然要赋予其负面形象，所以，强化了吕布的毛病。除了“三姓家奴”、背信弃义、有勇无谋之外，吕布还有一个罪名：好色。恋妻好色是导致他失败的重要原因。

历史上似不存在貂蝉。《三国志》只说吕布与董卓侍婢私通，内心不安。《三国演义》演绎颇多。貂蝉完全是创造出来的角色，吕布因貂蝉杀董卓，更显得好色而背信弃义。我对王允此人很不以为然：匡扶汉室全凭一个女人，将貂蝉训练成一个美女间谍；又将哭董卓尸体以报知遇之恩的名士蔡邕杀死，着实可恨！在王允眼中，不站在我这边的，即是敌人，女人、文士、武将，都不过是为我所用的政治工具。故而，他对貂蝉的命运毫无同情之心，对名士蔡邕也无保存之意，还不如董卓至少表面上爱才，也不如吕布多情，真的喜欢貂蝉。历史上，王允与吕布一样受董卓倚重，他主谋诛杀董卓，属于背信弃义；但《三国演义》中，王允无疑是一个匡扶汉室的英雄。至于貂蝉，仅仅作为工具存在，游离在董卓、吕布之间，挑拨离间父子关系。设若从女人角度臆测，那董卓又老又胖；而吕布，高大勇猛自不必说，更兼扮相俊朗。

> 头戴三叉束发紫金冠，体挂西川红锦百花袍，身披兽面吞头连环铠，腰系勒甲玲珑狮蛮带，弓箭随身，手持画戟，坐下嘶风赤兔马，果然是“人中吕布，马中赤兔”。

这样的男人，女子怎能不爱？貂蝉对吕布无情，很难说得过去，两人在凤仪亭缠绵，就是一个佐证。但《三国演义》并不看重儿女私情。

吕布多情（好色）的另一个佐证，就是不用陈宫计策，错失良机。当时陈宫等建议吕布出下邳城挑战，陈宫、高顺等守城，两面夹击曹军，变被动为主动。但吕布妻（他有两个妻子，《三国演义》中加了一个貂蝉是妾，还有一个女儿）不愿他独自出城，说万一陈宫、高顺等不可靠，既丢了妻女，又回不了城，如何是好？归根到底，吕布对手下谋士部将，既不能相知信托，信托了也不会用，宁可选择保守路线，死守下邳城，心想曹操总归是攻不破城池的。但曹操更狠，听从郭嘉建议，决古沂水、古泗水，淹灌下邳城，围困了三个月，城中百姓凄苦难活，手下部将离心涣散，吕布不败，如何可能？

吕布不忍心丢下妻妾女儿，独自逃生，恰恰说明他尚有人情，英雄尚且气短。《三国演义》津津乐道的，是如曹操、刘备等认同的“兄弟如手足，妻子如衣服”。其实曹操十分好色，且不说他造铜雀台，收集绝色美女，妻妾如云，单说他围攻下邳时，竟逼奸部将张绣叔父之妻，张绣报仇，曹操逃生时，死了大将典韦、长子曹昂，实在荒唐，还好意思哭典韦。至于刘备，先有甘、糜二夫人，后来孙权又将妹妹嫁给他，日日沉溺酒色。但刘备的确不多情，两次将妻子丢下不管：一次是妻儿皆被吕布所获，吕布倒善加款待，秋毫无犯，过后还送还给刘备（这也说明了刘备之背信弃义）；后一次，为了保护嫂嫂，关羽不得不投降曹操，假如曹操不够爱才，关羽早被杀害，刘备妻儿也早身首异处。

在《三国演义》观念中，吕布的失败、投降、被杀，皆因听从妻子之言，应了“女人祸水”之说；也为部将不听从吕布号令、背叛主上寻找到一个理由：吕布爱妻女胜过爱兄弟。在一个以力角逐的时代，如吕布这般沉迷美色、顾恋妻子，就是一个弱点，不是“英雄”所为。比如，从来没听说关羽好色吧？关羽眼中，只有兄弟，没有妻子吧？至于曹操、刘备之类的“大英雄”，更是可以将妻儿如衣服一般随取随弃的。

那么，下邳之战中，吕布如此勇猛，又是怎么被抓的？《三国演义》中讲吕布众叛亲离，累了打瞌睆，方天画戟与赤兔马被部将偷走，好似一头被剪掉爪牙的老虎，被部将悄悄绑了来见曹操，很是窝囊。《后汉书》记载不同，说是曹操引水灌下邳城，围困了三个月，百姓凄苦，军心涣散，手下人先抓了大将高顺、谋士陈宫投降，曹操加急围困下邳，吕布就叫左右砍下他的头颅向曹操投降，左右不忍心，他这才自己下白门楼投降的。曹操与陶谦大战，攻进徐州后，大开杀戒，屠戮徐州城。吕布是否为了救下邳城百姓及剩余兵士方才主动投降？史书没有记载。但至少，吕布并不贪生怕死。

《后汉书》《三国志》都说吕布等是被“缢杀”，然后被砍了头。

历史从来都是胜利者书写的。吕布故事究竟如何，我们也只能通过如今这些文献去梳理了，只能从字里行间去猜测存在的另一些可能性。

我后来还读到下邳城一些有关吕布的民间传说。先是，吕布进驻下邳四年间，带领军民重建了下邳城。《宋武北征记》载：

“下邳城凡三重，大城周十二里半，其南门曰白门；中城周四里，吕布所筑；又有小城周二里许。”大城是春秋时宋襄公建的，中城就是吕布修筑的，小城为郗谭、钦羡所造。曹操放水灌的下邳城，即是中城。下邳百姓憎恨曹操水淹良田、毁民房舍，却感激吕布，是否还因为吕布被围困三个月后，放弃、投降，免了下邳百姓更多的死亡？《三国志》说吕布与陈宫、高顺枭首后送许都埋葬。下邳传说却是，吕布、陈宫的尸体是被百姓偷了出来，葬在下邳岠山支脉二龙山上。某日，山脚一个老汉做了个梦，梦见岠山裂开一条缝，缝隙中，一头毛驴在拉金豆子，有男女对话说，为了感谢下邳百姓埋葬自己，要将金豆子赠给下邳人。那男的就是吕布，女的是貂蝉。虽为无稽之谈，却反映了下邳百姓对吕布的感激之情。

貂蝉是否也随吕布而死呢？历史上没有貂蝉，但《三国演义》浓墨重彩地描写她，吕布被杀后，貂蝉却从书中消失不见了，只说曹操“将吕布妻女载回许都”。妻女，包括作为妾的貂蝉吗？作者是把貂蝉故事写漏了？或是有意写漏了？也许作者不知道如何安顿貂蝉：假如貂蝉被杀，于理于情，都说不过去，诛灭董卓时，貂蝉可是立下汗马功劳啊；假如貂蝉没死，该怎么安顿呢？曹操也将她收在铜雀台吗？有关貂蝉的空白，留给民间传说许多空间，民间是相信貂蝉这个美女的存在的。民间传说，貂蝉与吕布是一起死，一起变成神仙的。又传说，曹操派人去杀貂蝉，总杀不掉，因为貂蝉太美了，最后派关羽才杀了她，可见关羽是个不会为情色所动之人（换言之，关羽是一个铁石心肠的人）；又有关羽放了貂蝉，隐匿浮屠祠，在水月禅寺顿悟等传说。在下邳那场肮脏的权力、力量角逐中，民间传说，或对貂蝉与吕布寄予浪漫的爱情期许；或希望貂蝉逃匿，表达深切的同情。

至于金豆子，传说又有演变，也颇有意思。我曾去睢宁县古邳镇附近一个乡贤世家，叫花家大院的，看见庭院中立一块龙蛇形石头，石头上刻了这样一个故事：明朝一个老汉，在岠山得到许多金豆子和金马驹，就交给两个儿子——“民生”与“民望”，去换成米粮，救助灾民，却被贪官获知。贪官就催促百姓上山挖金豆子、金马驹，致使百来人死在山上，其中就有“民生”和“民望”。于是龙王派了两龙蛇——“救苍”与“拯生”，惩罚了贪官，拯救了百姓。这是水能载舟，亦能覆舟的民间翻版，民生与民望，乃是王朝统治的根基。

正史、小说演义、野史传说相互印证补充，对于我们理解吕布、曹操、刘备这些人物，对于我们想象，返回那个兵家相争年代的下邳城，不无裨益。

三　季札

从吕布的下邳（东汉末）、张良的下邳（秦汉间），往前追溯，就是春秋战国时了。数千年来，该区域名曰邳国、下邳国、下邳郡、邳州、下邳县，或狭义上仅指如今徐州市睢宁县古邳镇。时空变化，生民不息。

传说邳国原是夏朝奚仲的封地，邳，原为丕，王国维谓如花房膨胀饱满，指封地广大繁盛。建造下邳城的最早记载，是公元前641年，宋襄公进攻齐国路上，在下邳筑城，周长12.5里，建有白门楼。公元前522年，伍子胥逃楚国之杀，过邳地，去往宋、郑，最后逃到吴国，可见，那时邳地并不属于宋国。那么，宋襄公之前之后，下邳隶属哪国呢？史料记载不明。战国时明确记载，齐国邹忌封于下邳。

但春秋时，有一个人的故事，似与邳地相关。那就是季札。

季札是春秋时赫赫有名的人物，吴王寿梦的四儿子。司马迁记了他的三件事：

第一件，是季札出使北方列国，实践吴王寿梦“沟通中国，联晋制楚，匡扶天下”的策略。公元前546年，列国在宋召开弭兵大会，晋、楚两国分享霸权，约定南北休战五十年（事实并非如此）。季札出使，在吴王餘祭四年（前544年），就是弭兵大会之后二年。当时吴国势力渐起，季札辗转鲁、晋、齐、宋、陈、郑、卫等国，展现出一个精通礼乐、崇尚德行的吴国外交使臣形象。虽说吴国始祖乃周人，但吴国偏僻不知周礼，“断发文身，裸以为饰”；直到寿梦元年（前585年），方“朝周，适楚，观诸侯礼乐”，又与鲁成公相会于钟离，观周公礼乐，自叹孤陋；之后，向楚臣学习服饰车马礼仪。受寿梦王影响，贤能多才的季札不但礼乐学得好，且大大超越了中原。司马迁将《左传》有关季札“观乐听风”的细节原封不动地搬过来：季札凭其渊博才学，敏锐观察，见微知著，单单观听各国之乐，即能准确道出该国的历史、民风、政治倾向，并预言其国运之变化，最神奇的是，关于“三家分晋”“以秦代周”的预言，最终被历史证明。远古时，执掌礼乐者有绝地天通之能，季札身上，或保存这种“巫言”本事？除了观乐听风，季札还与各国贤能交游，对时局、人事皆有精准判断。故而，孔子称赞季札是“吴之习礼者”；后人说季札“知几其神”，神一般从精微之处，判断周朝及列国国运之盛衰、存灭。

在详细叙写这次隆重出使之后，司马迁似乎漫不经心地写了另一件“小事”，这件小事之重要，不亚于季札的外交成就。这就是著名的“季札挂剑”，这个故事，与下邳或有所关联。司马迁这样写：

> 季札之初使，北过徐君。徐君好季札剑，口弗敢言。季札心知之，为使上国，未献。还至徐，徐君已死，于是乃解其宝剑，系之徐君冢树而去。从者曰：徐君已死，尚谁予乎？季子曰：不然。始吾心已许之，岂以死背吾心哉！

季札北上出使，在春天，周游列国回来，是当年秋天，这一年，他 33 岁。所见的应是徐国第 43 代国君，徐亘王，名毅。有争议的是“季札挂剑”的地点，目前说法不一，有徐州挂剑台、江苏宿迁泗洪张敦挂剑台、山东阳谷挂剑台之说，此外，就是据清代《睢宁县志》《古邳镇志》等记载，徐君墓，乃位于睢宁县城西北 50 里泗河（古黄河）北岸，即古下邳国西郊大花山坡下。

这就涉及，古邳国与徐国的国土，有所交叠。两个古国皆始建于夏朝。周朝时，徐国都城原在山东郯城，后迁至泗县、泗洪一带。周穆王时，徐偃王贤能，徐国复兴，统领东夷各族，据说有36国前去进贡，鲁南、苏北、皖中，方圆五百里，皆在其势力范围。徐国率九夷伐周，差点攻进周都城。败给周穆王后，徐偃王隐居于徐州一带的山林中。徐偃王复国，都城一说在徐州（彭城因徐国而改名徐州），一说在下邳。后来，徐偃王被周追杀，最终怀抱美玉，投海而亡。他的后裔继续治理徐国，邳地也长期处于徐氏族人居住统治范围内。春秋早期，徐国版图还包括后来的吴、越之地，“徐衰而吴、越代兴，吴、越之霸业即徐戎之霸业，吴、越之版图亦徐国之旧壤，自淮域至于东南百越之区”（蒙文通《越史丛考》）。只是徐国国土一再被吴、楚蚕食，越来越小，直至灭国。故而，季札挂剑的徐君墓冢位于泗水北岸，与古下邳境域重叠，这一说法与历史也可联通。伍子胥逃离楚国时抵达的邳地，在当时还属徐国，也有可能。

其实，季札挂剑台具体地点在哪里，并不重要，重要的是故事本身。如果说，“观乐听风”展现了季札的博闻多识、见微知著，挂剑故事则强调季札的守信。徐国虽已衰微，但毕竟是悠久古国，徐君应有良好的鉴赏与审美，与季札或是知己友人，心意相通；徐君之母出自吴国，季札与其有姻亲关系；徐国虽小，却是吴国通向北方的必经之地，吴、楚皆欲与其相交。有这几层缘故，季札北上出使，先去探望徐君。见徐君脸上流露出对他的佩剑的喜爱，季札即心中许诺，虽因出使礼仪需要，当时没有明白相告，心想返回时兑现。一个人，内心所想，付诸行动，即是信。守信，即是诚信，心中允诺，就去兑现，不因时局变化，不因个人生死，不因宝剑贵重，也不管是否已说出口，或是否立字为据，写成契约。信者，诚也，正心诚意，是一个君子对自我的内在要求，并非指人与人之间的关系。后世所讲的信用，侧重于人与人之间的关系，遵守规则、契约条款，都是外在的；既然是外在的，必定要讲求效果，如果条件不符合，或效果与预期不符，也可以不履行契约，不讲信用。而季札的“信”，出于个人内心，是君子对自我的道德要求，与实际效果无关。故而，当他挂剑于徐君墓冢时，随从说，这是吴国的国宝，这样赠予，徐君也不知道（就算知道，是鬼神之说，依旧是讲求效果）；季札则说：“我心中已经允诺，岂能因他的死而违背诺言呢?”内心与行动合一，诚信不我欺，儒家精义即此。季札挂剑，体现了君子德行的全部意涵，诚如王起所说：“无言者道之宏，不约者信之大。”

司马迁记录的季札的第三件事是，让国。与诚信一样，谦让，关涉德行、内心。

让国，原是吴国家风。先祖太伯、仲雍，为了让位给三弟季历，从周地逃到荆蛮，立国“句吴”。经19世，传到吴寿梦。寿梦王生有四子，长诸樊，次餘祭，三餘眛，四季札。季札“弱而才”，寿梦欲效法古公亶父，让贤能懂礼的季札继位；三个哥哥也喜欢幼弟，同意父亲的决定。季札接任王位，没什么错，有祖上先例摆在那。但季札坚决不同意，认为父亲不能因偏私之爱，违背嫡长子继承制，理应由哥哥诸樊继位。为了显示退让决心，他跑到野地耕作自食，不肯回去。寿梦王只得让长子继位，但要求兄终弟及，依次传递，最终将王位传给季札。寿梦愿望的实现，得有两个前提：一是季札比哥哥们长寿；二是哥哥们都能秉承父亲遗愿，不实行父死子代继承制。历史上，不要说三个兄弟依次传递王位，就是一代之内，为了王位，兄弟相残，甚至登上王位、帝位后，因疑忌而残杀手足，这样的事，还少吗？值春秋乱世，礼崩乐坏时，季札的三个哥哥，竟真能做到兄终弟及，秉承父志，殊为难得。

生逢乱世，王侯也罢，百姓也罢，命如漂萍草芥，朝不保夕。季札的三个哥哥皆命不长久，且不得善终：大哥诸樊在位十三年，伐楚时被射杀；二哥餘祭继位十七年，讨伐越国时，被俘虏以刀砍死；三哥餘眛继位，才四年，又死了。再看其他诸侯国：齐国，公子小白与公子纠相争；郑国，郑庄公杀了弟弟共叔段；楚国，灵王杀其主自立，公子弃疾又弑灵王（兄）自立（即楚平王），平王又杀了老臣伍奢、伍尚父子，伍子胥逃奔吴国，后来伍子胥入楚都郢城，掘平王墓鞭尸复仇……春秋时，有36个国君被杀，52个国家先后灭亡。国与国为土地、民人、利益征战；一国之内，为了权位、采邑，君臣戮弑，父子交攻，兄弟相残。身处乱世，季札内心凄然。

如何处世？如何保全性命？季札对孙文子说，“辩而不德，必加于戮”，机变狡诈而没有德行，必会遭遇诛戮；他劝晏平仲交还采邑朝政，“无邑无政，乃免于难”。君子当过有德行的生活，这也是季札对自己的要求。三哥餘眛死后，季札依旧是让位

（有说法是他出使在外，吴王僚即位，他返回后承认既有现实）。有人以为，季札违背父亲遗愿，是否为不孝？以季札之贤，能让吴国繁荣昌盛，却不接王位，是否为不忠？季札只顾保全个人名节，导致吴国后来兄弟相杀，是否太过自私？这些质问，都是从功利的角度考虑。

周朝建立之初，处于上升之势，立贤可发扬光大。春秋时，周道已衰，诸国混战，礼崩乐坏，季札乃“知几”之人，不可能不明白时势已然变化，此时，他恪守长子继承制，是要持守行将消逝的周礼。而遵循长子继承制，也是防止内乱的一种制度保证。寿梦王固然是因季札之贤而立，但废长立幼，偏私之爱上位，此风一开，后世效仿，难免不乱。譬如晋献公想立夏姬之子，结果是长子死去，重耳流亡，晋国内乱二十年。所以，季札让国，继承的是吴太伯“让”之精神本身；与其说季札“让位”，毋宁说他是“守礼”。他不愿接受哥哥们的让位，正是为吴国着想：既然他能预测别国的兴衰，也必定预感到，改变长子继承制，终将导致吴国内乱；也必定知晓，凭他一己之力，是无法改变礼崩乐坏之时势的。但他还是“知其不可为而为之”，试图以一己力量去守礼，存亡继绝。

季札主张以德治国、以礼外交。但在一个相争相杀的时代，若是季札如哥哥们一般继承王位，为了吴国的强盛、利益，领土扩张，他不得不马不停歇地与他国争战；为了巩固王权，又不得不与臣僚、贵族、亲人争斗。战争、争斗，是时代主题，这与季札内心相悖。他出使北方各国，主张诸侯不相争，以德治国，以礼外交（可见他并非不理国事，隐遁求一己之安）；季札仁慈，既不忍心置民于水火中，又岂会为了吴国强大，四处征讨？故而，他宁可学曹子臧不被立为君主，“有国，非吾节”，“富贵之于我，如秋风之过耳”。诸人皆争、诸国皆战之时，他宁可退让，保存内心与行动统一的贞节，或可免于身家性命之忧。

谦让的精义，一如上文说的诚信，乃是君子的内心与德行，谦让，即是谦让本身，不附加任何世俗功利的考虑。一个遵从德行的人，他只将心中所思，付诸行动。季札持守诚信、谦让，内心与行动统一，知其不可为而为之，在时代的汹涌恶流中，他的德行之光，闪耀黑夜长空，微弱而恒永。

餘眛之子僚继承了王位（一说僚乃寿梦的庶长子，即季札同父异母的兄长），公子光不满。公子光“狡而忍”，“阴有其志”，他说，如果季札不愿为君，如果不遵循兄终弟及，而是父殁子代的话，应该由他继承王位，因为他是寿梦长子诸樊之子。他阴养刺客专诸，公元前515年，刺杀了吴王僚。公子光行动的时机选在，吴王僚的两个弟弟征战楚国，季札又出使在外。季札当时在齐国，听闻变故，赶忙回国，长子在半路死去。据《公羊传》说，公子光假意以王位相让。季札说，如果他登上王位，等于是与公子光合谋杀了吴王僚；如果他为吴王僚报仇，是进一步的亲人相杀。只要宗庙祭祀没被废掉，只要社稷民众有主君，他只能承认既成现实。若从功利结果看，季札接任王位，拨乱反正，为了保卫权位，必定陷入争夺杀伐清算整治之中；而公子光，或其他任何一个公子，只要被煽动起欲望和野心，完全可以为自己篡夺王位寻找到无数的合法性借口。乱已发生，根源是兄终弟及，季札难道不明白吗？何况，以季札之贤，必定不会党同伐异，必定没有什么势力，即使想为吴王僚复仇，也没军队和力量。诸国皆乱的时势下，吴国岂能独免？兄终弟及、互相谦让岂能始终保持？就算季札接任了王位，季札之后，又该立谁？为了吴国免于更残酷的宫门喋血、内部分裂，季札只能到吴王僚墓上去哭。汇报出使结果后，62岁心灰意冷的他，隐退回自己的封地延陵（今常州），说："从此不入吴国。"之后，有关季札的史料，几乎没有。有种说法，季札是逃避吴王阖闾追杀，更多倾向为，季札不进入吴国的意思是，不再参与朝政，退隐到封地去。孔子为木铎，知其不可为而为之，到处奔走，甚或期待有机会再造一个东周；老子感周室之衰，西出函谷关，不知所终；季札所能做的，只是保全一己之德行名节，出淤泥而不染。

吴国之乱，刚刚开始。吴王僚的两个弟弟逃到楚国，吴王阖闾（公子光）派兵去杀了掩余与烛庸；为斩草除根，一不做，二不休，派刺客要离杀了吴王僚的儿子庆忌。如此还不解恨，又派伍子胥与孙武，去讨伐徐国和钟吾国，因为两国曾收留两位公子，私放他们去了楚国，这正好为吴国剪灭二国，吞并其土地找到借口。公元前512年冬，伍子胥讨伐徐国，放水淹徐国都城（与曹操放泗水围下邳一样）。徐国最后一任（第44代）国君名叫章禹，据说为免百姓冻饿而死，他披发文面，绑缚自己，领着妻子，跪求放过徐国。侵略者一心想要并吞国土，何来仁义悲悯之心呢？徐国被灭。章禹带着王室族人逃到了楚国。回想公元前

544年，季札与章禹之父相见甚欢，信守诺言，将佩剑赠予死去的徐君，不过三十二年，徐国即被吴国所灭，其中变化，怎不令人慨叹！

之后，伍子胥长驱直入楚都郢，将楚平王掏坟掘墓鞭尸复仇，他自己又最终被吴王夫差所杀。公元前494年，吴王夫差将越王勾践囚禁，二十年后，越国攻破吴国都城，吴王夫差自杀，越灭吴。至于六国，又相续为秦所灭，中国进入集权一统的时代。生杀循环，征战未休，以力取胜，礼崩乐坏，孔子叹息："道之不行，已知之矣！"季札之让，之信，只能成全名节，于当时世道，没有任何挽救余地。但季札终其一生，"君子无终食之间违仁，造次必于是，颠沛必于是"。

我曾去常州（延陵故地）访季札。南面是苏州（吴国都城），北面是徐州（曾经徐国），延陵季子在中间。常州红梅公园内有"嘉贤坊"，联曰："春秋争弑不顾骨肉，孰如季子始终让国。"季札的诚信、谦让，在整个春秋战国几无所用，但好比千暗之灯、一星之火，流播后世，为人追慕。季札可谓一个入世的隐者，他的让位，不是如许由，为了修仙，鄙视世俗；他也不是楚地的隐者接舆，与草木鸟兽同处。季札是入世之隐，以个人的节操，真诚、守信、退让，成就一个世俗之人的美善人格。

司马迁"世家"头一篇是《吴太伯世家》，可见他多么看重太伯、季札的谦让之风。《战国策》云："昔周太伯三以天下让，延陵季子辞国而不处，遂化荆蛮之方，与华夏同风，二人所兴。"荆蛮的吴国，反是礼仁的中心。

今年春，我与友人徘徊于古泗水之畔，正是采桑季节，杨柳泛青，枯荷未新，白鹭展翅，蛙鸣零落，有断桥一截，延伸入河。友人往泗水北岸一指，说季札挂剑处即在河那边。真叫我心驰神往啊！我所行的路线，或是当年季札所行；我所止步，或即季札驻足之处；我所见的缓缓流水，或即季札凝视慨叹的。白衣飘飘，环佩叮当，车马扬尘，宝剑华冠。噫！两千年弹指一挥间，而“先生之风，山高水长”。李白有诗《陈情赠友人》云：

延陵有宝剑，价值千黄金。
观风历上国，暗许故人深。
归来挂坟松，万古知其心。
……

2018年5月10日初稿于沪上。

世界心灵

自然是一个统一体——一棵树——人，是树上的花蕾。

——诺瓦利斯

一　复活的自然

当俄耳甫斯（Orpheus）弹奏起七弦琴时，迷迭香、玫瑰花和着旋律跳起摇摆舞，草间露珠兴奋地滚来滚去，树兄倾斜了身子凝神静听，石弟也耸着肩膀频频点头，鸟儿纷纷收拢翅膀降落枝头，连老虎都停止了奔跑收敛起森亮白齿迷离了双眼，群山拥挤着向诗人奔过去，诗人脚边的溪水哦，原本跳跃着一小朵一小朵浪花，如今却忘记了流动……

俄耳甫斯高妙的歌唱与弹奏技艺来自伟大的太阳神，他手中的七弦琴原是福玻斯·阿波罗（Phoebus Apollo）佩带的，由奥林匹斯山诸神的信使赫耳墨斯（Hermes）亲手送来。阿波罗，自然神，光明、明亮之神，诗歌艺术之神，也是预言雄辩的神，他后来主要被认为是太阳神，混同于早期的自然神赫利俄斯（Helios）。在阿波罗身上，体现了自然之光与以诗歌为表征的人之性灵的合二为一。俄耳甫斯是阿波罗的人间代表，一个歌者，一个诗人，却是一个能让宇宙万物（哪怕是冥王哈迪斯与冥后珀耳塞福涅，死亡之国看门的狗与摆渡的卡戎）全都为之流泪吁叹动容的人。俄耳甫斯所爱的是谁呢？所歌唱的是谁呢？他从人间追随到地府，直到死——身体被撕成碎片，脑袋被扔进水中，漂流于海上，他“冰冷的嘴唇还呢喃”着谁的名字？正是美丽善良的欧律狄刻（Euridice）。欧律狄刻是水泽女仙之一。水泽女仙，宙斯的女儿，一些泉水与植物的精魂，有流水的水泽女仙、橡树的水泽女仙和山林的水泽女仙，欧律狄刻正是一个橡树水泽女仙。所以诗人、歌者俄耳甫斯所爱的、歌唱的其实是山水树木。

当俄耳甫斯弹琴唱歌的时候，万物自然因诗与歌复活了。

又有爱神阿佛洛狄忒（Aphrodite），爱上了希腊美少年阿多尼斯（Adonis）。爱神阿佛洛狄忒原是天神乌拉诺斯被他叛逆的儿子克洛诺斯割去的性器，它被扔到大海中，又在海的浮沫中诞生。她是最原始的神，最本能的冲动与欲望。而阿多尼斯是希腊美女密拉所生。密拉爱着自己的父亲，偷偷与其乱伦，被父亲发现后，父亲想要杀死她，她疯狂逃走，最后化为一棵没药树，阿多尼斯就是在没药树中孕育、诞生出来的。所以阿多尼斯是植物之神，其实就是棵没药树。爱神遇见这棵树，一见钟情。可是不久阿多尼斯被野猪咬死，爱神痛哭不已，宙斯感念，就许可阿多尼斯每年复活六个月。他复活时，人世间春天来到，大地上鲜花盛开，他再次死去，花也谢了，春也走了。因此，每年春季，雅典妇女集会庆祝阿多尼斯节，屋顶竖着阿多尼斯雕像，周围环以土钵，钵中种植发了芽的莴苣、茴香、大麦、小麦等。春天逝去，人世的女儿们又祭拜阿多尼斯，以为送春。

万物自然因为爱者之爱而复活。

或者说，万物，山、水、石头、树木，都是有灵的，那些性灵潜伏在事物的深处，昏睡着、沉默着，等待着被诗人、歌者和爱者去呼唤。呼唤，像一口气吹在沉默的芦笛，像光游走在阴暗的国度。

阳光。在荫翳潮湿的森林里，浓密原始的国度，太阳光突破重重交缠的叶片、枝丫，古老难看的藤蔓，阴森的眼睛闪着绿光的毒虫，在潮湿厚重的苔藓上投下灵动的光。光在游走，在树木枝丫石头溪流间跳荡。光有薄而透明的翅膀，光无色无味却有明亮的眼睛，光会区别阴暗与明亮、白与黑、昼与夜、生与死、喜悦与不幸。光踮起小小的足尖，她的舞蹈充满韵律的美感。于是万物苏醒了。那些盲目的动物躲在晦暗洞穴中，光在洞穴之外，光的世界呈现奇异的变化景象，被光芒覆盖的一切闪闪发亮，激动着动物的眼神。于是万物苏醒了。光就是音乐。光就是俄耳甫斯手指间流动的琴音，引领着从黑暗往光明奔走。光穿越万物，如同音乐穿越人的心灵。光复活了自然，如同音乐启蒙了心智。

星星。无数个体的光。在隐秘的浩瀚的宇宙，一个个小小的光在闪烁，如同世人的眼睛。古希腊神话中，天上的星座全都是神或人的化身。阿波罗是太阳神；月亮女神是他的孪生姐姐阿尔忒弥斯（Artemis）；至于那个人世的歌者俄耳甫斯，死后被宙斯封为天琴座，他的七弦琴，原就是七星排列；还有月亮女神爱恋却被她误射而死的好打猎的美少年俄里翁，被封为猎户座，连同他的爱犬也成了大犬座……在中国神话传说中，这样的故事也很多：月亮女神原是人世偷吃了不死药的嫦娥；牛郎星、织女星，每年七夕在鹊桥相会，天下雨了，那是他们情动交感的泪水。人们还说，地上一个人逝去，天上便多了一颗星；彗星划过，几百年一次，是灾祸。在诺瓦利斯看来，这些星星本身就具有了人类的情感、性灵、精神与道德。他说："彗星的确具有怪癖的本质，它能变得极其明亮，也能变得极其晦暗，在它上面栖息着强劲的善、恶之精灵，到处都是既能辗展为薄纱又能坚如黄金的有机体。"（加比托娃《德国浪漫哲学》）星星也如人一样，在生活着，是有意识有灵性的存在。

一颗颗星星，汇集成一个完整的宇宙天体，与人世交感。在黑夜，在凌晨，独自一个人离开家门去远途，奔走于窄小山道上，抬眼看见一粒微小的星，在远天，内心也会升起微弱而坚强的希望。满天星星，在烦嚣的人世与遥不可知的宇宙之间，密集的星网，闪烁着奇异光芒，欲说还休，无言是更深更广大的言语，将世人的智慧与好奇锁住。于是，从远古到现世，仰望星空成为一种向往，它们在小小的女孩内心播下浪漫的种子，对于垂暮之人也是一种归宿与安慰。

人世灯光。冬日黑夜，长途跋涉的孤独旅者，饥寒之中，远远望见山坳中，模糊的树木、屋宇之间一窗晕黄的、摇曳不定的灯光，唯恐被黑暗吸收、浸没，哪怕极其微弱，也会鼓起周身的勇气和信心，朝那光奔过去。在浓雾笼罩的海面航行，一只孤独的船失去了方向，突然远方有一闪一闪的光，它当即掉转船头朝光驶去，即使撞到冰山也不后悔，假使那光不过是阳光在冰山上的反射。在爱琴海，一对男女相约，夜晚对岸窗口点亮了一盏灯，那男孩就跳进海里，朝着灯光方向游过去，与女孩相会。可是有一夜灯盏被风吹灭了，男孩失去光的引导，淹死了，女孩也纵身入海……这些人世灯光，也如星光，如阳光，充满神奇的力量。它们在自然之中，全都化而为一，分不清自然的、人工的，它们，被人的心灵所感。它们本身就是灵动的。

除了这些光之外，万物自然之所有一切原是与人相互交感的。自然不是灰扑扑不会言语的，不是黯淡的、难看的、了无生机的一堆“物体”或“质料”；自然不是自然科学家眼里的矿物，植物学家收集的那些被命名被贴了标签的树木花草；自然也不是生物学家用以做各种实验的蚂蚁、蜜蜂、小白鼠。自然，是会“言说”的物，是充满人之性灵的世界。

让我们来体会那种被命名为爬墙虎的植物，它们一年四季充满情感和性灵的“生活”：头年夏天，它们非常热烈地繁衍着后代，却被强力与暴力残忍拔除，它们吸附在墙壁的手，被强行拉开，还是坚韧地在粉红剥落的墙上，留下不忍离去的斑斑体液，这是它们到过人世的痕迹、见证。你以为它们从此寂灭逝去了，可是来年春天，只要阳光照耀，雨水滋润，泥土呼唤，它们就开始孕育新的梦想。一种记忆，一种欲望，潜藏的生机，从枯萎的藤蔓上悄无声息地生发——早春三月，它们悄悄伸出了赭红色小手掌。这样的小手掌，微微合拢，有点担心，似乎还睡眼惺松，可是一接触到阳光，一夜之间就成长，伸张，几天之内，变绿，新的枝蔓同时向着有阳光的地方爬行，坚定不移，满含理想与目标。那些小手掌，终于全部张开，它们大胆地放松自己，周身沐浴在阳光中，它们与风，与鸟，与种子，与那些拼命拔节的竹笋，一起抢夺阳光与肥料，它们有信心开始新的生命的轮回。直到秋天到来，枯黄，陨落，完成了一次生命过程。

人在植物中体会着生命的轮回，体会着力量，集体精神，生生不息。

人行在山谷听到回声，诞生了 Echo 女神；人迷恋自己的水中倒影，便有了自恋的那喀索斯。人在用神话解释自然之奥秘的同时，自然也在人的历史中“复活”。因为神话也是历史的一种呈现方式。

那条坑坑洼洼、布满松针、阳光斑驳的不起眼的乡村小路，因为被命名为“王阳明小道”，才生发出意义；因为“飞流直下三千尺，疑是银河落九天”这样的诗句，那挂高高悬着的“童子尿”有了被瞻望的可能。汉尼拔越过的阿尔卑斯山小道拿破仑也走过。历史在自然中遭逢，跌跌撞撞地叙述着某种巧合，人们玩味巧合时，对世界万象津津乐道。山洼、小道、湖滨，白居易的草庐、朱熹的独对亭、子贡的手植槐、弘一法师的“悲欣交集”，因为这些，那些一文不名的草房、了无趣味的树木、喑哑的山崖一下子便熠熠生辉。流水、山川、云气，也随之灵动而充满生机起来。

那么是谁，谁是自然万物的命名者？谁记录下这些复活的自然的历史与神话？

在无声时代，静默混沌的原初，天地未分之时，那是神的时代，神在命名，神将手伸出，说，光，于是光就呈现，说山、川、日、月，这些就依次呈现，连同人、兽、虫，万物之万物，被一一命名；在背诵的时代，就是英雄的时代，预言家、诗人、智者，他们是传达神意、阐释自然世界的英雄；到书籍出现的时代，神退到了天穹，人承担起责任，那是人的时代，那些书写者，承担着书写自然及传承人类文明智慧的责任。

在人行过的道上，神的光依次呈现，自然于是复活。

二　物化的人

南美女画家弗里达的一幅画，《梦》：画家静躺在床上，裹着被子，她下身的血脉化成植物根系穿过床板向大地扎下去，往深处扎，从这根系生长出的绿叶，如同藤蔓，伸长着，逐渐覆盖躺卧的女人，床的上层架子上，一具骷髅也侧卧着。在《卢瑟·伯班克》中，弗里达将她的朋友卢瑟·伯班克画成这样：男人笔直站立的腿转化成了树干，脚（树干的下部）变成强劲的植物根系，深深扎入泥土中，这些根系最终扎在泥土深处的一具骷髅上，树干的上部，是强劲伸张的树叶及卢瑟·伯班克的上身，他的头颅从茂密树叶中露出，如同一枚果实。弗里达通过这两幅画，表达生死的转化，人与自然及其他形态的转化，她表达了一种物化的人。

整个世界，花草树木、山水石头，以及人，都是一个整体，一个统一的自然。就像一棵树，它们的花、根、枝丫、叶子，都统一协调地成长着。人仅仅是其中的一部分。是最美的花蕾吗？人既是主体独立于自然，又是作为客体的整体自然的一部分。人同时具有了独立性与自然之整体性。人的存在在整体的自然中只是一个过程，人与自然的其他部分，与那些花草树木、山水石头，是可以相互转化的。

在古希腊神话中，人、神、物原也是相互转化的。

牧神潘爱上山林女神绪任克斯，苦苦追求，绪任克斯只愿意做个处女。潘追上来抱住她，抱住的却是一株芦苇，他将深深的悲叹吹进芦苇，转化为如泣如诉的声音，“啊，变形的情人哟，我们将合二为一”。他砍下芦苇，长短不一地粘在一起，成了能吹奏出动听乐音的笛子，后人就呼牧笛为绪任克斯。同样的故事发生在阿波罗身上，太阳神追求达佛涅，惊恐的神女无处可逃，化作月桂树，悲伤的阿波罗将桂枝采下戴在头顶，后来就有了桂冠诗人之荣誉，月桂树成为阿波罗圣树。这是神与物之转化。人间的男子那喀索斯伏于泉边，迷恋自己的美丽倒影，溺水而亡，化作一朵水仙；美少年阿多尼斯被野猪咬死，鲜血化作了朵朵秋牡丹；美少女伊娥为宙斯所爱，变形成了白色小母牛，可怜地在大地上游走，被赫拉派去的牛蝇四处追赶；又传说，诗人、歌者俄耳甫斯的灵魂，来生寄托在天鹅身上，天鹅总是双宿双飞，失去爱人的天鹅之悲鸣能叫人落泪。这些是人与物的转化。《圣经》记载和古希腊传说，神将灵气吹在泥土（物）上，照着神的形体塑造，就变成了人。

中国古代，也有不少这样物化的人的神话传说。

炎帝小女叫女娃，溺海身亡，化为小鸟，名叫精卫，样子像乌鸦，但头是花的，喙是白的，爪子红色，住在发鸠山，日日衔来树枝山石，发愿要填平大海。精卫填海，说的是人与山水争斗，人终于还是化为山水的一部分，融入山水中。那个古蜀国国君望帝，死后化为杜宇鸟，啼鸣不已，以致血染满山杜鹃。又有苌弘回归蜀国，忠良，遭陷害，被剖肠刮肚而死，人们偷偷将他的血藏起来，三年后，那血竟化为碧玉。这是人因冤屈而物化之事。梁山伯、祝英台相爱，人世不可得，死后便化了蝴蝶，双飞双逐；韩凭夫妇为康王拆散，双双赴死，康王犹不解恨，将他们分葬两地，两地竟生出大树，树冠相互倾斜，枝丫相交，根系也纠缠在一起，人们呼为“相思树”。这都是人因爱情不得而物化之事，寄寓了“在天愿作比翼鸟，在地愿为连理枝”的精神追求。庄周梦蝶，不知自己幻化为蝶，还是蝴蝶化为庄周；丁令威出走修道，千年后化鹤归来，家乡少年不认识，欲以箭射杀之，鹤吐人语悲叹。这些，有人世之虚幻无常的喟叹，有物是人非的感慨，究竟认同物我转化之可能，试图探求人之乐与鱼之乐之间的奥妙幽微。

人迷恋这种人与物的转化幻想而编织神话传说，并在反复记忆叙述整理加工这些物化的神话故事过程中，寄寓其精神与性灵，以及对世界的思考。作为精神主体，他既是一个充溢着丰沛的独立思考、鼓胀着信心十足的心灵和理念的人，又作为整体自然的一部分存在，他同时也是客体。是的，人难道能离开自然？难道不是世界万物之一吗？

新生儿。他从血脉中脱落，挣脱了裹挟住他的温暖的母体水源。他踢腾而紧张地从血与肉间撑开四肢，大声叫唤着降临人世，如苹果掉落在大地上。他睁开那混沌原初闭合于长久黑暗中的眼睛，遇到第一束光，稀奇地望向这个世界的第一件事物第一个人，如同世界在混沌太初之时，第一束光划破了黑暗帷幔，第一个神伸出手指轻轻一点，就区分了大地、天空。那个新生儿睁开眼睛的瞬间，对万物的稀奇凝视，难道不是人对世界、对神的稀奇凝视？他的眼睛如同雪山之巅的纯白莹蓝，目光如同雪水融化后的甘甜清冽；他的胳膊鲜嫩如同正当时令的脆嫩藕节；他的小手张开，如同春天新长的黄嫩叶片；他的咿呀学语，如同浪花激荡着礁石发出的调皮轻音；他无邪的笑如同潮湿的雨燕滑翔过春天的薄蓝湖面。

少女。五月的早晨，那个少女转向你，如同南方浓雾笼罩下森林里早晨的阳光，嫩嫩、怯怯的神情，让人渴求却不敢触碰，唯恐消失。她贞静的态度，又如三月的新月，清新而残酷，裹着拒人千里的幽幽冷光。她六月里穿的花裙，张开在起风的原野，如同鸢尾花盛开在绿意渐浓的水边；她轻唤你的名字，四月的夜晚，如同树林里夜莺的歌唱，时断时续，让人整夜在期待中辗转难眠。她在九月的午后，张开睫毛很长的眼睛，如同早晨的湖水，蒙一层乳白薄雾，一切刚刚开始，你甚至不敢呼吸，担心那层雾纱揭开后的秘密会让你大惊失色。十月的傍晚，她对你轻笑，起风的湖面生长的涟漪，新嫩的绿麦一层层的波动也不过如此，虽然那轻笑里有小小的残忍。她行走在十一月的小道上，举动轻盈，如同草叶上的薄霜，期待阳光到来后的融化，而此刻，她清蓝偏冷。

恋人。她在埋首前行的旅途中，并不晓得会遇见他，高高山崖，一滴两滴积攒已久的水珠，落在山崖下的石头也是如此，石头从何而来，水珠也不知何时落下。她因此开始思念，思念如同漫山遍野难以抑制无法铲除的野蕨草。而他懵懂的心尚闭合在蚕茧里，譬如一棵树，暴风雨来临前，静寂而沉闷地立在孤单的原野上。但恋爱的风暴终于来到，他们搂抱在一起，相互撕扯，如狂风剧烈摇撼树木，爱与痛，同时降临。亲吻，一开始如蜜蜂轻轻碰触花芯，如樱花，一夜风雨掉落了满地，很轻；那种吻，逐渐深入，直抵心脏，一层层化去，如崩塌的雪层，能听到裂冰的脆响，裂豁时的疼痛连同甜蜜清冽的泉水同时涌出，泪水混同烈酒，一同饮下，哭泣地沉醉着。遥远的等待如同蓝天晴空万里，如山脉连绵；而瞬间的欢爱，如同瀑布，飞快降落，在深潭发出巨响，把甜蜜与疼痛一起吞没。

夫妻。一条南北流向的小溪，一条东西流向的小河，在一棵大槐树那遇见了，汇合了，大槐树和树上的鸟、树下的石头都亲眼见证这个事情。一开始，他们试探着水温，小心地融合着水色，水的硬度、质地，携带泥沙的分量，都要相互接受，还偶尔为之前各自遇见的溪流争吵。然后他们一起到了一处宽广河床，被称为婚姻的那种河床。这样就过了几十年。这些年中，遇见礁石就激动成浪花，碰到悬崖就变成瀑布，山洪暴发，河中泥沙淤积让他们负担沉重，干旱无雨，河床渐至开裂礁石裸露。船只、渔夫以及河岸边洗菜的妇人，都是他们谈论的新闻，那些鱼虾、龟蛇都是一些小小的激动。也有小溪从他们中间分流出去，带去他们的祝福，也会在某个洼地孕育成圆润的湖泊，那是他们遗留的果实。时日过去，他们早就不分彼此，忘记当初的差异与争执，日子缓慢流动着。最后几年，他们开始讨论未来，他们将是在干旱的山崖沙漠蒸发为水蒸气最后变为天上的雨云呢，还是在寒冷之地凝结为冰？或者奔涌进大海，将自己化为无？没有结论。直到某一天到来，他们也不再讨论，什么结果他们都会沉默而微笑地携手承受。

三　爱者的自然

诺瓦利斯在《塞斯的弟子们》中讲了个故事：接近西方的地方有个青年人，叫夏青特，很善良，也很怪异。他总是无缘无故烦恼，来回踱步，孤独地坐着，神情沮丧，态度严肃，因为世界充满了奇怪的事情，他没法参透，不能释怀。有个女孩叫洛森绿蒂，她有樱桃一般鲜红的嘴唇、乌黑的大眼睛，夏青特爱她爱得要命。有一天，一个白胡子外国人来到他们家乡，给夏青特讲了许多异域他乡的奇闻，足足讲了三天，留下一本小书就走了。从此夏青特情绪更为低沉，甚至不再留意洛森绿蒂，总是一个人待着。终于有一天，他哭着对父母说："我要离开，去寻找圣洁的女神伊西斯，事物之母，也许很快回来，也许永远不回来了。"他甚至没有勇气与洛森绿蒂告别，就这样奔跑着去寻找那神秘的国度。许多年间，他穿行在蛮荒之地，一望无际的沙漠、炽热的尘埃、内心的烦躁不安，一切一切，他努力去克服。又许多年过去，他依旧行走着，内心的甜蜜向往却越来越强烈，周围的景致也越来越美，树叶越来越多汁肥厚，果实散发着更多清香，动物越来越欢快地奔忙。终于有一天，他来到一个泉水清澈、花丛繁茂的地方，正是他一直寻找无限向往的至圣至洁之所。他进去，穿过房间，眼前的一切他觉得如此熟悉、如此美妙。就在他沉溺于这种甜美中时，一个天仙般的少女遮着面纱站在面前，他揭去面纱——啊，正是他的爱人洛森绿蒂，她倒在他的怀里。

夏青特所有的甜蜜，来自与爱人洛森绿蒂的重逢。他那么多年苦心寻找不可得的事物之母，女神伊西斯（传说就是曾被宙斯变为小母牛的伊娥），正是他的爱人。当他离开洛森绿蒂，去寻找事物的本质、探索自然的奥秘时，所见的却是蛮荒之地和一望无际的沙漠。那些精深奇特的知识、科学，并不能解决他的困惑，无论多少年的寻找，都不能让他的心灵得到安慰。而当他越是接近爱者，自然的一切，花草树木，甘泉涌出，甜美的感觉在他心中涌动。正如诺瓦利斯的诗歌说的："如果数字和圆形不再是/ 一切造物的钥匙，/ 如果歌唱或亲吻的人们/ 学识比大师还精深，……如果人们从童话和诗句/ 认识真实的世界历史，/ 于是整个颠倒的存在/随一句密语飞逝。"（《如果数字和圆形不再是……》）"但是谁一度/ 从灼热的可爱的嘴唇/ 攫取生命的呼吸/ 谁的心曾被/ 圣洁的激情融化为战栗的波浪"，"益发娇嫩的嘴唇/ 使这份享有/ 变得更密切更亲近。/ 炽烈的快感/ 令灵魂颤抖"（《夜的颂歌》）。夏青特所要探索的事物的本质、自然的奥秘，并不是靠"数字和圆形"，知识、理论、科学探索并不是打开"造物"奥秘之门的"钥匙"，恰恰是，他爱人的"歌唱或亲吻"比所有大师的学识还精深，歌唱者是诗人，亲吻者是爱人。在诺瓦利斯这里，真正的爱者与诗人是合二为一的，他们认识世界的方式、表达的方式，就是"童话和诗歌"，最直接、最感性地认识世界、呈现自然。因此，在《塞斯的弟子们》中，诺瓦利斯也是以诗人的身份，以童话的形式，来探讨自然万物与人的关系。那些玫瑰、小溪、松鼠、鹦鹉，以及长尾猴都具有排遣心事的本领，而紫罗兰、草莓等都在传诵爱者的甜美，泉水和花丛将我们迷途的青年领回了爱人的怀抱。

我曾写过这样的话："因为爱，山川有了灵气，天地有了神光，黑暗有温暖的质地，干涸的沙地流出了甘甜泉水，野狗躺卧的地方也会有芦苇和蒲草。而恨呢？恨让人心胸狭隘，眉头紧锁，面容惨淡，恨者身边总有一个咬牙切齿的恶神跟随，他指责一切，只记忆仇恨、割裂、难看的，在恨者眼里，满目青山也总是荆棘一片。”即便不是恨，不再爱的人，也会如夏青特一般，无论对世界心存多大的好奇，无论如何努力去探索自然奥秘，也是徒费心神与时光，“满目青山也总是荆棘一片”。而“当第一次接吻时，你面前将展现一个全新的世界，这个吻使生活放射出千万道光芒进入你因欣喜而迷狂的心”（诺瓦利斯语）。

爱者相拥，在春天的草坡上。美女樱聚集着它们小小弱弱的脑袋，低语着，在风中战栗成长而大的紫红涟漪；潮润雨气的风穿行于新绿竹叶，纸壳的枯叶呢喃着冬日的温存不肯离去，新笋一日数节闪电般生长。淡白的云，成朵成团地裹住一小块玉色天空。这朵与那朵云在草坡的低洼积水中相会又分离。那些灰翅白肚的长尾鸟，在青嫩草间忽隐忽现、零落蹦跳，灵巧转动着小小黑脑袋，莫名激动着飞快穿越叶子黄软的香樟树。

爱者相拥，在夏日暴雨将至的回廊。天神憋闷着欲望向大地层层覆压下来，宽大的衣袖敞放着大风，将大榕树摇撼得东倒西歪、长须乱舞。突然间他停止了蛮力的脚步，犹疑的眼睛四处张望，放射闪电，低低呼吼着、喘息着，黑树们惊慌失措地沉默在烟灰背景下。

爱者相拥，等待那场激烈纠缠后的释放。短暂停顿，一声尖锐喊叫，电光乱闪，数千颗强力的蝌蚪从天降下，在大地激起无数小而透明的水泡，然后汇聚成欢乐水流，顺着墙角沟渠四下奔走。仅仅数分钟，大片白亮的幕布就密密遮盖了两面空洞回廊，将爱者紧紧裹住。

爱者相拥，在秋天星空下的柚木林。柚木高大的树干笔直向上，叶片在夜空下雕刻成蝙蝠的翅膀。爽洁的风涌进柚木林，爱者相拥，凝神闭目，听大风摇动枝丫叶片，周身都是清朗喧响。风就问爱者，这些柚木，它们秘密的心在哪里？一个说，在根与树干的交界；一个说，在树干与叶子的交界。风也不答，柚木们窃窃地笑，爱者就去问那些跳过柚木叶的星星，星星却只是眨着眼睛不言语。爱者就一直猜下去。

爱者相拥，在冬日屋檐下。那些透明冰凌一夜间长大，排着队垂挂下来。房前屋后积着薄薄的雪，还不曾有人踩过，却有小小的狗，留下一连串细碎急促的梅花印。年轻的公鸡刚刚跳出窝，蓦然触着了冰凉，吃惊地叫一声，就单脚缩起，那些跟在后面的小母鸡也学它，单脚缩起。鸡们在爱者的面前，全部单脚缩起，花花的一排，大眼瞪小眼。冬日薄薄的太阳这才爬上了棱棱的屋瓦，爬上了冬眠的柳树，爬上了屋檐下爱者的粉嫩面庞，他们吹奏的笛音如同冰凌从屋檐跌落的脆响。

四　城市的自然

山脉之间，群山环拥之中，城市隐落在那里；在海洋与湖泊之间的空地上，城市凸起。那些楼房、汽车、如蚁的人，或分或合，偎依在长虫一般弯曲的河流、道路边上，不停地变化着他们的形体和结构。城市并不独立于自然，不是割裂的孤单的存在。没有绝对的自然，也不存在绝对人为之物。——那些被驯服的鸡、狗、牛、马，不都是人为的吗？那些被整理的菜园，被修建的公路、桥梁不都属于自然吗？城市与乡村，并不是自然的分界。城市就是自然，天工与人为都属于自然。当我们在说人为之破坏自然时，那是将自然作为狭隘的概念看待，是要以一个对立物、一种割裂的形态，表达我们对永恒和谐的自然之美善的追求。

如果你的心灵跟随你的眼睛，也能看到城市无处不在的和谐与美。

楼宇的花瓣。年初二早上，上海。从家门口走到吴淞路，顺苏州河走，越过横亘在河上的胜利桥、健康桥、安顺桥、幸福桥，一座一座，跨越过去。每到一座桥，就停下来，站在桥上看看，河水平宁、灰白，河两边楼宇倒映水中，被细风揉皱，一幅印象派画作。黑色钢筋灰色水泥混合建成的桥，牢靠、坚韧，如倒伏在地面的安静老人。一个老头拖着一条晃动不停的狗走过，那狗频频回首看着一条擦身过去的胖妇人的黄毛狗。远远有鞭炮声，时起时落，像撒在筛子上的青豆。天空青白，薄云停滞，这个城市只是大地上的一个偶然，如同突起的山峰、陷落的湖泊，每一个城市的建设者，如同那些努力繁衍的蜜蜂、蚂蚁。我站在桥上，只是一瞬间凝视，河两边的楼宇纷纷向后倒退，花瓣般片片倒伏。倒伏不意味着消失，仅仅是退让，在一个清明平宁的年节早晨，人退出城市，到山水树木间，或停顿在大大小小的窗户里，城市倒是空落落的，河水、天空、桥梁、狗、鞭炮声，都安宁共处。那些高耸的楼宇，此时倒伏如花瓣，楼宇之间小小的空隙，是花瓣的连接处。

协奏。四月凌晨，突然醒来。不晓得是几点钟。暗红窗帘低垂，一线灰白亮光从缝隙挤进来，再几经折叠，在大衣橱柚木门的把手上留下一圈暗弱的光晕。陷落在黑暗中的，大衣橱左侧，书橱右侧，床头柜靠墙处，堆压的衣裳之下，黑暗与阴影，使得暗弱的灰白亮光显得澄明，随着天色越亮，越加透明起来。这时窗外的樱花树上有了黄莺的鸣啭，庭院蔷薇花架上的鸟雀，先是零落一声两声，然后是闹吵地应和不休，不时还跳踢着雨棚，翅膀擦过蔷薇花或竹叶的声音，也自是动人。鸟儿的喧闹一直要持续到早上9点。现在天已大亮，楼上有人走动，拖动凳子，水龙头哗声不停；窗外偶然的咳嗽声，清扫工拖动着扫把，水龙头喷射茶树的声响。早上9点30分，割草机嗡嗡鸣叫着，青涩的草腥味从窗的缝隙溢进来。有人按门铃，快递？汇款单？或送水？五楼某间断续的钢琴声……总在某个音符出错，停顿，重新来过……

幻觉。深夜，乘出租车滑行在高架上。道路在前面延长，楼宇从身旁滑过，车辆如同一颗颗孤独的珍珠，被城市的光穿起。前面，后面，左右，城市被光勾勒，假如光消失，城市也将整个地消失，整个淹没在黑暗中。幻觉。城市依旧在眼前扎实存在。只是有雾的傍晚，或凌晨，灯未亮时分，月亮也不在场，铅灰的、喑哑的、沉默的建筑浮现在白灰雾气中，被雾裹住，雾填充了城市所有的空虚，似乎将整个城市托举起来，影影绰绰。凌晨是灰蓝色调，傍晚是灰黄色调。雾主宰着城市的去留、沦陷，主宰着人世的欢欣悲怆，主宰那些小小的人，各自存活的平淡无奇的一生。一旦有光，阳光、灯光、月光、火光，无论哪种，城市就抹去了幻觉的飘摇，将轮廓呈现、落实下来。或者，实在的、清晰的城市面容，才是真正的自然面容，雾，反是客，随时消散。

色调。站在浦东滨江大道向浦西望去，午后，阳光鲜艳，天空湖蓝，几缕白云，所见一切都明丽透亮。近旁高楼玻璃的强烈反光，心神涌动起伏的薄蓝江水，对面万国建筑熠熠闪光。傍晚，阳光被楼宇遮挡，只留下玉蓝天空，楼房的锐角线条更为明晰，江水变成烟蓝，楼房则灰白。再暗，靛蓝色涂抹在所有建筑上，江面上是魂灵一般漂荡的来回船只，以及看不清楚的豆子大的人，天空宝蓝，几粒霞光跳跃，在高耸的楼宇上空，闪闪发光如金子。天色更暗，那几粒金光转成暗红，终于消失不见，楼宇、江水全部隐藏在墨蓝中，灯光未亮已逼昏黑的边际，城市气息安详，集聚所有的能量去蕴蓄一个全新的开始。这个开始，就是璀璨辉煌的夜晚之都，向世界宣告另一种光明。

“塔林”落日。在城市的大街小巷穿行。楼房从身旁拔起，如同一座座石头钢筋之塔。坐在露天阳台，被“塔林”围裹，“塔”与“塔”之间的缝隙，比古希腊漂浮的撞岩间的海峡更窄。这些“塔”，形状不同，颜色不同，却都装点着城市具体而微的生活。悲情与欢爱、冲动与颓废、成功与失意，在我抬眼四望的“塔林”，一再上演。黄昏下降，将“塔林”勾勒成灰黑色。人的心也随黄昏降临变得沉静。突然，一轮巨大的、没有任何光芒的、纯红的落日在“塔林”之间狭窄的缝隙处安静显现；它在移动，一会儿，就只剩得半个在缝隙中，半个被一座“塔”遮挡；终于全都看不见了；过不多时，又在另一道“塔林”间的缝隙处显现。“永恒将可在时间中被窥见。”

海洋与陆地。《1900传奇》这部电影，那个钢琴师，一直在海上弹奏。他不是漂泊的荷兰人，他永远不下他的船，不到海对面的城市去。他说城市里高楼林立，无边无际，城市无限延伸，没有边界。钢琴师只待在船上，在他看来，小小的船，反是可以把握的有边界的陆地，一个闭合、安全的空间，而在宽广的城市，楼房、车子和人汇成无边的海洋，无法把握，没有边界，无从记忆。海洋与陆地，相互转化的瞬间，都属于我们的自然世界。这个世界，由钢琴师决定着取舍、停伫、创造，与记忆。

五　记忆的自然

复活的自然呈现在文本中，被写下，被记忆，被传诵。神话、诗歌、历史，各种样式的文献，都得以再现自然。还有一种，绘画，尤其是山水画，直接地成为呈现自然的载体。在中国绘画论述中，画作被认为是“诗之余”“文之余”。

那么，山水画仅仅是山水自然的微缩吗？是客观地，或者科学地、精确地呈现一处一地的山、水、花、树、石吗？

波斯古典细密画，叶子、马与花，都以记忆中的样式被绘制，看上去，绘画中的叶子与真实的叶子并不“像”，马的神情、肌理也与站在画家面前的真实的马不一致。在细密画的古典绘画法则中，取消了“客观真实”的现实物象，再现的是被人的记忆和观念认识的“叶子、马与花”。古典主义就是取消个性。当西洋绘画透视法进入波斯后，细密画发生了变化，开始有了个性和情趣，接近“真实”。这个“真实”，是人的思虑、精神气质下表达的真实，具有强烈的人的“自我意识”。

西洋绘画是否存在缺失主体、无人参与的山水画呢？画家笔下，道路是人行过的，树木是被人凝视的，花朵是捧在胜利者的手上或插在爱人的发鬓上的；那个低凹山谷曾历经残酷的战事，那座桥梁上曾发生改变历史的会面，那条溪流曾漂浮牺牲者的血肉躯体，就是那些静静的芦苇也在风中诉说一场胜利、一次欢会。没有人参与的山水，全都不值一谈。“一切都是舞台，在人没有登台用他身体上快乐或悲哀的动作充实这场面的时候，它是空虚的。一切在等待人，人来到什么地方，一切就都退后，把空地让给他。”（里尔克《论山水》）反过来，画家在画山水时，画的也并不就是客观的自然山水，画的是他自己，他将他神圣的情怀，他的爱、素朴的感受，他的欢悦、悲伤以及孤独，全都借助山水画表达出来。所以，当我们凝视一幅自然山水画作时，我们看见的不是客观的山水，而是画家自己，自己的内心，他通过自然山水的灵氛将自我呈现了出来。另一层，即便是那些人物画作，我们也能读到山水一般的美好气息。《蒙娜丽莎》，还有怎样的微笑有如蒙娜丽莎一般宁静深远而神秘，与她的背景，那些山、树、桥、天、水，完全融合在了一起？（参见里尔克的说法）

中国画论中，绘画六法，第一就是“气韵生动”，而要让画作气韵生动，则要依靠人的心神、性灵去体会，所谓“融灵而变动者，心也。灵无所见，故所托不动”。如果心灵不能感受到百汇万物，表达在画作中也是生硬干巴的，毫无生趣。中国画，是“心画”；中国画中的山水自然，同样是人眼里之山水自然。“望秋云，神飞扬；临春风，思浩荡。”（王微《叙画》）中国画若要高品，还讲求“意存笔先，画尽意在”，这个“意”，乃是人之意。石涛认为画作首先是“一画”，认识“一”，即认识万事万物的本质，才能形之于笔墨。但他认为“山川与予神遇而迹化”，只有山川与人的“神”、人的“思”、人的“意”相遇相融，才能了无痕迹地转化为好的画作。所以，我们观看一幅高品的山水画时，山川巨石，花树瀑布，满眼望去的却不是山、石、水、树，而是画家之神韵气质，所想所思，《大学》所谓“心不在焉，视而不见”，老子所谓“吾游心于物之初”，说法不同，讲的都是人之意念与神思与山水自然百物之间的关系。

人通过画作来反观自然，表达自然，同时反观自己。不同时期，不同文明传统，通过画作发扬人的自我意识的程度不同。但哪怕是那种极少人的自觉意识参与的似乎是纯客观的画作，诸如表达人与自然的疏离关系、人对自然山水的破坏，或者表达一种自然的冷漠状态，某种程度上，对一种与自然割裂、敌对的生存状态的呈现，是为了更努力地去保护和接近那种被认为完善和谐的人与自然的关系。即便是基督教，赞美自然之美好的，只在天堂，而那些冷漠的、丑陋的、隔膜的，是地狱，当世界被区分为天堂、尘世、地狱之时，美好的山水似乎不存在于现世界，但人的思想与神思依旧通过画作传达了出来。

弗里达被认为是超现实主义画家，她的画作却是更真实地表达现实世界之精神性灵。她的确习惯在画作中以象征性符号来表达人在宇宙世界中的自我意识。在她的《宇宙之爱》（1949 年）中，弗里达身着特旺纳服装，神情忧郁，眼中有一粒泪掉出（独立之自我），她抱着赤裸身体的婴儿般的丈夫迭戈（圣婴，蚕茧或藕节一般），迭戈有三只眼睛，同样神情悲伤，看着观者，额头上是第三只眼，代表一种灵。弗里达抱着迭戈的姿态，如同圣母抱着基督，悲伤而神圣。其身后，墨绿色的南美洲土著女子（象征大地母亲），梳土著发辫，袒露上身，垂滴的乳汁充满母性。这个土著女子双手合抱，拢抱着弗里达与迭戈，这表明弗里达立足于墨西哥大地，她试图在此表明她的墨西哥主义立场，以抗衡西方资本主义世界。这个南美洲土著母亲，袒露乳房，周身长满与她的身体同样为暗绿色的南美仙人掌，以及其他奇异植物，扎在土壤里的繁杂根系蔓延开来。更远的，是整个宇宙，左边是月亮，右边是太阳，宇宙以更宽广的怀抱拢着土著母亲，以及土著母亲怀里的弗里达、弗里达怀里的迭戈。这个宇宙，分不清是男性女性，一半身子是土黄色，一半是白色，象征弗里达所具有的欧洲德裔血统以及南美洲的血统的混合，也象征宇宙世界、自然与人的统一与和谐。在这幅画作中，宇宙世界之大爱、自然万物之和谐、家族之血脉、文明之传承、神性之爱、男女之爱，层层叠叠地融合拥抱在了一起。

注："世界心灵""复活的自然"是诺瓦利斯阐释其自然哲学的概念，见于加比托娃著、王念宁译的《德国浪漫哲学》(中央编译出版社2007年版）中所引诺瓦利斯《著作集》。本文中，宇宙、世界、自然是统一的。本文涉及的诺瓦利斯引言还出自刘小枫编、林克等译的《夜颂中的革命和宗教——诺瓦利斯选集卷一》(华夏出版社2007年版)、《大革命与诗化小说——诺瓦利斯选集卷二》(华夏出版社2008年版)。文中所涉及的古希腊神话及诸神谱系参见赫西俄德《工作与时日 神谱》(商务印书馆1991年版)。俄耳甫斯之事参见吴雅凌编译的《俄耳甫斯教祷歌》《俄耳甫斯教辑语》(华夏出版社2006年版)。

2010年6月30日完稿。2018年9月重读，略改，想起写此文近乎虚脱的那些时日，那些夜半，城市的灯光。

卷三

上海

一　陕西北路

张先生死了。死因之一是，营养不良。

两三个月光景，张先生的死，生前种种，是编辑部议论的主题。早晨往雀巢奶精空瓶中冲泡枸杞菊花茶时，打着饱嗝拉开躺椅准备午睡时，下班前将稿子码齐压块巨大玻璃镇纸时，张先生，穿件翘着口袋盖脖领边线磨损的油腻蓝呢中山装，赭黄面上散布黑色老年斑，眉毛稀落白短，嘴角下挂，像一支又旧又硬的英雄牌钢笔插在上衣口袋的模样，就被编辑部老老小小在牙缝间反复咀嚼，直到寡淡无味，某天有了新的咀嚼事件，而张先生也会如同豆渣被捞出，被埋在花坛做了花肥。只是在年末办公室大扫除，整理办公桌、书架时，我的手指触碰到张先生编的书，瞥见被风翻开的版权页上张先生的名字时，心中才泛起一圈小而空虚的震颤。仿佛是电影散场，音乐响起，演员表徐徐上移，其中有个熟悉的名字加了黑框。

我硕士毕业，分配到这家出版社，位于陕西北路，主办公楼是幢民国老洋房，二层楼有十来个房间。楼前两棵玉兰树，不知多少岁了。草地延伸尽头是个小花园，樱花、白丁香、各色月季，轮替着开。1996 年，我 20 来岁，揣着报到证，站在这幢灰调低沉的老洋房前，对未来充满困惑。我的办公室在底楼，朝南向着草地有四扇落地门，有着积年尘垢的木格子嵌着黯淡玻璃，玻璃内蒙一层黄灰色白纱，大门紧闭，又看不见房内，似乎没落的大户人家，繁华不再，人去楼空。小心翼翼推开门，一种浑浊的奇异的味道扑面而来，地板蜡、樟脑丸子、白蚁药、朽烂木头、铅印油墨，各种味道混合，我感觉有点眩晕。这是一个四五十平方米的房间，高深、荫翳，大白天的，每个桌子上都点着一盏晕黄小台灯，从高高垒起的图书报刊纸稿间，探出几个黑脑袋……多年以后，我一直记得，站在办公室门口时，从四个角落送来的好奇而挑剔的目光，以及夏日午后号码机敲印稿子嘀嘀嗒嗒的声响……编辑部主任坐在靠门位置，昏沉沉从书稿中抬起头，眼镜半挂不挂在鼻梁上。她茫然地盯着我几秒钟，恍然想起来似的，堆着笑脸，穿上拖鞋，从藤椅上挣扎起来……窗门外，蝉声大噪，鲜亮的阳光小偷似的溜进门缝，一只黑猫在落地门那晃了一下就不见了。

我的办公桌靠东墙，有两个向外打开、上端弧形的木窗，各用一弯生锈铁钩扣住。窗外盘缠着一棵紫藤，四五月间，一挂一挂的紫花开在窗口；还有一株芭蕉，巨阔叶面遮挡住大量光线，漏下的不多光亮曲折进到房间，被不规则的木板墙反复折射，怪道办公室如此荫翳，大白天也要开灯。我的身后是一排六层书架，暗绿皮的《四库备要》整齐严肃地站在黑暗中，好似执勤的沉默士兵，检索它们时，总是弄得满手灰。朝西角落原是个壁炉，被几张看不清底色的木桌子挡住，辨不出大理石颜色和壁炉形状。壁炉上方打了几排木架子，挤压压地摆放着《四部丛刊》，纸张黄脆带着霉斑，翻检过多，好些蓝封皮脱落了。

小方块木地板，每个月要打一次蜡，没有清扫干净，就拿拖把蘸上蜡，往蒙尘地板上拖一遍，灰尘、污垢与地板蜡永久粘连一道，层层叠加，越来越厚。吊顶涂料日渐剥脱，碎白粉皮不时掉落在桌子、书稿上。吊顶正中本应挂着水晶吊灯，如今只空空露着一个黑洞，围绕黑洞排放着八支裸体日光灯。只有一个开关，一揿，八支日光灯一道打开，刺眼的白光会将每个人的脸映成空虚的神经质的苍白。我们便等闲不开日光灯，只开桌前的小台灯。何况，张先生绝不许我们这样做。他常跟在年轻编辑后面，一边揿灭开关，一边轻声啧啧；若是编辑部主任不小心开了灯，他等主任一出门，就抬起屁股，奔到开关那，脆声按灭，这才心满意足地回到自己位置咕一声喝口水坐下。

张先生是“文革”前的大学生，出版社创立时就来了。他却从不将自己当个老法师。每天早晨，张先生第一个到办公室，打开水，扫地，抹桌子，分发报纸、信件，这些杂事，总是张先生做，同事们也安之若素。我初来乍到，不好意思，有时赶早，就去抢热水瓶，抢扫帚，张先生还不乐意，说是家中也没啥事体好做，正好锻炼锻炼。一次两次，抢不过他，我也就不管了，日久天长，倒好像这些杂务都是张先生分内之事了。

我才到出版社，分给张先生做助理。我的办公桌就排在他对面，两张办公桌对放，以书或稿子排隔成楚河汉界。书、稿越堆越高，先还能看见张先生的脖颈，再是灰扑扑有褶皱的脸，最后就只能见到灰白稀疏的一小块头顶。只能听见他早晨来，吮吸酸奶的吱吱声，这声音要间隔好一会儿再响起，因为吮吸瓶底时，有个等待余奶汇聚的过程。我常常偏执地等待吱声再响起，牙根咬得又酸又痛。张先生的节俭，不只针对自己。他也绝不肯浪费公家一点点物事铜钿。大家一道去吃面，加辣酱，他将多出来的还给服务员，大家就说："老张，摆在那，关侬啥事体？又勿是吃侬屋里厢勒。"他笑笑："要嘎许多做啥？侬又吃勿挞（吃不掉）。"年关分鱼，他自告奋勇，挑来拣去，捏捏，掂掂，大小公平搭配，分作几堆。大家就说："老张，鱼把（被）侬捏熟了……"分橘子，他撑开几个塑料口袋，一个一个边数边分，说比秤还公平，大家又说："老张，等侬分好，阿拉肠子都直了……"他只不理。张先生自有一套生活哲学。

渐渐地，听同事说起张先生种种。说他原有个儿子，知识青年上山下乡时，因为是独子，政策上可以留上海，张先生夫妇高兴嘞；不想进了工厂，与个年轻寡妇相好，双双挨批斗，挂牌子游街，两人都年轻气盛，居然就双双吞了老鼠药，发现时早抱在一起死去多时。张先生老婆这样受了刺激，神志就有些糊涂。初时还好，洗衣做饭，样样也行。张先生下放到干校，她大概一个人在家东想西想，光景就不对了。等张先生回来，状况越加凶悍起来。又过些年头，常见张先生脸上东一挂西一挂地来上班，大家就嘲笑，他只嗫嚅着说是整理书柜，被东西剐到的。终究瞒不过。有一次，张先生才进办公室，刚刚放下他那个边沿磨得发亮的黑皮公文包，就见他老婆蓬个脑袋，趿拉着拖鞋，穿件白大褂（她原是药品商店取药的），从落地门直冲进来，冲到跟前，双手就对着张先生面孔抓过来，尖叫着："我叫侬乡下头寻野女人去……"

家里的事，除了老婆直冲到办公室，被他抓着双手制服，又哄又骗领回家外，其他的，张先生不愿说，大家自然也不好问。往后见着他脸上的痕迹，也不敢再嘲笑，只同情地看看他。碰到这样的眼光，张先生就垂下脑袋，倒似乎比受了嘲笑更难受。但样样种种，还是会从工会、人事科那边传来，说是张先生熬不过打闹，又担心不留神出事，大年初二发作厉害时，只得将老婆送进医院。他所能做的，只是每周去看看。打那以后，张先生越发邋遢起来，人也越发黄瘦下去。脸上倒没显出多少悲伤，依旧仔仔细细看稿、不急不缓说话。午休辰光，闭了灯睡觉，年轻编辑依旧喜欢听他讲老故事。他最爱说"文革"，说得最多的是他打扫女厕所，如何用最省力的方式打扫女厕所，又如何显不出他是在偷懒；又介绍经验，比如挨批斗时做喷气式飞机动作，如何调整姿势不至于摔倒，调整得好，还能闭目养神呢。

又说，当时出版社原有一个门房，姓冒，个头只有1米50，“文革”爆发前见着编辑都鞠躬喊老师。“文革”时，走路挺直直的，恨不得脚下垫块砖头，脖子梗着，脑袋别着，脖上挂只哨子，没事就紧急吹出尖厉声音，那些被罚扫厕所的、拔草的、在食堂里洗碗的老编辑和“牛鬼蛇神”，赶紧放下手上一切，跑步到办公楼前的草地集合，排成一排，缩着脖颈，垂下脑袋，两手紧紧地贴在裤子上。冒门房（已是造反派头头）就学干部样子，背着手踱过来踱过去，轮番扫视这帮垂头丧气的家伙，将手握成拳头，扑扑扑，挨个敲打编辑的脑袋。这个行为，每天都要上演好几次，不知是礼仪呢，还是显示权力，抑或仅仅是好玩。“文革”之后，这个行为给张先生留下的后遗症就是，只要见着一个带“长”字的他就紧张拘谨起来。在办公室，他正喝着水，讲着闲话，进来一个办公室或人事科小干部，或副社长什么的，随便哪一级领导，他就马上闭了嘴回到座位；领导若从他身边走过去，他定会站起来，缩着脖颈，低下眼睑，胳膊下垂，手指贴着裤缝。这样成了习惯，以致退休后，他来领工资，见个年轻副社长，也照样拘谨地立起来，手指贴着裤缝。

我进出版社一年后，张先生就退休了。对面位置，坐着一个实习生，有一两个月时间，透过书稿，看见的不再是一块灰白头顶，而是一撮乌黑头发，也听不见吱吱吸酸奶的声音……这让我很不习惯。但很长一段时间，张先生依旧准点来上班，拎着那只边沿脱皮的黑皮公文包，哪里有空位就坐哪里，审读些稿子啊，寻人“嘎山胡”（聊天吹牛）啊，瘦瘦的影子晃来晃去，倒似要一辈子长在这幢老洋房里。慢慢地，才来得少了，碰上体检啊，开会啊，拿工资啊，年末聚餐啊，才能见到他。有一次，刚拿好工资，路上就被偷了，回办公室来寻，说是否“嘎山胡”嘎糊涂了落下的。找不到，就将白脑袋趴桌上呜呜呜哭起来。

忽然一日，就传来说张先生死了，只比他老婆晚死了两个月。

他老婆一直关在医院，张先生每周去看，她只是呆呆傻傻，笑着淌着口水，认不得他。他老婆78岁死的，张先生原比她长4岁，老婆一死，他也就渐渐不吃不喝起来。退管会的到他家，一股霉味，打开冰箱，几天前的剩饭，看不清颜色的咸菜，半盒豆腐。劝他保重，多吃，他说没胃口。医生说，他早年就有肝病，到后来其实是营养不良，没有抵抗能力了。他枯萎着死去。留份遗嘱，交给律师事务所执行，说将18万元存款以每年多少分别资助三个贫困大学生。其实从他们读高中时他就开始资助了，没人晓得，临死，才不得不做交代。他非常详细地规定每个学生每月该拿多少钱，用钢笔写下长长的一个大学生每月生活必需品清单，连同五年间的物价上涨因素都计算在内。他又不放心律师，请来单位领导和退管会负责人做监督，说他还是相信组织的。却又不要组织宣扬此事，说他只想不声不响死掉，死了遗体也捐掉，不留一点痕迹。他说来生连泥土都不想做……

好多年间，我就坐在那张陈旧发暗却结实的办公桌前，窗外是阔大芭蕉树，还有一棵紫藤，四五月间，一挂一挂的紫花开在窗口。我抬头，透过高高垒起的书稿，似乎还能看见张先生灰白稀疏的头顶。每一天，张先生总是第一个到办公室，泡水，扫地，等大家陆续来了，他就取下挂在钉子上的蓝袖套，拍打着桌上的灰尘，一边拍，一边叹息："看看，又落下白粉，危房哪，都是白蚁窝了。"然后是吱吱吸酸奶。泡茶。翻报纸。几十年就这么过的。他教我检索资料，查阅《四库备要》，给作者回信言语得体，将我看过的稿子重新看一遍，画了许多红红的杠杠圈圈，他一会儿脱下眼镜看稿子，一会儿又戴上盯着我，发黄而尖硬的手指头点着稿子上我没发现的问题，软糯而絮叨地讲解着。临了退休，他收拾书，移交稿子，和同事们道别，咳咳地笑着说，老了老了，现在是年轻人的世界了。然后，将他那坐了四十年的坐垫递给我，说："小赵，去换块新的蓝布套，还能坐。"

二　福州路

一个人与一个地方，也是有情缘的吧？譬如我家乡在福建，偏偏我离开陕西北路的单位，调到新的出版社，位置就在上海的福州路。一周倒有五天走在这条街上，到周末，先生还说，去福州路买书吧？在一个地方待久了，碰见多稀奇之事，也不会动心；可是，去年我在巴黎时间长，忽一日在地图上看见福州路，蚯蚓般细细延伸，一种熟悉的亲切潮水般涌上，泪水竟盈眶了。回国上班头一天，到老半斋吃了碗雪菜肉丝面，觉得天下美味不过如是。

我每天从南京东路地铁站走到福州路，有三条路线：走神，拐错了，索性顺九江路直走，到福建中路左拐；快迟到了，走捷径，从一个小区穿过去，往往是老婆婆早锻炼时间，看她们围成一圈，短短的、缓缓的，边走边拍手（每天拍两千下！），像一群鸭子摇摇摆摆。不久的将来，我也会加入她们吗？我心里冰冰凉地想着，依旧脚不着地，虎虎生风，赶着去结束一个白日。

大多时候，我是顺山东路直走，右拐到福州路。早晨空气，凉硬、萧疏，街面尚留清扫车水辙，上班者如蚁族、鱼群，匆忙而寂静地穿梭、分流，像炮弹射出，被红灯遏制，须有一只大手死死揪住才不至于奋不顾身地射出、射偏了。店面尚未开张，小摊贩活跃而殷勤：5月是茉莉，3元一把顺手买下，一整日的香；6月是深红洋樱桃、难看黑山竹；七八月是玉兰花，竹篮子蓝布上一对一对地摆；9月有新鲜莲蓬；到10月，三轮车上插满了绿雏菊、黑心纽扣菊、枝杆长长的向日葵……下雨天，卖雨伞的浑身上下挂满雨伞追着人跑，豆浆包子铺前依旧排着长长的队……拐到福州路上，文化商厦门前，总有个中年男子蹲在地上，面前摊着三摞手绢，纯棉、半棉、出口的，我也总归停一停，翻翻看看。博古斋门前也总蹲个瘦小有髭须的男人，卖放大镜的，大大小小，排在地上，对我爱搭不理，他大概觉得，读竖排繁体字的应是眼神不好胡子斑白的；时髦女娘，也读古书，难不成是《聊斋》中跑出的莲香？

中午到福州路寻吃的。新中国成立前这条路俗称四马路，更早名教会路。20世纪初，报馆就有20多家，且集中了大小书局、文房四宝古玩文具店，文人白相人进出，洋行、酒楼、戏园子、茶楼子、书寓长三堂子……我每日从山东路右拐到福州路，正是梅兰芳第一次到上海演出的行走路线，他唱戏的丹桂第一台，当时是远东第一京剧戏台，就在我站立的福州路湖北路口，如今早已不存，歌吹舞影皆灰飞烟灭，假若往前走几步到云南路口，张一张“天蟾逸夫舞台”，或可摹想当年盛况。但辰光是可以留存在味觉上的——到王宝和吃大闸蟹，到老正兴点本邦菜，到老半斋要碗大肉卤面，或者穿过福州路，到广东路上的德兴馆，这个百年老店，我常在那买肉馒头、酱鸭子、油爆虾、四喜烤麸、清明青团、端午蛋黄肉粽子，以及春节的八宝饭。至于杏花楼，平日里卖点心卤味，中秋前三天，雨天晴天，一味是长长的队，凭月饼票子领月饼，若想零买一只尝尝味道，人家朝侬翻翻眼皮子。假使这几天打杏花楼过，就有“打桩模子”（黄牛）擦侬身边，悄声问：“月饼票子有（要哦）?”这些“站在街头的人”，新中国成立前是掮客，“文革”时交换毛主席像章，改革开放初倒卖外汇券，然后是香烟票、火车票、足球票、戏票、音乐会票、各种购物券，倒卖的票种上流变着时间。“打桩模子”却有些定规台型：人嘛瘦精刮，面孔晒得墨赤黑，大背头梳得油光锃亮，脖颈挂条粗金项链，手指头戴只金方戒指，皮带上别块玉石子或是手机皮套子，一条钥匙链子垂挂下来插进裤兜中，夏天嘛西短尖头皮鞋横条纹 T 恤，秋冬嘛夹克衫竖起大领子……身上混同着市井气与旧上海的文气，听他们讲上海话，倒好像回到旧日辰光……

饭后，我喜欢沿福州路溜达。这条街，路不甚宽，楼不甚高，半新不旧、瞻前顾后的况味，很贴合我人到中年的心。挨个小店逛，或只站在街边，春天鲜嫩阳光，夏日路口大风，仲秋高远天空，初冬薄薄的光线在脸上晃动……闭目谛听市声，奶茶店、炸鸡摊、咖啡吧、炒瓜子炒栗子小铺，散发着各样香气……

最常逛的自然是书店。上海书城，古籍、外文、社科等新书店，在网络冲击下，日渐萧条，勉励挣扎——很难想象，一个消失了书店的城市会是有韵味有历史的？无论如何，福州路尚存几家旧书店。在淘书公社可买到外地出版的打折书，博古斋三楼是我常去的，常能五折买到上海版图书。我喜欢那里空疏、散漫的氛围，背着手，目光扫描一排排书架，时间似乎停止，随手拿起一本，罕言寡语缩在角落，翻翻……留神看，一般读者与职业编辑，翻书的顺序与手势很不同。读者翻书页时，手在书中部，先浏览简介、目录、章节内容，决定买了，才看品相与定价，那种为装帧版本购买的，是藏书家。像我这样的编辑呢？一本书的封面会强烈吸引我拿起它，先看出版社，若是一家小社做出的气息高雅的书，就自叹大雁翅膀被毛线缚住成了过胖的走地鸡；再翻到版权页，开本、印量、字数、印张、插页、黑白或彩色，捻捻纸张，掂掂分量，脑中噼里啪啦闪火花，判别定价是高是低；然后才翻开内页，翻书时手在书右上角，很小心地一页一页翻，生怕留下指印；翻开看内页版式，有一类太奢，上顶一片天，下面是沙漠，四五万字内容硬撑到二百来页，加个硬封，就敢定五十大洋，好比一条蚯蚓，拼命拉长身子，以为是条蟒蛇呢，另一类又太简，排得密密麻麻，几乎满溢到边框了，看得透不过气来……若是一本书，内容、装帧、制作，近乎完美，看着实在叫人喜欢啊，忍不住多买几本，分送朋友……买了一摞书，往柜台一搁，看老师傅打包是享受：塑料绳不剪断，从一角开始扎，手势翻飞，方格大小一样，结结实实，末了，打个可拎的手环，啪嗒一声剪断绳子。我像拎粽子般提着书出了门……

文房四宝店。夏日，即使没有空调，走进聚福楼、积墨斋、九华堂这样的店堂，也觉得清凉。一两个店员趴在柜台后，听见响动，抬身招呼，态度从容，若穿件长衫，一派旧时代的温良恭俭让；天花板上旋转的电风扇，“红星造纸厂”“上海专供”字样，让人心生计划经济时代的安全感。水晶黑白子，青花笔架水洗，扇面扇骨，红色印泥香气诱人，整竹雕笔筒让人想念翠竹挺立的春日婆娑……我一样样看过去，样样稀奇。墨条好看地排在玻璃柜台下，油烟、松烟、顶烟，将燃尽物事的烟收集起来，加了胶制成墨块。一块块雕饰松树梅花的砚石，陈列在鹅黄绒布上，好似要将山坳的野性、溪涧的清凉、埋沉河底的思虑全都展露出来。一棵松树化成的烟墨，遭遇一块从端溪挖出的砚石，那些黝黑发亮的墨滴，就是它们的爱情结晶吧？

大大小小的毛笔挂在笔架上，好像一排排等待检阅的士兵。这柔软的毛笔，却是指挥千军万马的大将军蒙恬发明的，怪道金庸小说中的朱子柳以笔作剑，张旭观公孙大娘舞剑，成就草书，可见毛笔中带有剑气。我曾到湖州善琏，惊诧于经过一系列繁复精湛的工艺，将那些羊毛黄鼠狼毛兔毛乃至鸡的绒毛，制成尖齐圆健的毛笔。书写了中国两千年历史的毛笔，终会消亡吗？谷崎润一郎在《文房四宝》中说，用毛笔写字着力柔和，写错了，涂一遍就好，自来水笔或钢笔却要一遍遍涂，直至将纸戳破算数；尤为可厌的是，写字时还会发出沙沙唰唰的声音，而毛笔，“不管你怎样奋笔疾书，都不会发出一点声响，为此心情非常沉稳，头脑格外好使”。谷崎此文作于1933年，他不晓得，在今天，钢笔水笔都将废弃了，谷崎若在深夜，听见电脑键盘发出咔嗒咔嗒声响，心情该是如何坏，恐怕是一个字也写不出了！而一个21世纪作家，听见有节奏的咔嗒咔嗒声，又该是如何喜悦，这意味着他在“奋笔疾书”呢。

最有趣的是宣纸，一捆捆，蜷着身子，蚕蛹般安静，层层叠在一起。它们有好听的名字，生宣是夹贡、玉版、净皮、棉连等，熟宣是珊瑚、云母、洒金、蝉衣等。宝玉说的“雪浪纸”，又大又托墨，应该就是宣纸；清少纳言说“将非常长的菖蒲根，卷在书信里”，我疑心得用柔韧的宣纸写这信。风中摇曳的青檀木，堆在田野的芳香稻草，它们经过怎样的日晒雨淋、挑拣、浸泡、捣碎、蒸煮、漂白、打浆、水捞、加胶、贴烘的过程，化身为一匹匹细致柔韧的纸中丝绸，轻薄如蝉翼，有蚕茧的喑哑光辉。对着光亮，你会看见上面密布一朵一朵“白云”，还有丝状的树皮纤维、稻草筋丝。它们被打开，折叠，嗅闻，装裱，连同树木的年轮、稻草的记忆、墨汁的香气、书写者的眼神……多么神奇啊！烧尽成烟的松树，化身砚台上的一滴墨，用动物体毛制成的笔，蘸着这些墨汁，在青檀木与稻草化身的纸上书写……这是一场大自然的亲密接触，却以汉字的书写、精神的载体留存下来……我喜欢买各种宣纸八行笺，素白、明黄、粉蜡、洒金、洒银，水印的折枝人物山水，我喜欢在八行笺上一笔一画写字，寄给远方的朋友……

文房四宝是传统的，还有一类西式文具店，也是我爱逛的。比如山西路到福州路拐角，有家百新文具店。铅笔橡皮卷笔刀，玉石围棋，手绘折扇，派克钢笔，凡世间一切零碎好玩的东西，花不多的钱，尽可以搬回去，这是个小小的新奇的自由世界，容你胡思乱想。很多个中午，我在那些柜台流连，看水笔麦芒般从架子上冒出尖尖，钢笔从下往上排如多彩云梯通向巴别塔；看名片夹票夹错落有致地排列，红蓝黄如花瓣散开叠合；油画水粉颜料管子横插在架子上，露出颜色编号，远望如星辰，闪烁着五颜六色的光芒；折扇全都打开，如一只只开屏孔雀排着队……铅笔水笔马克笔，色块细分到 36 种，笔芯粗细以毫米计，本子大小以寸划分，还有无数花型色彩的彩带、纸盒、胶带、包装纸……生日啊，新年啊，圣诞节啊，情人节啊，什么节日也不是，只要想送礼物，年轻的女孩，就会在彩带和纸盒架子边兜兜转转，反复比较，是粉红色送给妹妹呢？是玫瑰色送给情人呢？玫瑰色得配宝蓝缎带吧，再打个小小蝴蝶结吧……很多个午后，我喜欢站在架子边，看女孩子们挑挑拣拣、犹犹豫豫，那一份细腻情思，真是美极了。

福州路还有不少咖啡馆，下午三四点光景，我会出来喝杯咖啡。“午后 3 点钟，这是个让我沉溺于幻想的时间点，从咖啡馆望出去，窗外所有的一切都是迷人的，街道、车、人，尤其是女人。在这样散漫的午后，她们，孤独的、焦虑的、心事重重的、安详的、匆忙的、有伴侣在身边甜蜜走过的，全都那么迷人，我幻想每一句和她们调情的开场白……”像侯麦电影《午后之爱》里的中年男人，我也是这样坐在咖啡馆里，靠着窗，向外看，心神恍惚——

一个背包沉重的母亲，撅着屁股，身子朝前冲，努力迈着大步，一手拖着个红毛衣女孩；给我泡咖啡的店员，黄头发黑镜框，扎着白围裙，穿条有破洞的牛仔裤，此时歪靠着行道栏杆抽支烟，他透口气般将烟圈朝空中吐去；一个旧呢帽老伯，背着手躬着身，缓慢地走，边走边看着路边海报；一对情侣手拉手并肩走过，边走边盯着各自的手机，差点撞上迎面来的人；那个人塞着耳机，自顾自边走边说边笑，挥着手，他应是对着终端的人说话，满世界都是这样的“疯子”；一男一女牵着狗迎面相遇，两只狗热烈嗅闻着，男女的眼神却不曾触碰一下。

——街上的人看咖啡馆内的我，又好似看一张凝固肖像。阳光打在对面的文化商厦上，闪闪发亮，玻璃墙面反射出这边老洋房的红砖墙面、白色阳台，各样鲜艳衣裳，电线杆广告牌，初冬半黄半绿的法国梧桐叶……光线在不平整的玻璃面上移动，阳台与窗户的线条柔软起伏着，屋脊与屋檐也似乎如奶油，慢慢熔化……啊，上海，这流动的舞台，旋转着闪灭的幻影。我也是其中的一个角色，虚耗着每一个日子。

本文原为单独两篇，一篇题为《张先生》，一篇题为《山东路右拐是福州路》。2018年8月19日重改，将两篇捏在一处，改题为《上海》，收入本集。

建德

假使你是一个江南人，江南的任何一片山水，都是家乡。

江南，这个词延展出其他一些词句：薄灰天空，白墙墨瓦，闪闪而过平整发亮的田畴，火焰油菜，垂挂的青绿橘子，农人担上的大红杜鹃，蛛网迷宫般的沟渠河道，古廊桥，逆光蓑笠的瘦黑船夫，河岸边红色捣衣女，鹅黄柳烟，贴梗白桃花，青花瓷，光滑石板路，阳台上的晒被，米饭汤潽溢木锅盖，糯米酒，青叶红线四角粽，毛毛雨在手背上朦胧起一层水雾，一凹一凹啃吃桑叶亮白滚胖在竹匾中沙沙作响的蚕……

江南，或指长江以南，那么屈原的汨罗也是；或指唐代“江南道”区域：“南抵大庾，北际大江”，“西溯江汉上游，而东迄于海”；或仅仅指江、浙两省。江南，与其说是个地域概念，不如说它是一种记忆或倾向，一种精神向度，一种试图延续的传统。称自己是一个江南人，意味着自己的习性、生活、心理，以及精神状态从未离开江南。一个生活在北地或内陆的人，身上烙下某些江南元素，一旦踏上江南土地或遇到江南人，就会迅速安泰地融入江南世界，而他必定会反复追忆、言说江南。

所以，我第一次来到浙江建德，丝毫不觉陌生。家乡仅仅是地名的差别。

那是1993年底，临近新年，虽是冬日，并不萧瑟。车带着阿爸、土豆和我，盘旋在平缓山道上，道旁是一路缠绕山体的小溪，阳光鲜丽，水色发亮如银，有时又青碧。一路遇到小樟树，蓬着童花脑袋站立，叶子不落地绿。“浮云蔽白日，游子不顾反。”阿爸是回故乡，山水唤起多少年轻记忆，一路话就多。在上海生活了四十多年，阿爸还是变不成一个大城市人，一回到金华畈田洪村，就通体安泰。站在路边树下，他指给我们看哪是阿爷阿奶住过的屋子，哪是他读过书的地方。那些房舍早不是昔日的，早是换了多少人家改了多少用途，他依旧只说着，喏，那里，这里……穿深蓝中山装的老人，眼睛闪亮，激动时夹烟的手指头微微颤抖。土豆说他第一次来还太小，只模糊记得和大哥在田埂上乱跑。哥哥究竟大些，常说起小叔一根扁担挑着俩箩筐，一边是大哥，一边是土豆。1993年的阿爸站在路边，亲人们围随着，村人观望着打着招呼，狗儿也不吠，懒洋洋漠不关心地越过我们，黑条纹白肚子猫站在青苔斑驳的矮墙上躬着身子打着哈欠。亲人们散落在浙江田畴，一线血脉牵引我们，一家家拜访过来：三娘娘（姑妈）家后院两树花盛开如雪（白里泛青的是梨花，白中带粉的是白梅），清炖土鸡，有花纹的团结糕，搁盐的水煮荷包蛋，加了糖的红茶，长了三年的柚子（刚刚从树上打下来），一只背羽亮红十来斤重的大公鸡趾高气扬地走来走去；二娘娘家是新盖楼房，整整一层地上，铺着新摘下的艳红橘子，二姑父是种果树高手，面孔红白，表情羞涩，他斯文地细声告诉我们，如何嫁接树苗，如何存放保鲜橘子；大娘娘不在了，留下一对漂亮的会唱戏的姑娘，在金华火车站台，追赶过来，隔着车窗塞进一大块金华火腿，年轻美丽的面庞被火车渐渐抛远了……

我们的终点是建德上马村大叔家，去参加宇锋哥的婚礼。1993 年，汽车带着我们仨，顺溪流，穿行于山道斑驳的树荫中。上马村有上百户人家吧？新娘子也是村里的，大叔家在乡政府这边，婚宴就摆在乡政府前的空旷地上；新娘子家在乡供销社那边，只是过条小溪，走走不过几分钟，宇锋哥却巴巴用扎上红花的车去接，村庄那么一点点大，绕一圈也不过十来分钟。这样慢慢绕一圈，才停在新娘家门前，喇叭按得震天价响。冬日早晨清寒，溪流倒不结冰，湿地上起点白霜，踩起来唰啦唰啦响。几乎全村人都聚拢到新娘家门前：姑娘们挤在一处嘻嘻乱笑，见有人看，就掉过脸去；小伙子爬到树上，戴着墨镜，斜叼着烟，和着喇叭吹口哨，好似一只只开屏孔雀；男人们聚蹲在树下石条凳上抽烟，女人们边嗑瓜子边议论新娘的红袄子会是啥料子做的。左等右等，新娘子硬是不出来，大家就嚷嚷起来，男方一会儿敲锣打鼓，一会儿放一挂鞭炮。“出来了！出来了！”众人惊呼起来，原来新娘子穿一身白色西洋婚纱，一个少女撑伞，五个少女围随，这在上马村可是头一遭，以往只在电视中见到。宇锋哥西装革履，很帅地牵过新娘戴白手套的手，挽着她的胳膊，两人并立着笑嘻嘻朝四下看，并不着急进轿车，这样一生大事，须得好好展示并昭告村人邻舍，才显得婚姻庄重、生活庄重。录像机也是时新的，摄影师技巧生疏，跑前跑后来得起劲。这样忙了半天，新娘新郎才被塞进轿车去。车被大家围拢住，几乎要开不动，颤动挣扎了半天，才从人群中挤出去，人又在它身后围拢起来。前面一辆轿车载着新娘新郎，后面跟的是辆小货车，装了锣鼓，一路敲打，一路放炮，孩子们就跟着跑，捡拾小碎鞭炮……车绕着村庄转，一圈，两圈，不晓得他们绕了多少圈，才不甘不愿地回到大叔家，这边就接了新娘子进房间去……接下来当然是晚上的婚宴，有三十来桌吧，大概村里包了红包的，会带上全家大小来吃。这样的婚宴，是那几日村中大事，妇女男子来帮忙的，进进出出，也认识不清楚，杀猪的、做豆腐的、洗青菜的、拔鸭毛的、洗碗筷酒杯子的、摆桌凳拉电灯的、将鱼刮了鳞排在一边起了油锅子要炸的……还有是尝新酿的糯米酒，一坛坛挪到酒桌边上放好，开了封，用长勺子舀起一点点来尝，是好的，点点头，剩下的就泼了地去。阿爸不晓得到哪里去和人说话了。我和土豆则是无事忙，挤到人群中去接新娘子，又跟新娘子到洞房，又忙着看给鸭子放血，又去尝糯米酒。那酒是真好喝，酒宴尚未开席，我俩已是微醺了……去到乡政府，总要从石桥上过那小溪，活水跳跃着小水花，阳光亮亮地打在水上，清澈见底，卵石历历可数。站在桥上，望向村外，光线明丽，山川静好，真如此好江南也……

……十年之后，阿爸终是叶落归根。从哪里来，回哪里去。大哥抱着阿爸，土豆打伞，我们紧紧跟随身后，一盏竹纸筒灯摇摇晃晃在前引路。当年阿爸在弟妹的依依注视中踏上大路，离开故乡，又依样在弟妹子侄的注视中安然入睡。睡在故乡，阿爸应是安心的。只是我们哭泣。北山墓园是新造的，野地里尽是杂乱苇草，没有草坪树木，竹纸筒灯忽明忽灭，薄灰天空中，一行黑鸟渐飞渐远不见了。大哥和土豆在墓室中烧了冥钱，放进装了五谷的小罐子，这才将阿爸轻放进去，盒上盖着红纸，撒些黄泥土……沉默着做这些，封上石板时，泪水又满面了。我低低念道：阿爸你放心，我会将土豆照顾好的。碑上阿爸的照片面庞清俊，显得耿介。在弟妹眼中，他是村中的秀才、家人的骄傲，是阿奶的孝顺儿子、弟妹们的慷慨长兄。大叔絮絮叨叨数落着阿爸的经历，年轻时的琐事，普通话里夹带金华话、建德话，听得不很清楚，但他说话时的高亢尾音，和阿爸的腔调很像，嘴唇下撇的样子也像。最像阿爸的是二娘娘，汪着泪水，眼巴巴地看着我们，试图从大哥和土豆的脸上找寻阿爸的影子，而我们也一样在她的面庞上看见了阿爸。我们相互印证了阿爸的样子……鞭炮不停歇蹿上高空，火药雨点般降落。无端地起了风，燃烧的冥纸和纸车马等噼啪作响，烟灰飞上天空，娘娘们道是吉祥，阿爸在天有灵，定是会保佑我们大家吧。

2004 年 7 月中旬，里叶十里莲田，初放白花。去往大慈岩悬空寺进香路上，蝉声如雨。再次到大叔家住下。这是我们第二次到建德。大叔一家已全数离开上马村，搬到建德市来。我们住在望江宾馆，面向新安江。

次日6点起来，懵懂走到阳台，惊呼土豆来看：白雾从铜官峡口汹涌喷吐而出，只一会儿工夫，就弥漫到整个江面，两只紧挨一起停泊在江边有圆形棚盖带桅杆的小木船朦朦胧胧起来。雾直漫到白沙大桥（有256个石狮子）桥洞，如水般向前流泻，又如沸腾的白色水汽向上升腾，漫过了桥洞、江边白房、驳船，漫过桥面，结实的白沙大桥显得飘飘忽忽，是牛郎织女的彩虹桥？是仙人走的蓝桥？无边无际的白雾继续涌荡着，遮没了一切，刚才的小船如今只半隐半现出一点点桅杆……雾漫到了半山腰，昨日下午异常清晰地倒映在青蓝湖面的山包，此时浮在雾中，冒出个“绿脑袋”，下半身裹着越来越厚的“白纱布”，真疑心白雾会将整座山“吞没”了……就在此时，一艘白色快艇逆流而上，如一把明快剪子，将整匹“无缝白纱”唰地剪破，留下一道明晰缝隙，缝隙又迅速被雾填充、弥合，似乎从不曾发生变故，一切都严丝合缝。那小小快艇，如一只尖嘴利爪的飞虫，执拗地向前剪切剖分，一掠而过，越来越远，剩个小点点，没进雾中……雾已漫过四分之三山体，剩一顶绿色“瓜皮小帽”，浮在茫天雾海中……阳光却不知从哪里来，散乱地穿越浓雾，来不及吞没世界的浓雾，在阳光下变稀变薄，山峰又浮出大半，桥也线条明晰起来……桥洞露出了……又能见到小船上的渔网了……雾越来越薄……最终剩一条飘带般的雾气，环绕着山峰。山峰并不葱翠，有点灰白，没睡醒般，摇摇晃晃的……

这就是著名的“白沙奇雾”，我第一次看见，觉得稀奇。从新安江水电站到建德市中心，这段新安江约有 10 里，当地人又呼为“寒江”，七八月间常能见到“白沙奇雾”。夏秋之际，空气湿热，而水面清寒，因温差凝结成雾，又有水电站蓄水，水流湍急，加以一定风速，就会形成平流雾或飘带雾。新安江源出皖赣交界的怀玉山脉，流经休宁、屯溪、歙县、淳安、建德。若从歙县出发，顺流而下，到深渡，这一路，水色四时变化：早起是银白淡灰；太阳出来，江面灰中带红；中午江水是青蓝，远山烟蓝，近山则墨绿……更兼徽派建筑白墙灰瓦倒映江中，一叶小舟浮行于平宁如镜的水面。那种小舟，单木挖槽，两端翘起，头尾各有两根木杆，木杆上架一横木，垂下渔网，瘦黑渔人独立船头，慢悠悠执篙撑点着前行，船尾停三两只鱼鹰，伸着曲脖，吞食小鱼。“借问新安江，见底何如此。人行明镜中，鸟度屏风里。”李白描写的正是这一带的山水画廊。从深渡，再坐船到淳安，便进入千岛湖中。1965 年修新安江水库时，淹了 2 个县、85 座山，形成了现在千岛湖中的 1078 个岛屿。新安江在建德梅城附近即注入富春江，再往后，就是吴均描绘的“风烟俱净，天山共色。从流飘荡，任意东西。自富阳至桐庐一百许里，奇山异水，天下独绝”。我曾从富阳乘游轮漂流而下，站立船头，景随船移，两岸山势平缓，树木葱郁，水色青碧，号称“小三峡”。江南山水，如同江南人物，平宁温润有君子风，出生于富阳的郁达夫，就秉承这样的山水性情吧。若不是 7 月，时时想起阿爸的悲伤，山水也因忧愁失色，我们原本是可以重走那条水路的。郁达夫是从杭州出发，逆向富阳而行，他的《还乡记》中，他并不因山水明丽而减少内心的焦灼。

2012年初春，第三次到建德。之先，到金华安葬小叔。小叔没有子女，依旧是宇锋哥开车，大哥捧着，土豆打伞，一盏竹纸筒灯在前面导引，我们紧随身后。大叔娘娘们哭红了眼。鞭炮高高升起，在高空炸开，几道彩色火药线在薄灰天空慢慢晕染，化开，下落。小叔墓室离阿爸的不远。阿爸墓后的柏树八年前刚刚栽种，如今已高过人身。我们将黄色冥纸拿砖头压在阿爸墓前，拜祝道："小叔也来了，阿爸要照看他。"又在阿奶阿爷墓室前同样拜祝——在那个世界，他们也相聚了吧？这样想着，或可以不必悲伤。想着八年前，我们去上阿奶阿爷的坟，商议迁葬的事，须得顺山道田埂走许久，一路杂草泥块，坑洼不平，小叔怕我穿高跟鞋走路摔倒，就走在前头，不时回头看，顺手拔掉些杂草荆棘。小叔矮瘦，松松垮垮穿件旧军装，头发黄乱，神情拘谨紧张，偏又好说话，偏我又听不大明白他的土话，一路他自说自的，我只哼哈答应着。其时白莲初放，农人收获起一担担莲藕，我就问小叔："那莲藕割下那么许多，又吃不完，还能做什么用？"他比画着手叽咕讲半天我也没听明白。又问他路边那种青紫色花是什么，却听清了："豌豆。"——小叔去得突然。我们到的当天，大叔娘娘们尽是抹着眼泪叙述事情经过，又商议后事，说是小叔生前不懂得享福，去了总要风光一些。

送毕小叔，才转去建德大叔那小住。3月薄寒天气，午后的新安江灰蓝阴郁，白沙大桥与山峰、山下的白房子，全都冻住了一般。水流缓慢，更显得江面宽广；江边清寂，只几个妇人在岸边漂洗衣物。次日早起，却看不到“白沙奇雾”，春日水温与地面温度都低，不能凝结成雾，怅怅；从半岛酒店远望，春山不动，春水凝固，春山春水，似是一整块墨玉，在同一个时间向前缓慢移动。噫！就其变而言，江水无时无刻不变；就其不变而言，年年流动，年年相似。哲人说，一只脚不能踏进同一条河流，那是变；而变本身，又是永恒不变的。

关于金华，关于建德，记得的都是这些零碎。如大哥说：“生活原不过是些细节。”八年间，阿爸、小叔先后走掉，冬日老叶子脱落，年轻的新叶子却在来年伸出毛毛的手。似乎昨日才结婚的宇锋哥，孩子竟都17岁了呀，而大姐姐的媳妇，正孕育着新生儿。在墓区，年近80的风水先生领我们一大家子，一个个轮着点香拜祝小叔完毕，就手拉着手围绕小叔墓室走两圈，表示我们一家子这样一心一意送他，我们一家子以后也将一心一意团结在一起。娘娘们放声哭唱着，男人家只是无声淌泪，小孩子睁着惊恐而好奇的眼睛。大家又手拉着手反过来走半圈，“反”是“发”的意思，道是逝者已矣，泉下有知，也会保佑子孙发达昌盛。埋葬死者，是为了生者，家族血脉，如此这般源远流长。大婶婶发给我们每人一个红包，装了生柏枝、大米、茶叶，是要我们将生命绿意长长远远地带在身边……

2004年的夏夜，大叔、宇锋哥一家，大哥一家，土豆和我，一大家子人，闹嚷嚷地在新安江边渡口候龙舟。大家前后排排坐定，龙舟就逆流出发了。两岸灯光、黑色山树房舍，倒映水中，随水波晃动，影影绰绰。龙舟无声地破开水面，如犁行镜上，船头和木桨激起白色水花，清泠浪声似远方琴音。舟行过去，水又在身后复合，不着痕迹。风中带着冰凉水汽，如此盛夏，竟如入冰窖中，且又天高气清，精神舒爽。墨蓝天空辽阔高远，星星安寂不动。觉人生纠缠，都付江水，惟是与家人一起，逍遥俯仰，方是无尽幸福。顺流返回时，江面升起薄薄一层白雾，龙舟载着我们悬浮，犹如一张背面有白茸毛的叶片。雾不像早上那般汹涌，只是一层乳白轻纱笼罩江面，更兼灯光、水影、星星，整个江面都恍惚摇摆不定起来。一切皆流，一切是幻。许地山说，昨日就赞美昨日，今天就赞美今天。江水长远，天空浩荡，生命坚强，我且握住此时此刻……胡乱思想间，忽见一只萤火虫一闪一闪地跟随我们的龙舟，忽前忽后，一直跟随，一点绿荧微弱闪亮，却与星光、灯光一样坚定——啊，阿爸有灵，也会这样追随家人在一起吧……

本文写于2012年春天，原题为《建德事体》。2018年夏，第四次去建德前，再读此文，往事历历，改题为《建德》，收入本集。

松阳

时间是个圆环。是终点，亦是起始。

——题记

卯时

春5月15日5点30分　松阴溪畔

这是5月的早晨，我站在松阴溪大桥桥头。松阳，这两个汉字音节与字形的均衡感，让唇齿的开合相当舒适。第一次到这个小城，应该觉得陌生，我一个异地女子，早晨5点多，徘徊于桥头，穿件竹布碎花裙。桥上行过拎小钱包预备买小菜买油条豆浆的短发阿姨、手托红塑料袋裹紧饭盒的穿圆口布鞋的婆婆、卷衬衫袖子的摩托车汉子，以及穿蓝灰中山装骑自行车的眼镜伯。他们仅仅瞄我一眼就过去了。似乎我本该生长在这里，只是短暂离家返回。我的家，应该是那些白墙平顶日日在松阴溪畔睁着黑眼睛看水流过的房子，它们在溪水中倒悬的姿影，与独山、与张着白帆有苕叶棚的船影子重叠。

假若我不出门读书，我会在溪边洗衣，嫁给一个船夫，从一个长辫子小脸红扑扑的少女长成扎布围裙的妇人，学会了做松阳年糕、黄米果、长长的松阳土面；或者我是个商人妇，住在一座小四合院，温润的手推开雕饰繁细的窗户，等待我那贩卖松香、烟叶、茶的夫君回来，寂寂地一年两年，他顺着这松阴溪，上达遂昌，下到丽水，再转货到温州，也许行得更远；或者我出身于松阳大户（叶氏、张氏或周氏?），幽闭在深宅大院，学会了绣花、读诗，学会与鹦鹉说话，将喟叹洒落在春竹秋叶夏风冬雪，和江南的许多女子一样，任青丝转白。

这5 月早晨，风带着清气，远山淡淡灰蓝，瞌睡蒙眬，薄白天色，一抹轻云从天空漫溢到山头。独山已经苏醒，它的身影在溪中转深。5 月的细细风，让溪水漾起微小波纹，影子颤抖起来，如同不稳定的梦。浅白，薄绿，灰蓝。我一个异地女子，趴在桥头，看看远山，看看溪水，看溪畔那些沉默人家，炊烟尚未升起。这个陌生的县城我似乎来过，她的陌生仅在地名，那山水，行人的姿态，温柔的南方5 月气息，我皆如此熟悉，如同我的故乡。我不过是个读书的女子，悄悄返回。松阳，它躺卧在仙霞群山间，富裕的松古盆地，被称为处州粮仓，自古以来又是商贾交易繁忙的水运码头。这座南方的城。

辰时

冬12月25日近9点　延庆寺塔

苏州虎丘有斜塔，松阳有醉塔；杭州有南宋造的六和塔，松阳有北宋造的延庆寺塔。

冬天，我再次到松阳，就去看延庆寺古塔。山水是一个地方的自然气脉，塔，则是一个地方的人文象征。它站立山上，如同海上灯塔，漂泊异乡的人远远望见塔，就觉得离家近了。塔于地方，还有镇邪的心理作用。而塔的建筑形制，最能体现当时的审美旨趣。

松阳东汉建安年间即已建县，迄今两千多年，县城结构相当完备。我见过一张清乾隆年间手绘的松阳西屏古城地图，围绕县衙门有儒学、文昌阁、天后宫、关帝庙、土地祠、城隍庙等，代表一地的行政中心、教育、财神、祭天祭地，诸如此类；再外围是六个城门，有道路通向不同方向；再外四角有四个牌坊，然后是群山环绕。西北东南山上各有一座塔。这延庆寺塔就在西云龙山麓。塔身外围主体是砖结构，中空，以粗直木与塔刹对合，以木架及铁铸圆盘加固，历经千年，曾无修缮痕迹，仅左侧微微下沉，如同“醉塔”。1991年在原有基础上翻修，基本保持宋塔样子。共七层，每层六角，底层飞檐翘角，幅面最宽，上面几层则瘦下去，看上去如一副宽羽翼托住塔身。宋代建筑，整体简洁稳健，细看做工精细，朴直而文气。

冬日早上八九点，我们在塔园流连。奇怪的是，第一次来松阳不觉得陌生，第二次来依旧新奇。江南的山水、园林、寺庙、塔园，即使熟悉，也从来不会厌倦。顺塔园小径慢行，心中安适。微雨，细密，雾一般布满身，成串雨滴在枝丫上，凝而不落，而那光光的枝丫上似要萌动新奇的叶芽、花蕾了。是的，春天的确不远了，白茶花其实已开，在安静的角落，鼓着嘴含着满口雨水露水；单瓣粉红茶花已经很热闹地开满枝头了。再过些时，从浙西南松阳的延庆寺塔园，到杭州西湖边上，到苏南园林，就到处都是蜡梅的世界了。

巳时

冬 12 月 25 日 10 点 30 分　黄家大院

啊周亚，让我跟随你，进入这时间的内部。让我的目光顺从词语，越过冬日枯干静默树木间的白墙，在弯曲的马头墙角磕碰一下折回，爬过鱼鳞般的青灰屋瓦，与灰白天光一起，斜斜地，在冬日的清冷中落在四方天井。目前这里安寂，我们这些过客，偶尔来探询曾经岁月。闪烁的幽灵，在雕刻繁复的梁柱，在透漏光亮的门缝，在半闭的窗户间探头探脑：喟叹，安逸，幽怨，傲慢，祥和的往事，恐惧与争斗，如今都是旁白，化作语词，回荡在空空荡荡的天井，在阁楼间徘徊，跟随风顺着木板咿呀有声，与灰尘一同降落。可是我们毕竟来过，抚摩前尘往事，尝试着通过200个“寿”字的繁复写法，理解汉字蕴意，阐释往日盛宴。周亚，你就站在那梅花竹节纹样雕刻的窗户前，侧身，回首，微微地笑，和对虾葫芦、抵脑袋的羚羊、神态朴拙的小狮福猴一起，你的羞涩与朴素，泛着书香门第的喑哑光泽，随时间沉静。这黄家大院主人，他是想将理想生活图景微缩地呈现在一幢房子中。啊周亚，你听！是谁背着手咳嗽，在天井徘徊，吁叹半辈子过去，繁华富足依旧挡不住时光流逝？是谁穿蓝黑衣裳，细碎脚步穿过卵石铺成麋鹿、蝙蝠图案的路面？是谁的纤细素白的手放下纱帐，将银灯剔亮？牌局喧闹，烟气腾升，松阳高腔直唱到夜半。是谁，将幽怨付诸庭前兰花、架上鹦鹉、缸中游鱼？是谁锁闭了自己，憔悴，死去？又是谁，将红灯笼高挂起，念想可能的幸福？是谁失意回故里，在孤独中老去，只将块垒倾诉笔墨？他们想望那岁月，如同这白墙、青瓦，不会衰朽，又怎抵人去楼空，空空院落，只剩我们，在纸面，追想过去。

午时

冬 12 月 25 日 12 点　花鼓滩

雪，是意外的。我们在花鼓滩围着热腾腾火锅说起春天到松阳的时候，雪就下了。雪飞进火锅去了，雪沸腾了。雪在暖暖的满上的红米酒里，在帽上、衣上，在葛芳仰面笑靥上。雪掉落在我的手上，化作清凉的无。雪原来挂在梅枝上了，化作梅花精魂，片刻不停地催着花开，雪被含在茶花噘起的嘴里了。其实雪是伏在叶家门楼砖雕的那只凤凰尾巴上，雪悬在延庆寺塔角挂的钟上呢，随着钟摇摆。雪让我们抱在一起，一起回到古代，在纸上、诗里，在彼此的眼睛里。雪融在心里了。我看见的，雪很多很多，如同白云，降落在寨头，雪一点点挂在松树上，云在下面，托住了松；马麟走到松阳望松亭，他不画《静听松风》，他画了幅《松雪图》呢。雪落在黄黄山坡上，一块一块的，那些山丘花牛般，就那样卧着一动不动。雪染翠了竹叶子了，雪飘香了油茶树了，雪被揉搓作过年节时细细的长长的白面了。雪，终于跳进了松阴溪，雀跃着，一路喧笑着说明年会再来。雪，可真是个意外呢。

未时

春 5 月 15 日 13 点多　通济堰

鲁晓敏很自豪地说："我们这里有南朝梁时建的通济堰，与都江堰齐名的。"通济堰原属松阳地界，现在属丽水市西南 20 余千米的花都区堰头村，在碧湖平原。晓敏就带黑陶、我、周亚、郑骁锋、胡汉津去看。

5 月暖阳，异常舒适，漫溢青草树木的绿。并没什么旁人。通济堰主体面积很大，保存良好，这个灌溉系统由拱形大坝、通济闸（进水闸）、石函、叶穴、渠道、大小溉闸、湖塘等组成。大略说，就是在松阴溪汇入瓯江的连接处，设了个大坝，将溪水拦住，流到堰渠中，干渠从通济闸开始，分凿出48 条支渠，各支渠再凿出321 条毛渠，这样，松阴溪水就如毛细血管般，分散出去，灌溉了两岸平原。所谓“松阳熟，处州足”，农业灌溉因为这通济堰的建成，旱涝不愁，松阳因而成“处州粮仓”。我们逆向参观通济堰主体：石函—干渠—通济闸—拱形大坝。这个水利工程有三个特色：石函，北宋建的，很奇特的“水上立交桥”，石函架在堰渠上，自行排沙，堰渠在下自行流水，这样堰渠就不会淤积堵塞；拱形大坝，据说最初是直坝拦水，无论如何不成，总会被冲垮，詹、南二司马正发愁，却见一小蛇迂回过水面，顿受启发，就做成这样的拱形大坝，大坝最早是“木筱土砾坝”，就是用木条（松阳多松树）、竹子（多竹）做成笼子，中间充实卵石（溪中多）、沙砾、土等，沉入水流筑坝，到了南宋何澹改用石坝，就更牢固了；堰渠边护岸的有巨大的千年香樟树，是浙西南所见到的最多最大最古老的香樟树群。

从文昌阁进去，顺堰渠向大坝走，路是两边卵石中间石板。堰渠护岸的香樟树实在难忘，巨大树干，分叉出无数遒劲枝丫，枝杈树叶遮蔽了堰渠两岸，或俯身堰渠上，几乎贴近水面，或向天空伸长，相互纠缠。奇怪的是，如此古老树木，却焕发无限生机，5 月天气，葱茏的绿意充溢。香樟树外，更远的是一排巨大的密而有间极有风致的竹林。香樟、竹子间，掩映几户农家。正是香樟花开时节，黑陶一路叫“好香”，我们站着看那香樟树的花，细密微黄，一点一点聚拢成一小簇，半遮半露在尚且黄软的叶子间。摘下一簇握于手掌中，一路嗅着走。我们一起，走在5月树木细细香气中。

申时

冬 12 月 25 日 15 点　西屏旧街

之前，读过黑陶一篇《西屏：旧街》，他以词条形式，不厌其烦地列举了在西屏古镇旧街上看见的店面以及店中的所有内容：人，物，人与物的纠缠。他写了这些：画像店、杂货店、做秤店、被絮店、酥饼店、打金店、草药店、钟表店、棕板店、配钥匙摊、诊所、牙科、打铁铺、花圈店、肉墩头、药店、发廊、帽子店、时装培训中心、浴室。我就是不到西屏，也能从他的文字中嗅闻到密密实实、既古老又新鲜的人间气味。我当时在这篇文字页白处写道：“貌似客观如纪录片般的描述，是他的主观幻象，如毛细血管般敏锐细致的触觉，伸向他所愿见的人间万象，又如此满足于汉字有节奏堆砌产生的美感。”

5 月在松阳，我 6 点 30 分独自坐上三轮车去看旧街。我看见了黑陶书中的那些店面了，但它们都关闭着。在同样的旧街上，他遇到了他的店，我遇到我那时那刻会遇到的店：烧开水店，一个旧锅炉烧着热水冒着热气，边上堆放着十几个或蓝或红塑料的、铁制的非常陈旧的热水瓶，一个斑白板刷头的皱脸老伯满脸隔夜疲倦地拎两个空水瓶正向这边走来；我在一个洞开无人的“王氏祖传草药铺”前站了站，那些草药被塞进编织袋、塑料袋，或直接吊挂着，将不足5平米的小铺撑得满满当当，只有两把小靠背椅的位置，主人却不在；隔几家的一块招牌吸引了我，“法律代笔，祖传中医，婚介中心”写在一起，我饶有兴致地读着上面的小字介绍时，不知从哪里冒出一个穿翘口袋蓝中山装的男人，冲我叫“算一卦怎么样？看看你今年运气”，我就跑开了。5月松阳早晨的西屏旧街，寂寞小巷，一个孤老婆婆，瘪着嘴，颤巍巍拄着拐杖过来——我知道，我并没遇到西屏旧街，它还瞌睡着。

直到12月午后，当我们离开秀峰山庄，一伙人走到西屏，5月里那个瞌睡旧街活转过来了。黑陶笔下的那些店，要过上半年才遇到我。店里的人和物事，甚至跑到街上迎接我呢。比如那些草药，全挂到了门口，晒着暖阳；比如算命的白胡子老人，横坐在店门口，桌上的红布上写着“测算”“八卦”之类，他瘪着权威的嘴，固执而俨然地撑着胳膊；旧书旧杂志摊在地面，摊主坐在小板凳上，缩着脑袋，袖着手，将穿着老棉鞋的脚跷得高高的，一副爱买不买的神色；人家门板前，戴绒线帽的老太太将双手插在裤子口袋里，豁了个牙，在阳光下眯缝起眼……这里，慌张与悠闲、快速与缓慢、老去与鲜活，同时存在。忙碌的是做铅笔的（他每分钟塞进盒子20支铅笔?）、卖卤肉的（他搅拌、吆喝、刀切、撒调料）、打铁的（他被黑色包裹，举着下落的锤看着我们，我真担心他的锤子砸到自己的手）……冬日阳光斜落在松木赭色门板、潮湿地面上，小巷拥挤地充塞着人腿、童车、摩托车、自行车、菜摊子、花圈、横街吊晒的床单、一排排菜刀、成捆烟叶、疑似口味粗糙的大铁罐中的茶……我喝了点米酒，微醺，站在一个馄饨摊前，馄饨在热水锅中打滚，白色雾气弥漫过来，笼罩了下馄饨的蓝衣阿姨，笼罩了我，我深深吸了口气，这人间气息。

酉时

冬 12 月 24 日 19 点　处州粮仓

圣诞前夜。我回上海后，以一篇戏仿文言《松阳行记》，记录下那夜的那个时刻：

> 先，于朋侪辈听闻苏州葛芳名，曾不以为意。金华初见，生涩，略不之顾，但与周亚喁喁小语。有永康胡汉津号赶路秀才者，殷勤相候，携三女，驱宝马，自金华一路向东，奔松阳，与鲁晓敏会。时已深冬，逼新岁，恰圣诞前夜，万物寂寥，草木零落，寒意侵染，天色茫苍，前无古人，后无来者，唯甲虫一只，盘旋山道，群山万壑转瞬抛却。近松阳，已向昏，大雪降下。万千雪粒如箭镞，射向车

窗，一车娇语惊呼，独赶路秀才嘿然不语，埋首赶路。明朝雪霁日出，将是何等一个莹白璀璨光亮世界！

处州粮仓开夜宴。挨挨挤挤，团团围坐。山笋，地衣，野猪肉，热腾腾火锅，橘红米酒满上。起坐喧哗，觥筹交错，欲效醉翁，难敌太白。余与葛芳毗邻而坐，频频举杯，相视大笑，叫嚣："不醉不归。"几杯落肚，葛芳满面春风，光彩照耀，眼波流转，周身自有一派落拓潇洒男子之气。是女也，汉时当熊之冯婕妤，隋代孝烈将军花木兰，又或是弯弓射箭手弹琵琶唱铿锵北曲之步光女？余弱，不胜酒，但执其手云："醉也，君勉之矣。若为男儿身，当与君仗剑行走天下，诗酒人生。"方此时，江南药师郑骁锋、赣州俊才江子辗转山道，风呼呼夜奔……至，来探，抚榻坐，予弱弱，昏昏，目渺渺然，细声道："我醉欲眠卿且去。"

戌时

冬12月24日20点30分　松阳山道

郑骁锋和江子，正盘旋松阳山道，雪中夜奔。

天地的黑，如同虚空。试图填满虚空的是雪。雪，满天漫舞，傍晚就开始下了，如今积满了山、山道。从车窗向外看（模糊，用手抹一抹），黑白两色：车灯照亮的一小块白包裹在无限的黑中。一个"铁壳甲虫"，载着四个柔软生命体，簌簌地在黑白中狂奔，如一颗流星，划过黑暗夜空，划过如雪银河——雪花的散漫飞舞，反衬着生命柔软体的加速度——以无语，以邈远不可知的前途。

生命柔软体穿行于雪花围裹的时空隧道，奔向——未知的松阳，已知的友人？一场盛会？关于文学或生命意义的探讨？一帮女狐狸，相约在松阳喝酒、歌唱，酒酣耳热，讨论爱情的可能？或仅仅是个结束，为了过完这一年？回首，无可回首的时间，过往的琐碎细节，日常蒙尘的脸。只有当下，寂寞，凄冷，两个饥饿男子的面面相觑，反衬着雪花暗夜中的唯美；前排司机夫妇戏谑调笑着，以金华方言，唧唧哝哝，偏着脑袋，睫毛闪动媚笑，“改个姿势咋不行呢?”，鲜活气息，将雪花的抽象唯美冲淡，小甲虫里的此时此刻方是人间。

江子与骁锋所走的是松阳古道之一。通向松阳的曲折山道，与松阴溪流，都是血脉，从外向内通向松阳，又从松阳辗转而出。松阳古道应该有五条，往北通遂昌，向西通武义，朝东是丽水、云和，朝南向龙泉。那些生长松树、竹子的曲折孤寂的山道走过多少书生呢？从唐到清，这里出过 110 名进士，他们走出松阳，到京师，功名、学问、理想，扑簌簌如松果落在松阳古道上。来松阳的呢？讲学的朱熹，做官的孟称舜，还有那个唐代著名道士叶法善，他大概是不走山道，骑白鹤飞进飞出的吧？他曾在松阳卯山修炼，活到 105 岁仙逝，据说曾以道术救过唐玄宗的命，被封为越国公。

亥时

春 5 月 14 日近 23 点　太平坊路

春天潮润的夜晚，晓敏请我们吃夜宵，黑陶、我、周亚、郑骁锋、胡汉津，还有松阳诗人乐思蜀、何山川。排档敞开，巨大的红条纹塑料棚遮蔽上方，一边是炒菜落锅的声音，火苗不时探出灶头，烟气弥漫，让人流泪，一边是另一桌人喧闹地说笑。喝的还是米酒。下雨了，雨落在塑料棚子上，踢踢脱脱的，真是好声。撤席往酒店走时，雨却又停了。我们沿太平坊路慢慢走，被路灯拖着的几个散漫身影，潮湿的水泥路面亮亮地泛着光，关闭的店铺透漏一缝灯色，一两个挑担人摇晃着咳嗽走过，也有三两个毛毛头发的瘦小伙，指头夹着烟星，边行边抽，回头来看我们几个。空气里浸满水汽，5 月柔软的风，江南的春夜。这个春夜我们在陌生而熟悉的山城，陌生而熟悉的街上，散漫行走。夜排档相继撤掉，炒菜落锅的声响变得遥远，狗吠一两声隐忍地吞咽，路灯在雾气中迷离着眼——只是那独山上，竹子正在拔节生长，香樟树的花并不睡眠，松阴溪水也汩汩流淌。晓敏一路行一路兴致盎然地告诉我们，那黑暗的房子是叶氏的、周氏的、他自个小时候待过的、胡宗南女儿家的，它们全都陷落在黑色中，分辨不出繁盛或衰微。我们几个的神色，也如同春夜，松弛而微醺，只想要慢慢地走，让这松阳的春夜慢慢流过。松阳瞌睡着了。明天它会醒来。

太平坊路醒转的时刻，却是冬天午后。风景殊异，人自不同。我和叶丽隽并行，这个羞涩女子，写得一手好诗，总是未语面先红。那时候刚刚与江子、周亚、骁锋、汉津分别，心还沉浸在微妙伤感中。午间的米酒让我飘飘然。自如穿行于闹热的太平坊路，擦身而过的自行车、摩托车、挑筐子的人、小孩子的滑板，全不会绊住我绵软轻盈的脚步。阳光充盈。这冬日阳光，让我嗅到春天的气息，我疑心，垂着的柳树正在发芽，花神也最先到达松阳。站在一棵大榆树下，我闭起眼，能感觉透过树叶的光斑在我脸上跳动。我更能听见周身涌动的活泼泼市声：车轧过路面的声音、摩托车启动的声音、夫妻拌嘴声、水泥车搅拌声、瓷碗掉落摔碎声、扩音喇叭破破的吆喝声……这个繁忙兴奋的人世啊，和我的故乡莆田何其相似，我走在松阳却嗅到了故乡的气息。我还真的嗅到各种气味：东北大饼、油条、豆腐、烟叶、茶叶、草药。我闭着眼睛，翕动鼻子，敞开我所有的感觉。我闭着眼睛对叶丽隽说："我们在人间。"睁开眼，却是何山川在身边，他和我讨论着汉语的音乐性，这个温和的松阳诗人，与鲁晓敏、乐思蜀一样，质朴、文气，如同松阳城的气质。

子时

冬 12 月 26 日 0 点　松阳酒店

我坐在床头翻读宋代四大女词人之一——松阳张玉娘的《兰雪集校笺》，抄录这几首：

山之高，月出小。月之小，何皎皎！我有所思在远道。一日不见兮，我心悄悄。

采苦采苦，于山之南。忡忡忧心，其何以堪！

汝心金石坚，我操冰雪洁。拟结百岁盟，忽成一朝别。朝云暮雨心去来，千里相思共明月。

——《山之高三章》

远山翠木减，满庭摇空青。坐对太古色，终日有余情。

——《山色》

中路怜长别，无因复见闻。愿将今日意，化作夜台云。

——《哭沈生》

白杨花发春正美，黄鹄帘垂低。燕子双去复双来，将雏成旧垒。秋风忽夜起，相呼度江水。风高江浪危，拆散东西飞。红径紫陌芳情断，朱户琼窗旅梦违。憔悴卫佳人，年年愁独归。

——《双燕离》

又读明代松阳人王诏作的《张玉娘传》、曾任松阳县训导的明末清初著名剧作家孟称舜作的《祭张玉娘文》《贞文祠记》，得知，张玉娘出身于仕宦世家，姿容出众，敏慧，时人呼她“张大家”，比拟汉代班昭班大家。除了给予她的诗词成就高度评价外，最关键的，是对其爱情传奇故事的记录与颂扬。

这张玉娘，15 岁许字同县沈家公子沈佺，是中表兄，俊雅多才，其父是宋宣和年间的对策第一人沈晦，沈佺自己也高中榜眼。张、沈二人，书简往来，互表钟情。不料沈佺在京师得了伤寒，一病不起逝去。玉娘对沈生钟情，不愿改适他人，终日郁郁，于 27 岁也一病而逝。不久，她的两个婢女，霜娥忧郁死去，紫娥自杀，玉娘平日逗弄的鹦鹉，竟也悲鸣着摔落地上死去。家人感异，张、沈虽未正式嫁娶，依旧将他俩合葬，两个婢女葬在他们左侧，鹦鹉埋于右边。所以张玉娘坟也叫“鹦鹉冢”，旧址就在现在松阳的西屏官唐门外枫林地。

孟称舜来松阳后，惊异于这个故事，又叹息张玉娘的多才多情，重修了“鹦鹉冢”，建了“贞文祠”，并将《兰雪集》带出去校刻传播，还写了一出传奇《张玉娘闺房三清鹦鹉墓贞文记》，张玉娘、沈佺故事由此在戏剧舞台上传播。按照孟称舜所说，当年他重修墓地时，用三亩地换了原先墓地附近的土地，在墓边种植松树，象征玉娘的“贞一”，种植梅花，象征她的品格芬芳，墓前还有一小亭，立碑记录她的故事，其他地方开凿为水塘，塘中种植荷花以象征她的出淤泥而不染。墓地后建了个祠堂，准提佛塑像在后堂，张玉娘及二婢女、鹦鹉在前殿，因为传说张玉娘、沈佺都是准提佛大士座前的侍者，因为在座前调弄鹦鹉，相互顾盼一笑，动了凡心私情，就连同鹦鹉，一起到人间经历一番，又回归到一起。孟称舜说他还置田二十亩作供奉香火用，并有僧人住持祠堂。

孟称舜当时的“鹦鹉冢”看来规模颇大。但他也说祠堂不可能久存。我在白天去看的“鹦鹉冢”，仅仅是路边草地围起的一处，一小截断碑，碑上字迹模糊，碑顶一块石头压了张黄色纸钱，碑前居然有只青瓷小碗插了三支香，小碗前的草地上插有三朵新鲜白菊花，显然刚刚有人祭过。这也难得，比起吴江叶小鸾墓葬于湖底要好许多。墓地边上早年开凿的“兰雪泉”井还在。这也难得。

丑时

冬12月26日2点多　松阳酒店

玉娘、沈佺携手从“兰雪泉”井口袅袅升起，年轻、皎洁，白衣翩翩如蝴蝶翅膀，玉娘鬓边插兰花一朵，手持书卷，两人在梅树下坐着。沈佺口占诗句赠玉娘道：

隔水度仙妃，清绝雪争飞。娇花羞素质，秋月见寒辉。高情春不染，心境尘难依。何当饮云液，共跨双鸾归。

玉娘得诗，羞涩低头不语，良久，也念一首：

侍儿传野约，趣伴出邻姬。竹外花迎佩，溪边柳笑眉。春随流水远，日度锦云熙。拾翠人争问，含羞独有诗。

忽然醒觉，玉娘、沈佺隐灭。原来是梦。原来依旧在松阳酒店，《兰雪集校笺》摊开在被面。床边灯未灭，帘幕低垂，窗外有车声隐隐划过。

唉！我读张玉娘之诗词，如兰似雪，有冰清气息，故她的诗词集名为《兰雪集》正合宜。她又号“一贞居士”，合乎她对爱情的态度，也与她诗词的气质相合。她短命早逝，或也与其气质吻合？到底是命运决定着一个人的气质呢，还是名字决定着人朝着这样的命运培育呢？其间也自有纠缠不清的因果吧。

孟称舜所做的，也难得，使玉娘之诗之情之事不致泯灭不闻，让我们至今能读到。孟称舜以为：“吾闻天下之贞女者，必天下之情女也。从一以终，之死不二，非天下之大钟情者能之乎?”读玉娘多情诗歌，孟称舜为的评。不为别的，总因“情”字。或是松阳这样出青松、翠竹，漫溢油茶香、松香，且有雪，有清澈溪水洗涤的地方，才能出这样一个至情至性洁净多情的才女?

寅时

冬 1 月26 日 4 点　上海家中

写下“松阳”两个字。离开松阳整整一个月了。那个浙西南山城，我们一群人，相会，散开。我到底要写一个怎样的松阳?

它就在手边，唾手可得，又如此遥远不可捕捉。它亲切如同故乡，我又如何抓取那山水的一毫一末？它是农业之府，又重视商贸往来。它缓慢，躺卧群山中，山道纠缠，溪流通畅，又将它敞开，与外界交通。它朴素如溪水，精细生活、细致文脉又如同那些雕刻繁复的窗户梁柱，源远流长两千年，延续至今，两百多年间就有百来名进士，甚至闺中女子也文采斐然，它出诗人、骚客，有奇士，多学者、教育家，即便一农一商，也热爱文墨……记忆中的松阳，该如何书写？

岁末，春节将至，我翻看着照片，回想在松阳的细碎经历。白天却收到一个来自松阳的包裹，那是雷雅莉寄来的松阳过年特产：黄米果。包裹中附有手书一封，是这样写的：

姐姐：

新年好啊！

寄上十个老家舅舅做的黄米果，给你尝个鲜哈。不知道你有无尝过这个。这是我们本地人过年必备的美食。制作过程本来挺复杂，现已简化，由手工改为机器做了，但口感筋道依旧。农民砍来山上几种灌木，烧灰泡水，将本地的一种meng（没这个字）、米和粳按比例配好，浸入灰水一天一夜，上笼蒸熟，一边蒸一边浇黄栀水，未熟揉团打制成块，然后切好冷却。

吃法：汤火锅，切片；炒米果，切细条，和冬笋丝、肉丝、青菜等一起炒；汤米果，类似汤粉干做法；蒸熟了蘸糖或酱油吃……保存方法：就带保鲜膜放阴凉地方。如果时间长，天气不冷，就把它们放在冰箱冷藏室（非冷冻哦!）。

另，今天匆忙，字迹潦草，可能有错别字，见谅哈！再次问好。

听到姐姐声音很开心!!

猫猫

1 月 25 日

本文写于 2012 年冬日，原题为《松阳十二时》。2018 年夏重读，昔日重现，改题为《松阳》，收入本集。

福州

那是福州秋天的第一场雨。暴雨。在高楼，隔了双层玻璃窗，也感觉不到雨意，听不到雨声，只觉得天暗下来，天像块灰旧抹布。应该是砸在地上就起尘那样大颗的雨。

麦子躺床上小睡，四仰八叉，不盖被子，微微打着鼾。我在网上闲逛。客厅里，他站在墙上挂着凝固的笑宽容地看我们。我们一起等丫蛋开车来接。

丫蛋的车早就停在楼下，只是他当记者的习性，说好了下午2点，就2点准时打电话给我们。“下暴雨时我就待在车里，雨将我整个裹住了。”丫蛋稳稳地开着他的别克，圆圆的脸庞，柔和、红润，眉眼与唇吻一样温柔，头发也软，且细。他是那种很让人放心依赖的男子，会很忠诚地捧着你放在他手心的小秘密。

到秋雨轩茶楼，雨早停了，地还是湿的，浮沉着潮热水汽。一丝风也没。华盖般的巨大榕树一动不动地扎在地上，无数褐色气根从身上垂放下来，也勉力要扎进土地。福州别称榕城，榕树多的缘故吧?！我疑心这榕城以前多旱，否则何以这树要长出这么多根须，搏命似的想要吸取空气中的每一滴水?

“雨下得不够透。”丫蛋抬头看看铅灰的天，眯缝着眼，握着收起的伞。

唐衣女子接过伞，领我们进一个包间。闷热。窗高，不敞亮，灰白秋光艰难地爬过墙爬过窗户，落在摆好黄杨木茶盘的黄杨木桌椅上。我和麦子对坐，丫蛋面窗打横。唐衣女子背窗坐，伺候茶水。

水壶噗噗地将热气顶出盖子来。唐衣女拎壶、倒水、淋杯、加茶、醒茶，关公巡礼、韩信点兵，颤颤地端着青瓷小茶杯碟摆你面前，放下时，总说一句：“请用茶。”低眉，微笑。大家沉默着，看她的微笑、手势，茶汤从壶嘴泻进闻香杯，黑青色水壶噗噗冒热气。品着小半杯赭红色茶汤，点头，说醇厚。

终于还是笑着谢谢，请走了唐衣女子，大家解脱似的舒了口气。

丫蛋占据了唐衣女子的位置，为我们倒水、泡茶。只是他一边听我们说话，一边做这些事，便一会儿漏了水在身上，一会儿又翻了茶杯子。

我们三年没见，如今聚在一处，倒也毫无间隔，手脚都理所当然安放，心思也都明明白白。麦子这几年的情事经历大家都是知道的，就算没见面，也不知打了多少电话，来说那些事。刚刚又经历一场伤痛，精力耗尽一般黄黄个脸，却又不想将颓丧萎靡的样子给我们看，尽力微笑着。我们原是来陪她的。电话里只能问个好，想见了面好好说。见了面，又不知道从哪里开始。那些空话，于实在的生活能有什么补救？各人都有各人的泪水，又有谁能互相搭救些什么呢？

只是这秋日雨后，大家尚能坐在一处。丫蛋说这金骏眉是上好的红茶，又说乌龙茶不能喝，农药是冲泡不净的，秋天又不宜多喝绿茶，性寒伤胃。又说起不在场的秧哥，就忙忙打电话给他，大家轮流接着手机，互相嘲笑几句，挂断了继续笑他。丫蛋又说起和秧哥办的诗歌民刊，几十年的情分，诗坛文坛的一点点人、一些些事。又说我的手怎么是青白色的，我说是漏进的秋光灰白的缘故，大家都拿了手出来比着看。时间就一点点爬过去了，也不晓得多早晚了。

丫蛋逆光坐，握着小杯子，笑说："我总和人说一个故事。还说给你们听。"

我和麦子都笑说好，就齐齐盯着他的圆面庞。

"有个男子，情人和他好了两年，跟人家跑了。他痛苦极了，跳了江去，却被个老和尚搭救起来。和尚给他一面镜子，说是能照见人的前生——"丫蛋慢悠悠说起来。

"风月宝鉴？《红楼梦》中贾瑞拿的那个？"我插嘴。

丫蛋没理我，继续说：

"那男子一照，镜中一个女子，全身赤裸地躺在沙滩上，海水涌上来，退下去，她是溺水身亡的，尸体就这样一直躺着。沙滩上不时走过人，看见她，有的很憎恶，捂鼻子跑开了，有的恐惧地迅速跑开，有的惊讶地多看几眼，有的犹豫着停留了片刻，也走开了。只有一个人，他脱下自己的外衣，盖在女子身上，停了片时，才走开。终于有个人，看着心中不忍，去找来一个麻袋，将尸体装裹，扛在肩上，在附近松树林寻了块地，将她埋葬了。”

我和麦子齐声问：“那又怎样?”

“那男子也很茫然，问和尚：‘那又怎样?’和尚说：‘痴儿尚不了悟！死去的女子，后世就是你那情人，你呢，就是那个脱下衣裳为她遮羞的人，她现在跟着跑的那个男人，正是曾经埋葬过她的。你自己说说，她该报答你的时间多呢，还是该报答他的时间多?’男子从此就解悟了。”丫蛋说完，就看着麦子：

“你也不必伤心，你和骨头的缘分，也许只是一件衣裳的缘分，所以你陪伴他的时间就短。你后面，恐怕要遇见那个曾经埋葬了你的人呢。也不知道你要用怎样长长久久的时间来补偿他呢。”

“就算是一件衣裳的缘分，也够折磨我了。”麦子垂下头自语般低低地说。再抬起头时，眼里尽是泪光，她极力忍着，不流下来：“你们说，难道我和他真的缘分已尽了？他躺在医院，睡着时，我就在边上看书、上网，醒来了就和他说话。哪怕他剧烈地痛，大口呕吐，看他难过挣扎，说胡话，我都觉得时间还可以无限延伸下去。明明知道路的尽头是没有尽头，就是不相信会有尽头……就算是医生都说他已经走了，我还是不觉得他离开我了……直到那天，我送他，看着他好好一个人，被机器推着，进到那个炉子，火苗吞噬了他……出来了，就变成一个盒子。我捧着那个盒子，就想他真的不见了……我和他难道真的缘分已尽了?”麦子的泪水顺着面颊流下，她也不去擦。我便也哭起来。

丫蛋满满地倒了杯茶，小心放在麦子前，说：“怎么会是缘分已尽了呢？不过是缘分转化了。比如说，你原本是和他日日在一起，读书、睡觉、吃饭、说话的缘分，如今变成你日里思念他，夜里梦见他，逢年过节去他墓前，买鲜花给他的缘分。就是将来时日长了，你有了新的生活，也不是与他缘分已尽，想起和他的许多好事，总会觉得幸福温暖，这就是与他的缘分了，这缘分一直都在的。再说不定，他化了灰，灰土里又长了花草，冒出来，你见着那花草，很高兴，很爱怜，那也是缘分。”

……

傍晚，辞别了麦子、丫蛋，我回上海。火车绕海行。雨过天晴，接海处，天色明朗起来，蒸腾白云围裹着渐渐扩展的玉色蓝天。海在灰白邈远之外。左边则是起伏的山丘，青绿田畴片片相接，水塘中闪灭着傍晚天光。若是有缘，我与这山这云这海，也有一瞥而过的缘分吧，与对座的小爸爸小妈妈抱着的两个月大动来动去的小小孩，也有六小时对面微笑说话的缘分吧?

我就给丫蛋发短信，说是：“虽久未联系，见了面就觉得欢喜，非常亲切自然。”丫蛋回答道：“若是不联系，还觉得亲切，就是三生石上有缘人了。”低头看这句话，火车恰好就停在他的家乡——霞浦。

就想起一次漫游中原。回来的火车上，在读中州古籍出版社出的孙犁的《芸斋小说》。读毕《我留下了声音》一篇时，火车恰好停靠在一个我熟悉的亲切的城市，末几句是这样写的："……然每遇人间美好、善良，虽属邂逅之情谊，无心之施与，亦追求留恋，念念不忘，以自慰藉。彩云现于雨后，皎月露于云端。赏心悦目，在一瞬间。于余实为难逢之境，不敢以虚幻视之。至于个人之留存，其沉埋消失，必更速于过眼云烟矣。"心中一动，若有所想，火车已开了。这篇文字，或者就是我和那个城市、那个城市里的人的缘分？火车的离开，就意味着我与那里一切缘分已尽吗？即便是一瞬间相遇的彩云、皎月的美，也总在心中长长远远地留下，又怎能说是缘分已尽呢？

此次我在火车上读的是《小王子》。小王子到一个星球，认识了一只狐狸，狐狸说：

假如你看见五千朵玫瑰花，那也不过就是五千朵玫瑰花。你必须和其中的一朵"处熟"了，就会觉得那朵玫瑰与众不同。那是属于你的玫瑰花，你就有了开始等待她的幸福。

窗外，掠过去许许多多不认识的树木、云朵、田畴。对面的小小孩动来动去动个不休，小妈妈一会儿喂她奶，一会儿剥橘子喂她。我当时在想：

你也料不到，某个早晨，一粒种子掉落在你的庭院，长出很嫩的小苗，你原以为是棵面包树小苗，面包树是一种坏树，会迅速长大，眨眼将小星球撑爆，必须及时拔掉。你犹豫了一下，发现原来是棵玫瑰花小苗。那粒种子不迟不早刚巧就落在你的土地上。五千朵玫瑰中，你恰好就认识了其中一朵，你和这朵玫瑰“处熟”了，就觉得她与众不同，觉得她的眉眼特别娇俏，连同坏脾气也可爱，你要小心伺候她，怕她生气，担心风吹走了她、雨淋坏了花瓣，担心有虫来吃花芯，或者有人索性摘了她去。你担心一不留神就失去了她；也可能哪天，那朵玫瑰招呼不打就走掉了，或者，你因为和她拌嘴，自己离开了她。你越是离开，就越思念她，越想回到她身边。这便是你与一朵玫瑰的缘分。就算有一天，你真的想不起她的一些事情，比如她落在庭院的日子，那也不是缘分已尽了，那是她藏在你的记忆深处了，某个时刻，她又会从记忆里跑出来。或者，你把对她的想象，转移到了别一朵，比如说虞美人花身上了。你对那朵玫瑰花的所有想念、幻想、热爱，全都转移到另一朵花身上了，这既是你与玫瑰花的旧缘分，又是你与虞美人花的新缘分。

本文写于2010年，原题为《缘分已尽》。2018年8月重读，改题为《福州》，收入本集。

雁荡

雁荡山显胜门山谷，山峦闭合，与外相隔，自成一个世界。我们从仙人坦村新桥头进，顺小道，入峡谷，沿溪行。山中雨后，空气清新，光线荡漾，云影树荫，缓慢转移，明明灭灭。松坡溪、硐头溪一带，竹丛青绿婆娑，山风过处，枝叶簌簌战栗，声如细浪舔礁。两面山峦连绵高起，中间一条峡谷，初极狭，渐阔大，顺碎石小径贴崖绕行，冰凉泉水自崖顶滴落，抬头，吃一大惊：迎面突兀耸起两片壁立山崖，200 来米高，崖顶几乎交合，中间豁然洞开，自成山门，门内光亮，山树粲然。正是显胜门，又称仙圣门。此处游人极少，疏朗而清幽，若携爱者隐遁于此，构筑木屋数间，夫妻相对，夜看山高月小，晨听风吹竹浪，薄雾染鬓，花露沾衣，以清流涤心，掬山泉明目，吟诵诗书有众鸟应答，放歌一曲得百花俯仰，不亦快哉?!

翻读文献，雁荡山脉诸峰，多藏匿隐遁者。

一个是明初的高逊志，朱元璋在位时任吏部侍郎，建文帝时任太常少卿。“靖难之役”后，朱棣夺位称帝，建文帝不知所终，建文朝旧臣或捐躯殉国或逃遁隐身。有关高逊志，《明史》记载他“存殁无可考”。但清代朱彝尊在《静志居诗话》中引蒋兢《祭高太常文》，记有高逊志后事：建文朝破灭后，高逊志不愿依附朱棣，逃出南京，孤身隐居于雁荡山中。有后生蒋兢者，邂逅高逊志，念及国破帝亡，相对流泪，奉之为师。五十多天后，高逊志一病不起，临终，以手画一个“恨”字，片刻，又连呼“复何恨”三字而亡，时建文四年（1402 年）九月三十日。那蒋兢贫困，无力买棺柩，见芙蓉峰北有一棵大树，中间空洞，即将老师搬过去，葬于树洞内，向树含泪拜别而去。

朱元璋出身草莽，立国后，接连发动胡惟庸案、蓝玉案等，斩杀功臣，控制文士，株连致死者难以计数。皇太孙朱允炆继位，即建文皇帝，倒是亲贤好学、温和宽仁，“行宽政、赦有罪”，减重赋，试图改变乃祖的严酷作风。但朱元璋已将元功宿将诛杀殆尽，建文帝缺乏可以抵挡强敌的将领，手握重兵、觊觎皇位的叔叔朱棣即带领燕军，狂飙突进，虎狼般扑向南京，建文朝迅即灭亡。朱棣篡位成功后，手段酷烈一如乃父，大开杀戒，单单南京一城，即斩杀五千余人，最著名的是杀名士方孝孺十族（谏曰：“杀孝孺，天下读书种子绝矣!”不听!），建文朝刚刚施行的温和宽仁新政也悉数废除。研究者感叹，假若建文帝一脉得以延续，或能扭转有明一代开国时的酷烈作风。但历史不会重演，强悍者胜利，温柔者灭亡，从来如此！

燕兵攻陷南京后，宫中燃起熊熊大火，建文帝不知所终，有说他并没有死，而是从地道逃亡了。那朱棣，即进行地毯式搜索，生得见人，死要见尸，若让他流落民间，星星之火或可燎原，即使他再无反抗力量，篡位者终究也是寝食难安。有一种说法是，建文帝逃到了海外诸岛，故而，永乐帝派郑和七次下西洋，真实意图是寻找建文帝的海外踪迹。还有一种传言是，建文帝做了和尚隐遁于南方深山中。一些没有殉国、逃遁而出的建文旧臣，多有前去寻觅的。那高逊志大概就是国破时逃离南京，想到南方寻觅旧主的。据说，仆人不堪其苦，逃走了，只剩他形单影只，隐遁于雁荡山中，虽疲敝疾苦，甘愿如伯夷、叔齐饿死于首阳山，义不食永乐之粟。

司马迁作传，第一篇即《伯夷列传》。伯夷、叔齐这两个“迂腐”的隐遁者，在司马迁心中，地位竟如此之高。但他感慨，像伯夷、叔齐这样有德之人，积仁洁行，竟终于饿死；而历朝历代恶贯满盈者，往往享尽荣华富贵，得以寿终。且若非孔子称赞伯夷、叔齐的德行(“不降其志，不辱其身”)，使其留姓名于后世，又有谁知道他们？天道无常，有多少是非公正，无人评判，又有多少高洁志士，湮没无闻?!

那高逊志的德行气节，类乎伯夷、叔齐。他临死前画“恨”，恨的是故国已灭，故主存亡未知；又连呼“复何恨”，身与名俱灭，伯夷、叔齐“求仁得仁”，作歌而死，复有何恨？想那高逊志偶遇蒋兢，方可身葬树洞，不至于暴尸荒野，为虎狼所食，且喜蒋兢留下文字，志其所言所行。我读雁荡史料，嗟叹连连，惜乎历朝历代志行高洁的隐者，得留姓名于后世者，有几人欤？转念又想，善者仁人，不过是秉其心志行事，并不虑及生前身后名。

高逊志与伯夷、叔齐是一类，与其说是贤者，毋宁说是忠义之士。伯夷、叔齐是殷汤封的诸侯孤竹君之子，纵然批评纣王残暴，却也不愿归顺父死不葬以臣弑君不孝不忠的周武王。还有一个忠义的隐者，是介子推。他的故事相当酷烈。他曾随晋公子重耳（即春秋五霸之晋文公）流亡十九年，是护卫大龙的五蛇之一，传说断粮时，介子推割自己的大腿肉给重耳吃。重耳归国接位后，遍赏流亡时的追随者。介子推却说，重耳接位是天命，臣下邀功请赏是贪天之功，亵渎了对重耳的忠义。他耻于与邀功之人为伍，就同母亲隐遁到深山去。重耳想逼他出来，放火烧山，介子推与母亲竟抱着柳树活活烧死了。伯夷、叔齐与高逊志是“不食周粟”，介子推却是不食主上之粟，这几个，都是为忠义而隐的。

吴太伯、仲雍，则是为孝悌而隐遁的。传说周古公亶父想要传位给幼子季历（其子即周文王昌），若按长子继承制，怎么也轮不上季历。两个哥哥太伯、仲雍为了遵从父志，避让王位，从渭水之滨千里迢迢跑到江南（当时还是蛮荒之地），隐居起来，文身断发，形同野蛮人，表示不可起用，直到死，也没回到故乡。如今无锡有吴太伯祠、墓冢，仲雍卒后葬于常熟虞山，他们成了吴国始祖。常熟虞山言子墓后面，还有个周章墓，葬的是仲雍曾孙。据说周武王平定天下后，去寻找太伯、仲雍后代，找到了吴国国君周章，分封之，吴国也由此并入周朝版图。周武王是为了弥补而安抚？还是有所担心而收拢？抑或为了版图扩充的需要？不得而知。这个故事，有两种解释：一是大周向来谦让知礼，承继的是尧舜禹的禅让制；另一个则是，从季历开始，废了长子继承制，周文王、武王为了证明王位的合法性，编造了一个美好故事。如果是前者，隐遁的太伯、仲雍，可真是贤者、高士。战国时，吴国公子季札三让王位，也有乃祖之风。

为忠义、为孝悌而隐遁的，都是现世的隐者。另一类则是出世者。

《庄子》中说，尧跑到山中，要将王位禅让给许由，许由不受，逃隐于箕山，在颍水洗耳。他对尧说："天下已经大治了，你让我来取而代之，不是让我空享其名而无其实吗？"事物是主，功名是宾，我难道是为名而去的吗？你做厨子的都不肯下厨，却让我这当主祭的去烧菜吗？庄子借许由表达，世事纷纷扰扰，世人争名夺利，何必纠缠其中？倒不如放逐山林，"野马也，尘埃也，生物之以息相吹也"，去探究天地万物之精华及性与命之大道。

在雁荡山脉中段，浙江乐清白石山（亦称中雁荡山）的玉甑峰，也有个许由式的隐者，就是五代后唐的李少和。他是永嘉人，唐代宗室李集之后，北宋开宝年间进士，担任过太学博士，也曾是滚滚红尘中人。五代十国，战争频仍，民不聊生，而当权者更替如走马灯般，你方唱罢我登场，直到赵匡胤黄袍加身，方才一统天下。然世事依旧扰攘，朝野党争依旧激烈。李少和就抛弃了世俗享乐，来到玉甑峰修身采气，羽化后也埋葬于山中，后人尊他为“李真人仙师”。据说宋太宗曾来向李少和讨教修身之术，宋真宗也跑来咨询治国要义，都要请他出山为官。李少和皆不受。李少和静修之处我去过，在玉甑峰山腰的玉虹洞。洞凹嵌在一块巨大岩石中，幽深静寂，风不知从何而来，冰水般侵入肌肤骨髓；洞内石壁黑暗，隐约可见“第一山”几个字，洞外摩崖有清人石刻，“目空一切”几个字，笨拙、空虚、自傲，有神游万象、“目空”世事的精气。

许由与李少和，无论乱世盛世，只做隐者，在他们眼中，执掌天下、统治百姓，如同厨子下厨，不是他们这类能接通天地神明的“主祭”愿意做的。个人得着荣华富贵的欢喜也如同小雀跳跃于草丛中一般，宇宙世界是如此之大，“无极之外，复无极也”。老子留下三千言，骑青牛出函谷关，不知所终，也是这样的隐者吧。他们无所谓现世，意在出世。

更多隐者，是身逢乱世而不得不隐遁山野的。孔子周游列国，从陈、蔡向楚国行进，一路遇到的隐者，皆蔡国遗民：有唱“凤兮凤兮，何德之衰”的楚狂接舆，有说“滔滔者，天下皆是也，而谁以易之”的耕田者长沮、桀溺，有嘲笑孔子“四体不勤，五谷不分”的杖荷竹器的老人……春秋礼崩乐坏、诸国争战，这些“避世的君子”觉得世界纷乱无可改变，既然不愿与浊世同流合污，不如顾全己身隐遁山野。孔子赞叹他们是高洁君子，却又自问："我不是犀牛，也不是老虎，为何要凄凄惶惶地奔走于旷野呢?""天下有道，丘不与易也"，这是他反思后的坚定回答：正因为天下失去了轨道，他才要奔走呼告传道，道之不能行，乃预料中事，却不能轻言放弃。孔子是知其不可为而为之。这是孔子与楚地隐者的区别。

传道用世的孔子，是显豁于外的。孔子内心也有隐念，尤其在他周游列国，寻求传道机会，却屡屡受挫的时候。有一次，孔子的弟子们谈自己的志向，曾皙这样说："莫春者，春服既成，冠者五六人，童子六七人，浴乎沂，风乎舞雩，咏而归。"孔子赞叹说："吾与点也!"这实在是一幅飘飘然出世的图景。当孔子悲观迷惘之时，他也叹息着说："道不行，乘桴浮于海。"孔子内心有此隐念，所以在楚地遇见那些隐者时，他才叹息着说："我本应与他们在一起，而不是与无知无识的鸟兽同群。"不过孔子最终没有隐遁山林，一生都努力做一个知其不可为而为之的木铎。

往后历朝历代，做隐者，有追求自我独立的，如不愿为五斗米折腰的陶渊明，更多的是为了逃避战乱，寻找一个梦想的"桃花源"。明亡，大清天下已定，一道严旨布告全国：十天内汉人全部剃发，"留头不留发，留发不留头"！江南群情激愤——改朝换代尚可容忍，变更祖宗衣冠，是从根本上铲除汉文化传统，是可忍，孰不可忍？江南士人多立誓："头可断，发不可剃!"有如江阴的81天抗剃发运动的，有削发为僧为尼的，更有隐遁山林的，以种种方式抵抗强权，令人感佩。

黄宗羲《两异人传》记述说，丙戌年（1646年）间，清人颁剃发令，浙江有徐姓者，不肯剃发，即约定宗族数十人，携带牛羊鸡犬、菜谷种子、耕种器具等，来到雁荡山，攀岩而上，在雁湖冈一带，剪茅架屋数十间，安顿众人，堵塞来路，三十年不曾与外界相通，终至断绝，再无人知其下落。这或是黄宗羲为抗清编的故事，叹息在清统治下，“人人不能保其身体发肤受损”，只能舍弃一切，隐遁山中。那徐姓一族，为了逃避强权，隐遁山中，赖雁荡山之偏僻隐藏身体，自耕自食，自成一个桃花源。

但诚如王健文在《流浪的君子》一书中说的：“陶渊明的《桃花源记》描绘了一幅乱世仙境图，‘避秦’是其初衷，‘隔绝’是其手段。‘不知有汉，无论魏晋’，远离了真实历史的纷扰，才能保有‘黄发垂髫，并怡然自乐’的美好境界。基本上‘桃花源’是非历史、非现世的，是超越的，也因此只能内在于人们心中。”徐姓宗族，三十年不与外界相通，也是非历史的，不在时间行进中的，他们或可“超越”成仙，抑或沦落与鸟兽草木无异。不与外界相通的结果，是终至断绝。陶渊明描绘了武陵人偶然闯入桃花源，看见种种美好，那是世人做的一个隐者乐园之梦。梦醒后，再要寻津渡去桃花源，则上下求索不得，终于放弃。许由、李少和、老子等的成仙得道，也是超越历史与现世的。现世的隐者仙境不可能存在。只是一个桃源之梦。

2010年，我与二三子行走于雁荡山显胜门山谷，真是又清幽又疏朗，与外界隔绝，自成一个世界。当时心生隐念：或可构筑木屋数间，躲开世事喧扰，夫妻相对，了此一生？一路行过，果真见到几间木屋，是张纪中拍摄电视剧《神雕侠侣》留下的。金庸小说中绝情谷种满芳香有毒的情花，而我所见不过是青竹婆娑溪水潺潺。小龙女在古墓中，多少年寂寞过日子，自祖师婆婆始，历史既已中断，古墓外何年何月、何朝何代，小龙女一概不知；她不与外人接触，不知爱，也不知恨。小龙女是没有时间，没有情感，没有人伦的。只等到杨过这个“现世”中人进入古墓，她才开始有了时间，也有了爱恨、渴望、遗憾等种种人的情感，也有了到“现世”中去的欲求。但她才出古墓，尚未下山，白衣贞洁的小龙女即遭强暴，与杨过离散，紧接着是战争、复仇、师徒伦理，一件件分割着他们的情爱，小龙女不愿耽误杨过在世间“扬名立万”，就想躲在绝情谷，了其孤寂一生。但这绝情谷并非封闭隔绝的世界，只是一个人造的“伊甸园”，一处装幌子的隐者乐园。小龙女待在绝情谷，杀戮、恩怨、恶毒、纷争，也紧随而来。情爱抵挡不过那些毒。只要与“世人”相触，便会中上比情花更烈的毒。全然不知世人之恶的小龙女，只好葬身于断肠崖（场景也在雁荡山）下，唯有死，才能真正“隐遁”。小说写杨过十六年后等小龙女不来，也纵身跳下断肠崖，竟发现崖下有深潭，潭底有洞穴，小龙女藏身洞穴中，竟还活着，情花毒也解了，两人终于在一处鲜花盛开的地方，结屋隐居，“从此过上了幸福的生活”。金庸为了安慰读者，给隐遁者留了个光明尾巴，桃源之梦再次显现，给予艰难生活的世人安慰与信心。——现世不可求，还有隐遁一途。

噫！古之人，或为不降志辱身隐，或为避让王位隐，或为修身得道隐，或为避战乱隐，藏身山林旷野，不与世人接触，虽至断绝，桃源是梦，究竟可得而隐；即便身在街市，不出仕，不与闻政事，独自闭门读书，亦或可称为隐者。至黄宗羲时，清人政令所指，不敢不从，为保“身体发肤”，携妻带子，隐遁山中，倘若被清人搜出，则强迫出“隐”，不从也同样杀身，只如徐姓异人，架屋塞路，外界不知其存在，或能逃过。若如现代国家之蚁民，道路四通八达，网络全面覆盖，人在山中，也如身在街市，何处可避？哪来隐者？

孔子穷途末路时，说要“乘桴浮于海”，子路欣欣然说同去同去，孔子自嘲：就算想去，哪里去寻大木材来做渡海的筏子呢？而我们就算是找着了木材，在雁荡山构建木屋，也会有电子眼追踪而至，播演一场深山原始生活体验的真人秀吧?!

2017 年 1 月 16 日定稿，原题为《雁荡隐者》。2018 年 8 月 18 日重读，改题为《雁荡》，收入本集。

松潘

我几乎爬不上马背。杨师傅将缰绳缩短再缩短，我还是踩不到马镫。他说没关系，两腿松弛分开，这么悬着，也很安稳。

我穿件枣红羽绒服，戴顶红条纹绒线帽，红手套，抱着一个刚在松潘县清真店里烤出的大饼，坐在马背上啃。饼还热着。驮我的栗色马看上去很老实，低头迈步不吭声，实际上，它被杨师傅的白马牵扯着，也走不了歪路。

杨师傅近40岁，汉人，两撇柔软的小胡子，脸颊带着高原人特有的暗红，戴顶迷彩军帽，帽上有两颗灰绿色五角星，裸露的耳朵被风吹成紫红色；穿件军绿色夹克衫，胳膊上有个3058的号码，应该不是编号。他在家排行老大，有两个弟弟一个妹妹，父母跟他过生活，妻儿也靠他养。他在顺江马队跑马帮，带游客，快二十年了。这些话，是后来和他熟悉点，他才说的。如今他沉默寡言，骑着白马在前面引路。那马浑身雪白，只有鬃毛和尾巴带点灰。他军绿色的后背挺直，和马融为一体，似乎天生就该是骑在马背上的。也是，他6岁就开始骑马了。

我们的两匹马绑在一起，穿过窑沟，翻越山岭。若是我扎着红头巾，很像是被丈夫牵着走的媳妇儿。但对杨师傅来说，我究竟是异域女子，对什么都新奇，我一路叽叽呱呱问，杨师傅则问一句答一句。深秋的山野，一丝风也没，阳光铺满赭黄色山上，《诗经》所谓“何草不黄？何日不行？何人不将？经营四方”，说的正是这深秋的景致，以及劳作叹息的人们。但如今我因自己愉悦的心，并不觉得杨师傅辛劳，那苍茫的黄草在阳光下也显得辽远开阔。山不动，草不动，柔软的云也停在纯净的蓝天上，一动不动。只是叮叮当当的铃声，是杨师傅白马脖子上的铃铛，走一步响一下，一路响着。在杨师傅的解说下，我认识了，那些结着黄黄小果子的树丛就是沙棘；矮矮的枣红灌木；还有排排站立在河边，枯槁了似的，是杨柳，它们枝条柔韧，砍柴的人可以随手拿来做绳子；至于琵琶柳，才结出白白柳絮，好似一颗颗蚕蛹挂在黑树枝上，我的马带我站在柳树下，我努嘴一吹，柳絮就飞散开来，蓝天下白色的柔毛从天而降，落满我的头，落在我的栗色马和马边的河流、沙石上，好似四月江南的柳絮。杨师傅说，琵琶柳的树干好，可做琵琶，这样得名的。

马儿喘着气爬上山顶时，我俩终于赶上了前面的马队。另外三个师傅，带着两个外国人、一对广东夫妇，正在休整，也等我们。一下马，洪师傅就递给我油饼吃，他才20来岁，迷彩服外套件黑色藏袍，顶着牛仔帽，很帅地歪叼根烟。他边说土语边笑，暧昧的眼神大概在打趣落单的我们。杨师傅羞涩地笑笑，接过扔来的烟，躺倒在草地上，马儿站在饮马池边大口大口地喝水。

我也躺在草地上。下面是群山。蓝天明净、无语，整整一块，无法分割，难以形容。天际一带的雪山，阳光将雪山顶映照得发亮，高洁、神秘不可测度，雪山最高处就是著名的雪宝顶，浮着一朵柔弱的白云。贴近雪山的是连绵起伏的黛色山峦，再近点呈紫褐色，阳光勾勒出山脉间的阴影，好似帷幕的褶皱，最近的山背则是土黄色的。山谷中聚集着村落，山腰上散落着覆灰色屋瓦的民居，火柴盒一般被褐色的树丛包裹着，黄色的山路蜿蜒盘旋。这个深秋的山体，明年将被绿色青草树木蓬勃地覆盖，各色野花也会开满山谷。

躺在山顶，听马铃声叮当，城市离我那么远，我几乎不曾想起那些人事。突然手心潮润，原来我的栗色马来啃我手里的饼，将潮乎乎的鼻子舌头伸过来，我欢欣地将饼掰成碎块喂它。杨师傅翻身过来，“去去”叫着赶走它，马儿远远站着，执拗地盯着我手上的饼，眼神渴慕，像个受委屈的孩子。

直到下午1点多，我们才到目的地牟尼沟二道海。在我们去牟尼沟游玩的当儿，马帮师傅们开始安置晚上的家。原来我的栗色马，除了驮我，还驮着所有家当。马背上一边两个垂着四个草绿色帆布大口袋，里面装着锅、碗、杯子、筷子、铁铲，以及晚上和明天吃的米、面，卷心菜，油盐酱醋，当然还有青稞酒和辣椒。四个口袋上面覆盖着棉被、睡袋、垫子，我就是坐在柔软的棉被上的，难怪不觉得颠。师傅们带着各自游客的东西，走到哪里，带到哪里，一匹马上驮着一个家，随时随地都可安置。如今师傅们忙碌地卸下马背上的这些家当，卸下马鞍，放马山上。马儿们叮叮当当地在山上吃草，吃一晚上，明天肚子鼓鼓的，好有力气驮我们回去。然后师傅们就分工，有的上山砍柴，有的刷洗锅碗，有的河边担水。等到夕阳薄薄地照在草地上，我们回转来时，青蓝色的炊烟已经升上屋顶了。

晚饭是土豆煮面，辣乎乎地热腾腾地连吃两大碗，身子这才暖和起来。山上黑得好快，冷，温度应是零下。两个老外和一对广东人在隔壁房间就着电炉子打牌，不时爆发出大笑，我则和四个师傅围坐在厨房的火炉边。厨房四壁早被熏成黑色，门口堆着新砍的木柴，屋内里靠墙本有一个大灶台，却闲置着，并不用它造饭。房间正中一个铁炉子，上下两层：下面一层中空，从炉口添进柴火，点燃，炉子一会儿就烧得滚烫；上面一层开有三个洞口，可以在上面架锅、水壶，炒菜、烧水、蒸饭，同时进行，围坐炉子，又可烤火取暖。这样的炉子在藏区很多人家都有，放在厨房，一家人边吃饭边烤火，边喝茶边聊天。如今我们吃过了饭，继续将火烧得旺旺的，一口大锅里烧着热水，不时扑腾一下顶起锅盖，一个水壶里煮着马茶，突突往外冒热气，只一个洞口敞着，火苗不时蹿出来，爆几点火星子，火光将每个人的脸映照得通红，四壁的其他区域，则陷在浓重的黑暗中。炉子上有一根铝合金烟囱通出屋顶，但我一会儿还是被烟熏得眼泪直流。杨师傅看看我，一声不吭地取出潮湿冒烟的柴火，往火炉里扔进几块干燥的松木。

马帮师傅们喝着马茶，相互递烟，唧唧哝哝用我听不懂的松潘土话叙着家常，又不时照顾我说几句普通话，说两句轻松的男女情事方面的笑话。他们家里原本都是有几亩薄地的，因为退耕还林，政府一年每亩补给200来元，自然是不够用度，便出来跑马帮，算下来，每个月每人平均可有400元收入。

“粮食涨了，补贴也没增加吗？”我问。

“没有。早先200元要比现在大多了。”

“每个月400元够一家子用吗？”

“不够怎么办？能够维持就可以了。”

“不想换别的工作吗？”

“人各有命。这个工作不做，还有很多人等着呢。”

抱怨不过是浅浅的。叹息也是随着吐出的烟眨眼消散。安于天命的口吻里，带着轻松的自嘲和幽默，对生命、生活达观的认同。他们说，一年365天，这样在外面住宿，有360天。年轻的洪师傅吸一口烟，笑道：“马背就是我们的家。”我笑问：“还没娶媳妇吧？”他说：“等我见到喜欢的，抱在马背上拉着就走。”

我怂恿他们唱歌，杨师傅说：“没有酒唱不了歌。”我正叹息着没带酒，他就在火炉上架上锅，胡乱撒了辣椒在油里爆，将一大篮子青菜倒进锅里，胡乱捣鼓一下熟了，然后变戏法一般掏出一瓶青稞白酒，往一个玻璃啤酒杯满满倒上，他们四个人，就着杯子，轮流抿一口。见我呆看着，洪师傅就递给我，说：“来一口。”我犹豫了下，果真抿了一口，清冽的青稞香，混同着火辣的感觉，从喉咙顺着食管直达胃里。我又递给杨师傅。这样轮流着，一人一口酒，再夹一筷子辣椒青菜过嘴。不知是烟呛的，还是酒辣的，还是喝的马茶烫，我淌着泪，咳嗽不止，他们看着我咧嘴大笑。

屋外一片漆黑，五步不见人影，一声狗吠也无，空气清冽，星星特别大。师傅们说，这样冷天，夜里一定下霜，明日也一定是个大晴天。屋内温暖的火盆，烈性的青稞酒，通红的几张脸，随意的闲话。再需要什么呢？我这三十年来所拥有的知识和经验，在这样的山间，又有什么意义呢？我的智慧并不及驮我的栗色马，它如今在山坡上吃带霜的草。

洪师傅唱起《草原之夜》，声音嘹亮开阔，他边唱边敲着火盆上的碗，边忙不迭地吸一口烟。杨师傅以口哨给他伴奏，调子准确，清越高亢。我们鼓着掌，大笑，喝酒，火苗蹿起来，加柴，水又开了，将马茶倒满杯。大家起哄，杨师傅红着脸，歪歪斜斜站起来，张口唱起《两只蝴蝶》：

亲爱的你慢慢飞，小心前面带刺的玫瑰，

……

亲爱的你跟我飞，穿过丛林去看小溪水，

亲爱的来跳个舞，爱的春天不会有天黑。

我和你缠缠绵绵翩翩飞，

飞越这红尘永相随。

……

等到秋风起秋叶落成堆，

能陪你一起枯萎也无悔。

……

酒尽，火冷，这才散去。在一个八角亭地上，已铺好九副被褥。我趁着酒热，钻进睡袋，裹着羊皮被，头枕马鞍，却左右睡不着。黑暗中呼噜声此起彼伏。从八角亭的玻璃窗，望向青黑的夜空，闪烁着钻石一般的星星，不远的山坡上，马儿还在吃草，脖子上的铃铛不时地叮当响着，它们脚下，流水哗哗响着流下山去……

本文写于2008年，原题为《马背上的家》。2018年夏重读，改题为《松潘》，收入本集。

龙泉

城名龙泉。古为栝苍黄鹤镇。此地有剑池湖，又称龙渊。东晋时曾置龙渊乡，唐时避高祖讳，改名龙泉。唐乾元二年（759年），置龙泉县。此乃以湖命名。龙泉地处浙西南，西属福建武夷山脉，南接庆元，北连遂昌、松阳诸县，向东而去，过云和、景宁，至丽水，再向东，是更广阔的吴越。

一说，城以剑名。剑有龙渊，为欧冶子所治。楚（惠）王闻欧冶子、干将造剑之名，使风胡子招之。欧冶子遍访名山，至今龙泉秦溪山下铸剑。此地林木葱郁，可为火炭资源；河流溪谷富含铁矿砂（铁英岩），为铸剑原料；山中多磨石（亮石），用于磨砺，能使剑坚利光亮；秦溪山北麓有剑池湖，湖边有七井，呈北斗七星状排列，井水至寒，以井水淬剑，使之森寒锋利；湖中有莲挺立，得其高洁意韵；山中盛产兰花，兰叶细削如剑，风动兰叶，婉转多姿而不轻浮。欧冶子或为兰花之清、之灵、之高贵，得剑之刚柔相济之精气、森寒高雅之品质；欧冶子又使童男女三百人以橐鼓风，断发剪爪投于炉中，乃至夫妻俱投炉中，以提高冶炼温度。如此，方成就三枚铁剑。

剑名龙渊、泰阿、工布，乃风胡子以剑上纹饰命名。龙渊，如登高山，如临深渊，取其森寒威严貌；泰阿，其纹如流水之波，洋溢而去，取其宽广恣肆貌；工布，其纹如珠石炫目，如流水不绝，取其绚烂如锦貌。此大体为《越绝书》所载。三剑均为楚王所得。又，《晋书·张华传》记豫章丰城县令雷焕掘得龙渊、泰阿二剑，后竟化龙飞去，不知所终。豫章丰城县在今江西境内，原属楚地，雷焕所得或真是欧冶子造古剑，无可考。传说原不可尽信，但将宝剑比神物，也明证世人对剑之敬畏。此地所造之剑，后泛称龙渊剑，唐时避讳，遂改名龙泉剑。所以，龙泉，既是地名，又是剑名。又，晋《太康地记》载西平有龙泉水，用以淬剑，或谓龙渊剑出西平。查西晋西平县在今广西境内，东晋西平县在今成都附近，而今天的西平县在河南，皆远离战国之时的楚地。

山是秦溪山，又有昴山、棋盘山、九姑山、百山祖、大小天堂山、凤阳山，披云之山当是云彩缭绕吧？可惜此番没能一览众山，只觉龙泉城为诸山环绕，方能蕴蓄馥郁深厚气息，所谓名山藏宝剑，殆非虚言。从丽水向西，遇着的便是天平山。其时已向昏，冬日薄阳在浅浅瓯江上映出几块白亮清冷反光，礁石裸呈的江流一味执拗地绕着山体缠绵；白青天色，清新洁净，山却黛色地喑哑着。至天平山时，太阳已不见，一抹金光只将天平山勾勒成一只金边笔架，山体全然为青紫色，在碧青天空下，鲜明矗立。同车的鲁晓敏、周亚、庞培都惊叹，天平山却一晃而过了。

剑池湖在秦溪山之北，据载原有数十亩之广，湖水清冽，湖极深，暗藏旋涡，又与城中的稷圣潭相通，明清时，湖变为官田，湖面当已缩小了吧？其实，龙泉既是山城，又是水脉相通的“水城”，湖泊溪流纵横交错如叶脉。剑池湖外，另有天平湖、凤阳湖、仙宫湖之属。仙宫湖最大，从安仁镇出发，如根系、章鱼的爪子一般，向北伸入道太乡、龙渊街道，直与云和县的紧水滩相接。而湖水或泛溢或汇聚着毛细血管一般的未名溪流。我们的车经过龙泉溪时恰是正午，水清山静，庞培定要到溪边玩水，冬日水骨清寒，他一味要脱鞋踩过碎石滩到水中央去，若在夏日，早是如鱼儿跃进水里了。溪边白茅在阳光下透明白亮，《诗》言：“白茅纯束，有女如玉。”那水中央也无窈窕淑女，庞培何以执意要去？倒是青色溪滩边，周亚垂头细细撩水，红围巾耀眼得欢喜。

桥名圣塔桥、剑川桥、济川桥、秦溪桥、披云桥，留槎桥通向留槎洲，卢照邻有“枯木横槎卧古田”，将树杈竹筏来做桥，别有味。经过的古桥有协济桥、永和桥，都是好名。旧时村落乡镇，一族一宗，族有族长，乡有乡绅，集资或出资修路、办学、造桥，总为宗族和睦、乡人团结、同舟共济的意思，此乃中国传统基层治理极好之处，后世竟泯灭了。永和桥乃明成化年间造，原名永宁桥，后村人械斗，康熙时重建改名永和桥，永世和睦之意。桥跨卧安仁溪上，125.7 米长,7.5 米宽,13 米高，有 42 间双檐廊屋，桥下石墩 5 座，是浙江现存最长的古廊桥。

村名许多，不胜记。豫章村出个丞相何执中，锦安村人多姓吴，传说乃吴公子延陵季札后裔，村落古朴，民风文雅。茶坦村，入峡谷，沿溪行，所见并非落英缤纷的桃花，却是漫山遍野油菜花开。芳野村，原名坊下村，1939 年浙江大学因抗战，将分校搬到此处的曾家大屋，1941 年元旦时，村中野菊花盛开，时任分校主任的郑晓沧出口成诗："野芳多映日，红树好题诗。"众人称好，便将坊下改名"芳野"，因郑晓沧为海宁人，二名方言发音近似。也足见龙泉村村有文气。这浙大分校，内屋保留曾家大院的中式格局，门窗、梁柱多精美雕饰，木结构，三层几十间厢房相连为教室；外墙则用青砖，有西洋巴洛克风味。正门门楣上刻有"居拱北辰"几个烟青色字，自是尊奉先师孔子的话："譬如北辰居其所而众星共之。"徘徊于空荡荡廊屋间，想见当年师生流离颠沛时，是如何践行读书与报国的。底楼展有学生用的油灯、藤编书箱之属，黑陶且看且叹道："这样油灯下，是该读线装书，将汉字一个字一个字来读的。"

大窑村，不能不记。小梅镇不到，琉华山北麓，就是大窑村。明代以前，称之为琉田，明末清初才改为大窑。通往大窑的路还没修好，我们一路颠簸，一路黄尘扑扑地进了村口。是来朝拜龙泉青瓷古窑遗址，龙泉窑主体在大窑，其鼎盛期窑口竟有千来座，明确记载的就有 500 多座，目前尚保留宋元明清各朝古窑

50 多座。村寨依山而建，土路狭窄，通车不便，舍车登山，溯溪而上，家家户户以瓷为业，门户洞开，人自作业，狗也不叫，从这里开始，逐渐接近宋元，两三里路，完成千年跨越。写《陶瓷之路》的日本陶瓷学家三上次男，亲手从埃及福斯塔特废墟的六七十万片碎瓷中拣出 12000 片龙泉窑瓷片，晚年访问心心念念的龙泉时，竟然没去成大窑村，临死还托挚友森住和弘去大窑遗址膜拜。我站在被圈起来保护的明窑遗址前，想着森住的鞠躬膜拜，心中感佩。拾得一残片，显然是哥窑的“薄胎厚釉裂纹梅子青瓷”，它在地上躺了多少年，如今被我捏出了温度。

青瓷之名，大概取其“青”色。又传说，有叫叶青姬的姑娘，为了父亲烧出上好贡瓷，投身入窑，后被封为“飞天窑女”，这“青姬”两字方言发音，与青瓷同。宋代是青瓷的鼎盛期。相传南宋大窑村有大窑 36 座、小窑 72 座，章生一、章生二烧瓷最有名。哥哥章生一烧的质量好，弟弟心中嫉妒，将水偷偷放入哥哥窑中，并在配方里多加草木灰，导致瓷品开裂，不想却烧成一种有裂纹别具特色的青瓷，就是哥窑，薄胎厚釉铁足紫口；弟弟不服气，又独创一种弟窑，却是厚胎薄釉无裂纹。民间对哥窑弟窑的附会，虽不可信，也有意思。我看青瓷，假如能分雌雄，哥窑当为雄，内敛、古朴、稳重，沉默不语，好思考的样子；弟窑则为雌，安静而妩媚，眼波流转，轻盈窈淼。

青瓷特点，“青如天，明如镜，薄如纸，声如磬”，首先是“青如天”的青色。青釉是半透明釉，不比一般色釉，浓重，又不是透明釉，显露。妙在隐隐显显、遮遮掩掩地着色，又能“露胎骨”（露白），好似隔了青纱望见美人的肌肤凝白。“青”，不独是一种物质的颜色，还饱含精神气息。如果说，“清”只指味觉、嗅觉上的清气，“青”则有触觉、视觉的青气，好似山峦青翠，竹叶青绿，天空青碧，湖水青蓝。的确，青瓷之青，变化繁多，天青、梅子青、豆青、粉青、翠青、灰青、蟹壳青、茶青，茶青有了黄的底子，又有黄釉、酱色、黑釉等色。所见的前四种为多，顾名思义，以一物色来形容另一物色，也是汉语颜色特别处，不比西洋色彩，分析色素含量，以数字符号标识，过于抽象无味。无论怎样的青色，总一个“静”，青瓷安然自处，如山中幽兰，不耐烦嚣，自开自落自芳华；又如良家处子，不必装饰，洗却铅华，分明一份素朴本色的美。而其线条柔滑，质感细腻，爱她，“如雪，含在嘴里怕化了；吹口气，又怕飞了”。

其他：井名七星井，阁名留槎阁，寺名清修寺，庵名白云庵，塔名稽圣潭塔，亭名金观音亭。品的是金观音，饮的是灵芝酒，喝的是热米汤，吃的是香菇、石耳、山上新嫩的竹笋、巧平家的狗肉、安仁镇的胖大鱼头，还有金必福茶庄的滚酒热豆腐。

本文完成于2010年。

莆田

爷爷去世有十年了。4 月的最后一天，蔷薇花一夜间开了三四百朵，侵早起来看满墙粉红堆垛，好生欢喜。当时我端了茶杯站在庭院吹风，在想：我的花养得这般好，一定是爷爷在天之灵护佑的。想起爷爷我不再流泪了，只是遗憾怎么很少梦见他。黛玉死后，宝玉几夜寻梦梦她不着，后来知她是做回潇湘妃子去了，她原不是凡间之人。我的爷爷 4 月去世，正是百花盛放时节，爷爷一定是去做了哪地的花神了。做了花神的爷爷又要管花开又要管花落，又要安顿伤春忧愁的人，自然就没空儿来看我了。最后一次见爷爷，他依旧红光满面的，只是脚有点肿，走得慢了些，只是抚摩着我的脑袋说："爷爷这次没法送你去车站了。"当时我泪流满面，似有预感，不想竟成永诀。写这篇文字之先，我在看卞之琳的《成长》，文中有洛庚·史密士“满足于被折如花，消失如影，被吞没如雪片入海”之语，亲爱的爷爷，你即便是如花如影，如雪入海，却教我如何满足于你的消逝呀？

……

夏天的傍晚，太阳掉落到梅峰塔后了，爷爷端来水泼洒门前地面。发烫的青石板吱吱吱饥饿地吸干水，闷闷的热气四下里蒸腾，天边最后一线霞光收敛起，青灰暮色徐徐降下了，爷爷搬出竹躺椅，临街撑开。他穿条宽大的蓝棉布短裤，裸着上半身靠在躺椅上，我也搬个小竹凳，坐在他膝边，将头枕在他腿上。爷爷轻摇蒲扇，也赶蚊子，也为我扇凉。躺椅两头各有一棵柳树，柳绦儿直垂到爷爷圆圆的肚皮、我的小脸上。爷爷问我：“阿妹仔，爷爷死了，你扛脚呢还是扛头?”十岁的我并不明白“死”的意义，想了想，说：“我扛头。”爷爷笑了，便逗我怎样扛头呀之类的，闲话着。

这是南方小城一条繁忙闹热的老街。城名莆田，街名凤山，古谯楼上宋代皇帝题写的“文献名邦”牌匾早是不知去向，百多年人来人往的青石板路依然溜光发亮。在我和爷爷临街乘凉的时节，有嘴角沾了米饭粒子的男仔趿拉着十字拖鞋煤球般滚过，有卖豆腐的阿公晃悠晃悠挑着担吆喝他的最后一块豆腐，邻家阿婆瘪着嘴咀嚼着什么，向爷爷抱怨青菜又贵了，穿花衬衫留长头发的小伙子拎一个四喇叭吹着口哨罗圈腿一路抖着过去，而卷发姑娘的高跟鞋笃笃笃从街那头响起，摇曳而过，尾音好似庙堂瞌睡的木鱼声般渐行渐远去了。那时节，我的小婶婶正和叔叔谈恋爱，很多个傍晚，她从下务巷摇摆穿出，走到我家门前，看见爷爷躺着，很扭捏地含混问了安，就站在街对面，朝我家的二楼窗户喊："阿灿——阿灿——"我的叔叔穿着喇叭裤光着上身乒乒乓乓冲下木楼梯，推开木半门，揪揪我的小辫子，一边穿花衬衫一边忙忙支开自行车。小婶婶穿件暗绿小圆领的确良衬衣，丝白百褶裙，两条齐腰辫子，辫子上扎了草绿色缎带。她搂定叔叔的腰，歪着身子小心挪上自行车后座，叔叔脚一撑就滑开好几米，他卖弄似的放开扶手，伸展两臂，如一只撑开的风筝般扭来扭去拐进一条深褐色小巷中去了。街灯一朵一朵的，渐次亮了。

他们走了，我的故事会也开始了。爷爷会问："阿妹仔，我们这里为啥叫莆田呢?"看我迷茫摇头，爷爷便满眼得色地说，莆田原来是海呀，海水退了，变成田了，田里长满香香的蒲草呢。又说，莆田还被称作荔城，因为到处种着荔枝树呢，大暑节前，荔枝就如灯笼一般挂了满树，苏东坡到岭南去一天吃三百颗不够，他要到我们荔城来，一天吃六百颗也嫌少。这些话，总要在爷爷剥开荔枝麻脸的红外壳，细心从外壳和果肉间剥离出一层粉红膜衣时说的，他对着红膜衣吹了口气，红膜衣便鼓成一颗红心，我一只手掌托着，另一只手掌对着一拍，啪的一声脆响，好似踩破一只气球。爷爷便说起一桩奇事：黄巢军南下时，就驻扎在莆田宋姓人家中，宋家有一株千年荔枝树，黄巢练武时往树干上砍了一刀，从此，那荔枝树上结的果子就与别处不同，果壳上凹进一圈，如官家腰上缠条玉带般。有好事者以为奇货囤积，高价出售他乡，荔城之名因而传得更远了。

或许因为我是闺女，爷爷最喜欢讲的是莆田两个奇女子的故事：一个是自己出钱造木兰陂防洪灌溉的钱四娘，水急堤毁，愤而投河，肉身随水漂流，香飘万里，几日夜不变形。爷爷说，那是神明被她的侠义赤诚感动，护佑她肉身不坏。另一个是莆田湄洲岛的渔女林默，爷爷说此女生来灵异，有一日在打盹，妈妈使劲叫唤，她应了一声醒来，就哭，说是她的魂灵正在海上救遭遇风暴的父兄，双手各抓一个哥哥，嘴里还叼着父亲，应答一声，父亲就掉到海里去了。这林默就是后来被称为海上守护神的妈祖娘娘，爷爷说，郑和下西洋，清军收复台湾，都得过妈祖的帮助呢。

在我年少的时光里，爷爷展现给我的是无限丰富的世界：倭寇侵扰沿海呀，戚家军身背“光饼”呀，隋炀帝看琼花呀，乾隆爷游江南呀，莆田的19日夜大火，日本飞机轰炸时文峰宫娘娘显圣了，抓壮丁，炼钢铁……无论是真实的事件，还是历史的演义，在爷爷的嘴里全成了曲折迷离的故事，成了我瞪大眼睛、张开小嘴、屏息凝神注视的神奇世界。每每我搂着爷爷的脖子问：“爷爷，你怎么懂得这样多呀？我怎么全都不知道呢？”爷爷就用蒲扇拍拍他圆鼓鼓的肚子说：“爷爷吃的盐比你吃的米还多呢。”水漫了金山寺，法海躲进螃蟹壳里，青蛇白蛇的情义纠缠着辗转着泪水纷飞，救母的目连上天又入地，剔骨还母的哪吒脚踩风火轮……那些影影绰绰的故事里的精灵，他们藏在柳叶间，如萤火虫一般随爷爷的蒲扇一闪一闪……在这样的辰光里，爷爷教导我做人的道理，教我热爱知识，启发我对周遭世界万事万物怀有好奇而怜悯的心。我后来之所以那样喜欢讲故事、听故事、阅读故事，全出于爷爷给我的每一个星光灿烂的夏夜；爷爷生动的描述，也启蒙了我对优雅汉语的热爱，引导我长大后走向曲折幽深的语词密林，在芳香迷人的文章堂奥间流连徘徊。

有时候，爷爷喜欢在露台乘凉，尤其是夜来香开的时节。我家是老式的两层楼房，楼下是厨房、厅堂，爷爷奶奶的卧室；楼上有叔叔和我的卧室，再就是10来平米的露台。露台铺红色六角砖，东面是木围栏，我一爬上靠近围栏的凳子，爷爷就惶惶将我拽下，掉下楼可不是玩的；西面是堵黄土矮墙，墙只有爷爷半身高，14岁后，我就能越过围墙望见隔壁家阁楼小阿姨的房间，有圆的镜子、粉红的被，小阿姨对着镜子一下一下梳她又长又细的头发，邓丽君软软的歌声从窗户漫溢出来，有时小阿姨探出半身张张我家这边露台，然后伸了白手关上木窗，便什么也看不见了，歌声还隐隐约约的。露台正南面也是半身高的土墙，隔壁家的一棵龙眼树，将茂盛的枝丫毫不客气地伸了过来。三四月间，白色细小的龙眼花开了，爷爷就眯缝着眼睛说："今年龙眼要丰收了。"有时候，爷爷会冲隔壁伯伯叫："花太密了，打掉些，要不果子长不大。"隔壁伯伯就仰了脖子站在庭院和爷爷一句一句聊起龙眼的大年小年。到了8月，果子累累地垂在矮墙边，我们也绝不会偷偷摘了吃，爷爷会打手打屁股，再者，隔壁伯伯也会整脸盆整脸盆地送龙眼过来的。

爷爷是拿种花的知识对待果树的。露台上摆满了爷爷的花，月季红色白色最多，少有鹅黄粉红的，五六月间，满眼姹紫嫣红。碰上连日下雨，雨中又带风，露台便满地是花瓣儿了，爷爷将花瓣儿扫了，倒在花盆中，说是来于泥土归于泥土。《红楼梦》扫红一节，林妹妹也说将花埋在土里比随水流去还要洁净。5 月间开的还有如姑娘小嘴的红石榴花，玻璃纸般硬硬的海棠花瓣，还有百合，长长地挺出一根绿白嫩茎，竟然伸出 12 朵喇叭儿，自以为是地端着脸……大约莫有几十种花草，爷爷日日要看它们好几回，松土，捉掉软耷耷难看的鼻涕虫、背着房屋到处走以为稳妥的蜗牛，埋下发了酵有点臭的豆渣，给牵牛花搭架子，有时只是蹲着摘摘老叶子。种在花坛里的茉莉是爷爷最欢喜的。它们总在晚上悄悄结了花苞，喝足一夜露水，次早就哗哗哗开放，一开几十朵，洁白地吐着浓郁香气。在那样每一个透明的清晨，爷爷提个竹篮子，低头弯腰摘下茉莉，放入篮中。我在睡梦中闻着馥郁香气，睁开眼就看见枕边的几朵白花，兀自带着露珠儿。摘好茉莉，爷爷提了竹篮一节节走下楼梯，将花倒在桌上，细细挑出几朵大小一般的茉莉，齐齐插在桃木梳上，再将木梳斜斜插在奶奶的发髻边，爷爷说，奶奶年轻时候，头发黑亮黑亮，长长的，盘成髻，插茉莉花最好看了。后来我在街上看到老太太头上的茉莉，便总想起在那样每个透明的清晨，奶奶坐着，爷爷站着，手上是插满莹白茉莉的木梳子。多下的茉莉花自然将它们晒干了，加在绿茶里，那味儿没说的。普鲁斯特吃玛德莲小饼的时候，回到了贡布雷的时光；后来我到巴黎，按照他书中说的，吃玛德莲小饼，配椴花茶。但我是在喝茉莉花茶时，才能回到我的莆田，我的“贡布雷”。只是，我要到哪儿去找寻爷爷调制的茉莉花茶的味道呢？如今我在庭院也栽了两株茉莉，七八月间也能收获些许，摘下花朵儿，散放在窗台上，干枯失了颜色，收在青花瓷瓶里，散发出略略陈腐的香气。爷爷说，花儿都有生命，有脾气有性情，花儿知道人疼它爱它，就长得好。

夏日夜晚，风吹过，香气忽隐忽现，爷爷说："这是夜来香的香……这下又是米兰的香了。"白话小说中有一则叫《灌园叟晚逢仙女》，讲花痴秋先种得满园好花，却被恶霸打个粉碎，有牡丹仙子下来人间，将花复活，惩治了恶霸，秋翁也跟着成仙了。《聊斋》里也讲花神为报答爱花人，化作美丽女子相伴。也不知道哪本书说的，一个爱花的人，总不会坏到哪里去，花儿那般美丽，天天对着它们，怎会生出龌龊心思呢？爷爷生前如此爱花，想来他不是做了花神，就是与花仙相伴去了。

《灌园叟晚逢仙女》的故事最初是爷爷告诉我的，后来又在明代白话小说里读到。爷爷肚子里的故事多半从戏文中获得。在莆田，流行的是以兴化方言演唱的莆仙戏。莆仙戏源自唐代：相传开元年间，莆田江东村美女江采萍被选入宫，因其酷爱梅花，唐明皇赐封为"梅妃"，国舅爷江采芹回家乡时，明皇赐其带回一部《梨园》。传说真假无从考证，中国地方戏剧多视唐明皇为祖师爷的。爷爷的说法是：莆仙戏中尊奉的"戏神"，就是唐明皇时被封为"天下梨园总管"的乐师雷海青；一日，有戏班逢海难，戏神在天护佑，云层遮住了旗上"雷"字上部，只剩个"田"字，由此莆田民间就呼戏神为"田公元帅"；莆仙戏正戏开场前总会有文武"头出末"出来唱定场诗，文的就是头戴生巾、身着红袍的唐明皇。莆仙戏形成期应在宋代，为南戏的一个剧种。《齐东野语》载蔡京之子蔡攸，常与宋徽宗在宫中客串戏脚取乐。这蔡京乃莆田仙游枫亭人，府中伎乐兴盛，相传多将宫中秘戏与家乡土戏相互搬演。在南宋莆田籍书法家蔡襄、诗人刘克庄等笔下，也多有记载莆仙戏演出之事。我后来检读徐渭《南词叙录》《戏文三种》等记载的宋元剧种，回想起爷爷告诉、记录下的莆仙戏剧目，我觉得，莆仙戏中，的确保留了一些宋元南戏剧目，但更多的还是明中叶以后的传奇。

爷爷有一本“账册”，发黄牛皮纸以麻线串订成厚厚一沓，白色封面上有爷爷用毛笔写的两个字：“戏文”。翻开看，全是工整的题咏。我后来知道，他抄的有两种：一是《兴化戏百二十节走白》，记录有莆仙戏 126 个剧目，每一句都是一个剧目名及主要情节，以兴化方言“姑苏”韵串读，朗朗上口。这里抄录一些：

英台《吊丧》，《陈三》扫厝（厝乃是宿的意思，方言读作 lu）。

《仙姑》探病，瑞兰《走雨》。

《西厢》弹琴，《春江》摇橹。

《红拂》私奔，《娘阿》倩路。

《曹彬》织锦，《刘锡》借厝。

《文君》慕相如，郭华《胭脂铺》。

《绿牡丹》《百花亭》《双鸳鸯》《八美图》。

《玉堂春》《潘金莲》《周文英》《唐伯虎》。

《叶李娘》上本，彦明嫂《出路》。

《钱玉莲》投江，《陈靖姑》祈雨。

《刘华宗》翻案，《吴文潞》拆厝。

正德君《戏凤》，《李嗣源》思祖。

……

另一种则是五言联咏，是清末莆田涵江人杨玉章编的《梨园百咏》，也有百来句，每一句咏一个剧目的主要内容，后附剧目名：

萧寺听琴处(《西厢》)，花亭赠剑时(《百花亭》)。

同窗磨笔砚(《梁山伯》)，列肆卖胭脂(《郭华》)。

留得多情伞(《益春》)，偷来有法旗(《四郎探母》)。

当垆亲卖酒(《文君》)，隐儿暗偷词(《仙姑问》)。

夜月焚香拜(《拜月亭》)，春江放棹归(《春江》)。

观灯逢友戏(《冯琰》)，窃印把官欺(《斐孝英》)。

袍衽龙九种(《金沙女》)，笑发马双骑(?)。

凤尾龙须接(《永乐君》)，牛行马跳随(《大姑娘》)。

雀屏夸中目(《唐高祖》)，鸿案庆齐眉(《孟光》)。

火托三更乞(《刘锡》)，钱惊十万贻(《张果老》)。

下山闲觅偶(《尼姑下山》)，覆水怨多歧(《朱买臣》)。

千里还君送(《千里送》)，中途把妾离(《孟道》)。

独开金锁合(《郭英》)，轻借铁鞭施(《王怀女》)。

艰苦糟糠食(《赵五娘》)，殷勤米烂炊(《高文举》)。

……

若是爷爷看过的戏，他就在那句的边上以小字记录：某年某日某地，看此戏，戏班某，旦某，生某。若是戏名有变化，也会注明，比如《陈三》，他就注《陈三五娘》；《千里送》，他注的是《千里送京娘》；《张果老》，注的是《果老种瓜》……不看戏的时间，爷爷常将“戏文”册子翻开，用他在私塾读唐诗的莆田蓝青官话诵读那些戏名咏联，俯仰着脑袋，抑扬顿挫如同歌唱。夏日的夜晚，爷爷与我坐在街边，也会轻轻哼唱起戏中某段，微合双眼，一手摇着扇，一手在腿上打拍子。我便悄悄将剥好的荔枝塞到他微张的嘴里，爷爷吃了一惊，睁开眼，拿扇柄轻敲了一下我的脑袋，我便缠着爷爷讲《百花亭》的故事。

莆田有官办剧团，各乡各镇又各有戏班。爷爷并不迷信官办剧团，常与票友议论，某生“三步法”不够儒雅端正啦，某旦“蹀步”太粗，踩了“扫地裙”啦。他似乎不愿意憋在剧院看戏，倒宁可站着看户外演出的棚戏。过大年，或是上元灯节，二月初二的“头福”（中和节），七月十五“送公妈”的鬼节，乡镇往往有社戏，这也是爷爷最忙的时节。如三月姑娘踏春一般，每每仔细收拾了才出门：一身黑色湖绸夏装，一把折扇，一双黑色宽口布鞋，头发抹了发油梳得溜光，从家门口出去，一步三回头，看衣衫哪有褶皱呀，哪有小线头呀，这样摇摇摆摆地一路晃到顶务巷口。这是爷爷年轻时的轻狂样子。曾外祖母和奶奶都这么描述他。说爷爷的爷爷是县太爷，在曾祖父时家道就中落了，但爷爷还是有旧家子弟的影子，奶奶聘他前，曾外祖母曾偷偷去相看，当时爷爷开着一爿店，打烊了，门扇半开着，爷爷坐在柜台前，拉着尺胡，旁若无人。我记忆的爷爷，出门时，衬衫一丝不苟地扣好，折扇还是带的，一双旧的大头皮鞋不很黑亮，也没有一点尘土。

爷爷喜欢看的是关于苏秦和薛仁贵征东、征西等历史故事的连台本大戏，一看一天，若是碰上演目连戏，要连看三天三夜，奶奶就唠叨，也许是习惯了，那唠叨听来更像是例行公事。不过爷爷要是陪曾外祖母去，奶奶就不吱声了。可有一次爷爷和曾外祖母过了午夜还没回来，叔叔到熟悉的票友家打听，都说早散戏回家了，奶奶就拍着手跺着脚哭出声来。一家子坐等，到得夜里2点，见爷爷搀着曾外祖母，曾外祖母拄着拐杖，从街的黑暗处摇摇晃晃走来，一个半白的头，一个全白的发髻，街灯将两条影子一会儿拉长一会儿变短，爷爷似乎还和曾外祖母在争辩什么，声音空空地响在静夜街上。面对奶奶红肿的眼睛，我们满脸的焦急，爷爷傻笑着，曾外祖母中气倒很足："哭什么？没死呀，我们到七街去看戏，回来走错路了。"我们偷偷觑着奶奶的神色，知道爷爷今天晚上要倒霉了，就四散睡觉去了。后来就听奶奶半抽泣半数落，没爷爷的声音，爷爷声音响起的时候，讲的是当晚看的戏文故事。爷爷断断续续地讲着，声音由清晰转含糊，停顿片时，鼾声响起，中间夹着奶奶的不满："'庵堂认母'是《玉堂春》里的，怎么《望江亭》也有这一段？喂，喂——这死老头子……”

不看戏的时间里，爷爷会到田尾王家爷爷那里去，几个老头组成个“十音八乐”班。“十音八乐”是我家乡特有的民乐合奏，与莆仙戏的乐器伴奏仿佛，不过是独立演奏的。大要说来，打击乐器有各种鼓、锣和钹，管弦乐器有笛管（类似古觱篥，用黑色尚书木制成，头大尾小，形似喇叭）、梅花（有大吹、小吹，类似唢呐）、曲笛、四胡、尺胡、八角琴、三弦等。爷爷在那个小团体里拉尺胡，就是一种中音板胡，因其外弦为工尺谱的“尺”音，故名。爷爷说他不会看五线谱和简谱，他们学的是工尺谱，连同指法都是代代相传的。平日他们聚在一起温习，到了节日，会有街道居委会给搭个台子，他们几个老头就在台上，吹奏一些惯熟曲目；偶尔也会为送神或人家婚礼给“做金文”的伴奏。可惜那时候我还小，对那些曲子声腔一概不感兴趣。后来有一年回家乡，年初一到舅婆家拜年，吃了夜饭出门，远远的鞭炮声稀稀落落，舅婆家门前“林”字红灯笼高高悬挂，我独自穿过青石板路的小巷子。突然，就在小巷深处，传来细细乐声，正是“十音八乐”，如细流，如青丝，缠绵地述说什么，在那样的夜晚，似有若无，空气中便有了温暖而感伤的况味。我不知道这曲子是什么声腔什么曲牌，说的什么故事，心中有什么被牵动着，却又说不出所以然来。当时就懊悔没有好好请教爷爷，现在想问，也问不到了。

爷爷去世后的第二年我从上海回到家乡。正是农历十月初十，秋天祈福的下元节。文峰宫前搭着大棚演目连戏，演的是《目连救母》，爷爷最爱看的戏、最爱说的故事。我站着听锣鼓闹热地响，正演着傅罗卜穿着佛赐的芒鞋，拿着盂钵、锡杖，下到地狱去寻找母亲。戏台不远处有张木桌子，几个老人一边听戏一边喝工夫茶，几件古怪乐器散放在桌上。我上前摸了摸其中形似喇叭的一件，一个核桃脸老人，拿起它，对着我吹了一下，打低嘟，清亮乐音蹦了出来，那老人的脸就笑成了一朵菊花："这是打低嘟的笛管。"啊，亲爱的爷爷，我即便是目连，又如何有佛祖指引我寻到你，寻找回那些逝去时光呢？

凤山街拓宽了，青石板路改成了水泥路；我家临街的二层楼房拆了，奶奶叔叔搬到了七层楼套房里。露台没了，种在泥坛中的茉莉和昙花搬不走就只能丢弃了。新房子的一间挂着爷爷50岁时的放大照片，头发还是黑的，穿一件深蓝中山装，额头发亮，嘴角略略上翘，从怎样的角度，他都在看着你。爷爷的房间放着从老房子搬来的那架竹子双人床，依旧挂着蓝花布蚊帐。爷爷重病卧床时不让父亲告诉我。我知道，爷爷不希望我哀伤。孔子说："未知生，焉知死？"对于生的爷爷我无法穷尽他的智慧和对生活的热爱；对于"死"，我只有一次体会，那是我16岁时曾外祖母的去世：她睡在竹床上，微微蜷曲着身子，阳光从屋顶的一块明瓦透漏进来，落在她身上，那样单薄，像一片叶子般安静。是的，爷爷只是睡着了，或者，只是转化成另一种形态，"葡萄苹果死于果子，而活于酒"。爷爷一定在一个美丽的世界中，知道我写下这篇文字，知道我在想他，他一定会知道我也喜欢种花，喜欢说故事，于人于事也一样乐观对待。

本文写于2004年，原题为《爷爷与花与故事》，是我的散文处女作。2018年7月略改，改题为《莆田》，收入本集。

卷四

七月·湖畔

光

地是空虚混沌，渊面黑暗；神的灵运行在水面上……

湖上的每一日，重复着从混沌到光亮，又归于暗黑。神的光运行于湖面上，一切便闪闪发亮。神的光运行在我们暗黑的内心中，一切就会闪闪发亮。

夏日早晨，白雾满湖。山、树、堤、岸，全笼罩在雾气中，混沌，朦胧，事物没有形态，天地灰白一片。静止中，悄然酝酿变化。世界的界分，从一条墨线开始。墨色漉漫，白色渐褪，事物慢慢显露出来。此时若从高处俯视，喀纳斯湖如同一个敞开的巨盆，盛着奶泡。突然，光降下，湖面上一片月牙形亮光如镜片。雾气缓慢外溢，稀薄，世界缓慢地裸露、清晰、起伏、多彩起来。

上午的湖泊是块凝重墨玉。背光一面黯淡、哑默、隐忍；面光处，有莹润光泽。光如同微笑，忽隐忽现。湖水并不通透，你的目光触碰不到湖心。湖的秘密深藏在醇厚碧血中。清凉碧血。神的一滴。你翻越多少山脉，度过灼烫沙漠、杳无人烟的戈壁，前途茫茫，焦渴万分，马已跪倒，你就要跌下来，被沙土埋葬，突然，那神的一滴，那清凉的碧血，呈现眼前。如同白色吗哪从天空降下。上帝化为火、为光、为水，显现给世人。人心在苦痛中灼烤，瞬间美好，犹如甘泉，如这泓清凉碧血，浇灌着它，慰藉着，温润着，让它不至于变得如石头般坚硬，如枯木般焦黑。你宁可是一株易受伤的柔嫩小树，或是如湖中水草柔软地摇摆。

下午六七点钟，阳光依旧热辣。湖水墨蓝，远山近树都是墨绿。涌动的蓝光，随风改变，有时向中心汇聚，有时向外层层扩散，有时打乱了节奏如丝线缠绕。躺在堤上，随光波动。趁着你还年轻、完整、美好，就这样被光运走吧！却又慢慢渡回来，还在原处徘徊。太阳从云层中露出，万千细密银线从天降下，在湖面转变为无数短短的银箭镞，向湖心扎去。假如你眯缝起眼睛，那些银线就联结成一整排银色瀑布，哗哗哗倾泻下来，湖面如同蓝黑绸缎上嵌着的无数亮银片，富有节奏地起伏。包裹着谜，你无可抵达的世界，你可以潜到湖底，了解水下暗黑的转折、礁石的粗粝、水草的斑斓，你可以叫出鱼虾的名字，分门别类，但你依旧无法了解湖泊之谜。只有神知道。神的光，可穿透一切暗黑，抵达一切想象。时间越晚，湖水反越透明起来，湖岸、山树、晚霞、雪顶，全都明晰地倒映水中，湖水将眼睛看到的裸露世界，以倒影、相反的姿态呈现出来，你以为所见的湖，就是真实的湖。在最深处，依旧潜藏着你所不知的。只有神的光知道。只要你的心贴近神，就能够感觉到一点点。

这一天就要结束，黑暗又笼罩湖面。但你知道，神的光，凝结为星星、月亮。星星密密闪烁在湖上天空中，月光从天降下，又从湖面延展到天空。即使湖被完全的暗黑控制，你也知道，死去的时间会重新开始，明天，光会重新降临。

我们必须有信心，等待，神的光。

林中

这是午后的泰加林小道，如此寂静而活跃！

沿湖畔，密植云杉、冷杉、刺柏、花楸，以及小叶白桦树、扎根在湖中的五针松，高大针叶林和阔叶林混合，将栈道遮蔽得异常阴凉、幽静。那些云杉、冷杉的尖顶拼命向上，似要越过阿尔泰山，直抵云霄。秋天尚远，白桦叶尚未黄，向湖倾着绿身子，赤脚站在薄薄滑润的苔藓上，大张着惊讶而忧郁的眼睛。那些深褐色泪水垂挂下来，一直滴落到湖中。喀纳斯湖，盛满白桦的泪。

高树下错杂生长着各种灌木、野草杂花。上千种植物，野芍药、野罂粟、火球花、金银花、低头葱、野蔷薇、龙胆、萤花、紫花苜蓿……随季节、光线变化着色彩，像湖中的鱼变化游泳的姿态，像翻动的日历、人的心情、流变的境遇。我们遇见最多的是黄色柴胡、聚伞形白花独活。蜜蜂忙碌起降，穿梭在这花那花之间。隐藏在密集草丛中的，还有多少我的眼睛没有看见的生命：蚯蚓、金龟子、蚂蚁、天牛、滚粪的屎壳郎？坐在林中，面向湖泊，湖面泛着碧光；一只鸥鸟俯冲下来，贴着湖面滑翔，又振翅而起，嘴里多了条挣扎的小鱼；风将湖水推到岸边，白浪轻舔着树根、沙砾、苔藓、断枝，发出汩汩啧啧的轻响，水流在树脚打了个转，爬过苔藓，又转回湖中。

并没听见什么鸟鸣。不时地，枝丫颤动，那是一只松鸡、榛鸡？会变羽色的雷鸟、有白斑的星鸦？或仅仅是只乌鸦、最不起眼的两只麻雀，它们振动翅膀，穿越林枝。听说有种黑琴鸡，被称作林中诗人，我很想遇见它——它会像俄耳甫斯，在林中徘徊，弹着琴，到处找寻妻子的魂影吗？也没有正面遇见什么野兽。只是我们行过时，会听见一阵响动，草丛或厚厚树叶下传送着一道起伏的波动，恍惚见到黑暗树荫下两只闪闪发光的眼睛。是一只土拨鼠或松鼠听见我们的脚步声，越跳而过？听说在密林深处，友谊峰那一带，能遇见狐狸、驼鹿、身上有梅花的马鹿，甚至还会碰见哈熊（棕熊，饿了能一口吞下一只猪崽）。但在这浅近靠湖的泰加林内，只如歌里唱的，“长尾跳鼠轻轻穿过阴凉幽静的森林”……

不时有松果掉落地上，扑扑响。到处躺着松果，圆柱或圆矩形。青中带紫的，是未成熟就落下的。想想看，在春天，雄球果张开鳞片，将黄色或红色花粉随风播撒，一些粉尘被雌果吸附，开始孕育种子，未及孕育便掉落的松果满怀伤感，躺卧在松针枯草中。成熟的松果是咖啡色或浅赭色的，鳞片张开，种子已经播种，完成了使命，安静怡然地回归大地。只有成熟的松果不会腐烂，我捡了几颗，预备带回家。在我的书橱里，还藏着天山、阿尔卑斯山的松果，在维也纳一个小教堂边上也捡了几颗。

到处躺着枯木、断根、残枝。在西伯利亚泰加林里，这些浅根性树木种植在疏松土壤中，根无法扎到深处，只是横向伸展。湖水侵蚀，大风摇动，土壤又松，就极易倾倒。在这条小道上，有一块巨大的泰加林木根部，侧卧着，令人惊骇地呈现横向伸展密集的根部世界，当年，那里站立着怎样高大的一棵树啊！你在这样的死亡中看见了它蓬勃的生长，它倾倒时，该发出多么巨大的轰响啊！又有一棵十几米高的云杉，不知何故（雷电？人为?)，拦腰折断，裸露着巨大、新鲜、黄亮的伤口。那些躺在草丛中、沙石上的形状各异的陈年块木、根茎，风和鱼也不去顾盼它们，湖水茫然舔过它们裸露的体表，似乎忘记了疼痛，忘记了时间，散发着闷热、陈腐、潮湿的气味。

不必伤感！在腐败与死亡中，新的生命正在酝酿。那些断枝枯叶、松果落花，疏松柔软的部分，化为肥料，被大地吸收，滋养别的树木花草。甚至在腐败断枝上，又生长出新绿枝叶；腐木上冒出的各种菌菇，正突突生长着，散发着香气。即便是一时无法腐烂的残骸，一棵折断大树的根部或空心树洞，也成为亿万蚂蚁的家，它们繁忙地进出，劳作、繁殖、死亡。在林中，绝无任何无用之物，飞鸟甲虫的尸体、野兽家畜的粪便、凋谢的枝叶花朵、腐烂的树木杂草，所有一切，都成为新生命的养分。一边死亡，一边生长。生生不息，无限循环。

沿湖畔小道，在荫翳的林中走了一个多小时，尽头是一面山岩。爬上岩石，豁然开朗，潮湿荫翳一扫而光，炙热的阳光让人眯缝起眼睛。整个喀纳斯湖在脚下展开，四面山势柔和起伏，包裹着一块“翡翠”（早上是“墨玉”），若非游艇划出白亮航迹，她几乎凝滞不动。如此寂静！游艇如鸭，钢铁翅膀被阳光消融，变得柔软。远离人群。听不见汽笛声、车声。一只飞鸟也无。湖怪或大鱼，似乎从不存在。只有五针松，士兵般密集地站立在湖中岩上，青绿草丛中乱开着野花。一只山鹰飞得很高，如蓝天上一点墨。喀纳斯以其随季节、辰光改变颜色而闻名。但现在，时间消失了，你盯着她看一小时两小时，或是离开好几年，回过头再来看，她似乎依旧如此。只是高阔天空，几朵白云，一泓碧水。

好几日傍晚，我们只在泰加林小道散步。此地晚上 10 点才天黑，晚上 8 点左右，夕阳最好。夕光温暖、醇厚地照进林中，将杉树的粗大枝干、草花椅子，染成橘红色，枝叶杂草的影子散乱投在上面，图案奇妙。我最爱坐在木椅上，看湖面黝黑涌动，水纹银亮波闪，白桦枝叶剪影墨黑凝滞。我们这样坐着，森林一点点暗下，直至漆黑……明早，湖上白雾会溢进林中，填充虚空，鲜嫩的朝阳又会最先照亮哪一棵树？

味

在新鲜的松木香气中醒来，仰望木屋顶，有瞬间迷惑，这个夏日，我身在何处？

穿行门前小径，两边草坡开满野花，野气的芬芳，顺着风，一阵一阵将我迷惑。我能辨识的几种花香，不过是玫瑰、蔷薇、桃花、丁香之类，这里几百种上千种野花开放，陌生香气让我丧失了分辨能力。好香！贫瘠而抽象的词语如何表达我的感觉？我的全部知觉远不如一只蜜蜂。它们能分辨出每一种花的香味，知晓它们何时开放，循着花香，从数千里外飞聚过来。奇异的是，假如我身上洒了香水，那是由十几种花提炼、蒸馏、调和出来的香氛，蜜蜂是绝不会将我当作一朵花的。偶尔一只比较呆气的蜜蜂判断失误，跟着我飞了一会儿，也会断然返身离开，说不定因为错误的气恼蜇我一下——可见蜜蜂是能分辨“人为”或“天然”花香的。也许一朵花，散发的不仅仅是香气，还有蜜、花粉或其他什么？你必须变成一朵花，或一只蜜蜂，才能弄清楚。

何止蜜蜂？自然里到处是气味大师：卵生在松树上的松毛虫，忙碌地啃吃松针，边啃边吐丝，无论走多远，天多黑，嗅着自己吐出的丝线的气味，总能找回家。离散了的蚂蚁，闻到同伴留下的气味，能将食物或同伴尸体，老远地扛回家，分门别类地存储。吃草的母马，突然不安地嘶叫——它嗅到了一头狼或哈熊靠近的气味，威胁的气味。我们朝水草边的白毡房走去，几百米远，一只大狗大声吠叫着朝我们奔过来，却不扑上身，它是嗅到了我们身上的陌生气味，同时又明白，并没多大威胁，不过是吓唬吓唬我们罢了！毡房边一棵树，系匹马，我试图抚摸它，它就歪着身子斜着眼打着响鼻，不停地踢腾蹄子，想挣脱绳子，主人说，马不熟悉我的气味……人原本如动物般具有敏锐嗅觉，“嗅闻”等同于“亲吻”，恋人们搂在一起嗅嗅闻闻，就足以诱发情欲。可是我们闻惯了汽油、香精、化工产品的气味后，就丧失了对自然之味的分辨和体会能力，剩下香水师、品酒师之类，将它当作一种特殊技艺。

在这森林草坡中，我的嗅觉慢慢醒转。除了野花香气，还有松针、松果的青涩香味，蔓生杂草的气味不算明显，但我很喜欢闻除草机新割草坪的那种短簇清新的草香味。草坡上翻飞着赭黄底子白黑斑点的蝴蝶，它们的翅膀扇动起粉尘味，嗅了会咳嗽不停。走在栈道草丛中，不小心就踩到马羊粪便，气味并不如圈养牲畜那般恶臭。那些散养的马羊，日日啃吃的是新鲜杂草野花，粪便也散发着甜甜的草腥气。越挨近毡房或木屋，粪便的草腥味越浓，混杂着牲畜身上暖烘烘的膻气。哈萨克族的白色毡房往往临溪搭建，蘑菇般独立在一片青绿草坡上，四面环绕着云杉或冷杉树。挨近毡房，各种气味扑面而来：马羊身上的膻气，木桶中盛放的羊奶、牛奶的奶味，风干羊肉的味，放置在木架子上晾晒的奶酪的酸味，燃烧的干粪的干燥、烧焦的香味。若是走进一间新盖的图瓦人木屋，红松木的浓郁芳香沁入心扉，木栅栏前摆设着巨大的烤馕炉子，燃烧的松木吱吱地冒着松脂油，散发出焦香，烤馕的麦香味弥漫到大路上，几百米远都能闻到。在这里，人的味道，与动物气味、森林草坡的植物气息混合，成为自然的一部分。人的味道，即是自然之味，就像毡房木屋与森林草坡河流牛羊，如此协调而充满生命力地安置在一起，都是神的作品。

每天，我在松木香气中醒来，顺着散发野花香气的小径走到喀纳斯湖边。早晨的喀纳斯湖，白雾从湖面缓缓漫溢到林中，送来清凉而空旷的味道。朝霞的、白云的、湖水的、树木和草坡的味道，我深深呼吸，似要将山水之味努力吸收、蕴藏在身体里。但我嗅不到湖中大鱼的味道。是汹涌的密集的腥气吗？是火红熔浆般的味道吗？它们下潜到了哪里？在这白雾之下，湖水之下，平滑暗黑之下，在最深最隐蔽处，裹在淤泥、湖藻、枯木之中，那种味道一定是深沉的、久远的、浓烈的。弥散亿万年的谜怪之味，或是神灵之味，岂是生命不过百岁的世人可分辨的？

午后，被阳光熏蒸了一上午的湖畔，弥漫着湖水热热的潮气、湖沼淤泥的土腥味、湖边枯木的陈腐味、闷热的泥土枯叶相杂的气味，同时混合着晒软的野花草叶的沉醉香气、树叶树脂的甜香，以及腐木上生长的菌菇的香气。三个采蘑菇的十几岁少女，挎着篮子笑着说着话从我们身边行过，嗅到了她们的汗味和篮子里的菌菇香味。遇见陌生的我们，少女们羞涩而好奇地朝我们看，如同歌里唱的：“哦，我的黑眼睛，一遍遍望你望你……”我也看她们。少女的黑眼睛，纯净又茫然，空无一物，又似蕴含千言万语。那摆动自然、小而结实的身体中，生长着我所不知的未来，如同这山川、草坡、湖泊，散发着陌生芳香，我闻不到她们秘密的忧伤或喜悦之味。盘旋于空中的山鹰却知道。

这里所有的，生命之味，时间之味，自喀纳斯湖存在就有了，在它未形成之日就有了。

木屋

海德格尔在弗莱堡大学边上，德国的黑森林中，有个小木屋，他背着手，在那里散步、沉思，写下《林中路》。他是在阳光照进檀木林时，嗅着龙脑树的香气写下那些文字的吧？梭罗有一日，提了一柄斧头，去瓦尔登湖畔，造一个木屋子，他种豆子、钓鱼，任风拂面一上午，听鸟鸣叫，独自微笑。

我终于在 7 月，也住进喀纳斯湖畔的一个木屋子。

喀纳斯木屋，有三种。一种是供旅客“家访”的，展示图瓦人的历史、生活、风俗、歌舞等等。在那里，我听到：湖怪之谜，捕捉大红鱼，狩猎哈熊……那是马背上的民族穿越戈壁、沙漠，蓦然见到清凉湖泊的惊喜。我还听了楚吾尔，吹奏者将嘴贴近一种轻薄草管，按捏三个洞，发出颤动的呜呜乐音，或低沉悲凉，或高亢尖锐，模拟种种自然之声，让我想起古希腊传说中的芦苇牧笛……的确，我在木屋中听到了许多动心的事。这样的木屋，铺了绣花地毯，墙壁上挂着各种动物皮毛、猎枪、雪橇，几上摆着油果子，客人席地而坐，表演或讲解者穿民族服装站在中心。热闹的木屋，崭新，却已是一种商品仓库、种族标本。当一种文化被展示，被游客猎奇地匆促一瞥时，文化中鲜活的部分已不存在了。这样的木屋，我只进去过一次。

一种是当地图瓦人住的木楞屋，禾木、白哈巴一带较多，喀纳斯河边也有。禾木我没去。白哈巴那，有的单独尖着顶站在山坡上、蓝天下，在青绿草场、墨绿杉林之中，简洁漂亮。有时它们排排站在一大片平整草毯上，远远俯视，如同青灰瓦片或鱼鳞排列在阳光下；挨近了看，上部是等腰三角形屋顶，灰黑木板架立，下部为正方形，四面墙壁皆以原松木垒砌，以苔藓抹缝，冬暖夏凉，往往保留松木的树皮，结疤、松黄色，质朴而扎实，有些墙壁用的是松木板，精细些。一幢木屋，往往有两个木窗，一扇木门敞开，如人安静地蹲坐，睁着眼、张着口，又有木栅栏在门前围出空地，散落走动些自家的马牛羊狗。这些木屋，如同杉树草场，是自然的一部分。你看见了它们，却对它们一无所知，木屋中图瓦人的生活，你是无法触及的。即便做一次所谓深度访问，甚至与主人度过数日，以外来者口吻询问他们的日常生活，你依旧是个旁观者，与那些木屋隔膜，你不是牛羊的主人，不是木屋的主人。你只是远远看着，有时它们在烟气中发蓝，有时被阳光染成金黄色，有时被白雪厚厚覆盖只露出黑洞洞窗门。湖怪是图瓦人的神灵、护佑者，亲近而敬畏，对外来者言，不过是雨后彩虹，添加些神秘，引动些口沫。假如我们对他者文化，对湖怪，仅仅有些浮皮了解，又过度阐释，这种人类学式的田野调查，对我们的生命，对图瓦人，又有什么意义？所以，我的确是很羡慕拥有那样一幢独立于草坡的木屋，但图瓦人的日子，又如何嫁接到我这样一株植物身上？

我们住的木屋，是管委会供给客人住的木屋别墅。一套两间，主体材料是混凝土，辅带树皮松木贴面，外观与图瓦木楞屋一样，质朴、本色，又避免了松木易腐烂、蛀蚀的缺点。内部装潢是上了本色漆的松木板，散发着好闻的松木香气，陈设雅洁，有最现代、最舒适的一应生活设施，让客人既能体味湖畔生活的自然，又不离开习惯的干净舒适。对于我这类来度假的城市人，也许是合宜的木屋生活。我自视并不能够如梭罗，操一柄斧头，一无所有，到森林中，造一个木屋住下来。梭罗的木屋只有一床、一椅、一桌，以及满足生活的最基本用品。他主张去除一切多余的装饰、华美、享受，只要能遮雨保暖维持生命必需即可。他以为人为了积累财富而忙碌的生活是绝望的，一切为了交易的劳动是无必要的。他甚至让他的木屋与所有邻居保持一英里距离，认为与人交际，远不如与花鸟树木湖鱼交往自在。

我承认，我缺乏梭罗的勇气、毅力、智慧，更因为我不信奉他那犬儒派哲学的一些极端主张、清教徒式的严苛。假如造一个木屋，仅仅为了遮蔽风雨，他为什么不学他所说的因纽特人或印第安人，裹着衣服在雪地里睡，或挖一个洞穴钻进去？人之所以为人，区别于同样可以享受阳光、让风自由吹拂的牛羊，是因为人会创造，创造美、劳动、交易，文明的每一步，伴随着人性的美善与丑恶，这才是人类社会。我从不厌倦，并热爱在自然中感悟美善，但远离人，只与鸟兽虫鱼为伍，不是我的追求。

何况，简朴就能杜绝邪恶？克制欲望，就会产生美德？

但梭罗说，简单而诚恳地生活，让风自由拂过面庞，这才不是虚度光阴。他的“消极抵抗”式生活，无疑是给予我们异化的加速度的消费时代的一记棒喝。他提醒我们，去反思自己，怎样去过一种有品质的、宁静的、沉思的、有德行的生活；他提醒我们，缓慢、自处、静观、远离喧嚣；他提醒我们，人是自然的一部分，在自然中恢复我们日渐散失的对美善的知觉。他以一种生活，提醒另一种生活，以一个世界，反思另一个世界。梭罗的意义，在于他的行动。他不是以言辞，以说教，以文字或概念，来倡议、呼吁，他以他自己的生活、行动。

在7月，我住进喀纳斯湖畔的木屋，读梭罗，在他的文字中，在湖畔的森林草坡中，慢慢让生活的渣滓沉淀下来，沉到心的湖底。

我们的木屋掩在几棵云杉下，边上有个四面敞开的木亭子。开门是野花盛开的草坡。穿过木栈道，顺台阶下到湖边，只三分钟。那几日，我们经常在湖畔，看雾中的湖、正午的湖、霞光映照的透明湖泊，看山顶积雪，看白云飞渡，顺泰加林小道一直走到原始人画过的岩石那儿。傍晚浓烈的阳光将木屋染成橙红，黑色针叶影子晃动在木墙上。

哪里也不去时，我们就待在木屋里，闲话，坐在窗前读书。窗外草坡延伸到高高路边，各色野花一直流淌到窗下。草坡之外是倾斜的云杉林，林外不高的一片山，早晨帽子云笼着时，显得神秘，山下木屋黄墙异常新鲜。正午阳光垂直，白云移去，山与草坡一览无余，只是那些圆锥形杉树伴着自己的影子，一只山鹰缓缓地绕着树尖顶盘旋，一圈，又一圈。午后，四下暗将起来，以为暴雨将至，等半天，压低的云却被风吹跑了，阳光又炙热明亮地倾泻下来。到傍晚，山转蓝，阳光忽闪忽灭，我们守着窗，等待天黑，看一个图瓦人童子骑在马背上，小小的黑色身影，几只羊，肉肉地、缓缓地穿过草坡、云杉、红松，走过了窗框外的世界……

我们木屋的访客是：一只停在西瓜上不停以足抹脸的苍蝇，一支搬运粮食的蚂蚁小分队，一只误把我当花，发现错误后慌乱地嗡嗡撞窗的蜜蜂，还有一条蹑手蹑脚顺墙爬的千足马陆，一只弓着背在松木屋顶逡巡的长脚蜘蛛……我甚至担心从草坡爬进一条蛇……一只蝴蝶，橘黄粉底，黑白斑纹，我们从卧龙湾向神仙湾走时，遇到一模一样的蝴蝶，在风中翻飞着各样美丽姿态，有时停在一株黄花柴胡上，有时落在颤动的柔茎野罂粟花上……它突然向窗户撞过来，趴在玻璃上，挥手赶它也不走，只是一动不动地趴着。是从卧龙湾就跟着我们的那只蝴蝶吧?!

半夜开门出去，我们小屋的灯光将纯黑世界圈亮了一小块，草虫的鸣叫告诉我，到处潜藏着生命，世界在呼吸。宝蓝天空满布星星，看见我，就扑簌簌跳下来，我都来不及接，它们就跳下来了……跳到路边的变成石子，跳到森林里的化作松果，跳到湖中的是鱼，那落在草坡上的，都变成各种各样的野花了……

此也一世界，彼也一世界。假如身在湖畔，心思却飘浮在尘埃，思想下降到泥沼，木屋于我，形同虚设。而假如，我的心存有一份对百汇万物的新奇、对渺小之物的关注、对自我的警醒、对他人的怜悯、对美善的热爱、对德行的偏好……不苛求自己完美，却能时时反省，且不沉溺，那么，即使身在最闹热的街市，我也同样拥有一个木屋。我在心中造了一个木屋。

在湖畔的日子，天气异常好。我很渴望下一场暴雨，听凭大风穿过山谷，激动湖泊，热烈晃动木屋门窗；雨打在木屋顶像豆子落了一地，该多么动听！我渴望秋天再来木屋，金黄的白桦叶漂浮在湖上碧光中，五针松的赭红针叶铺满了山坡。冬天，我们在木屋听见雪块压断了云杉枝丫。到春天，湖上融冰的巨响，惊落了瞌睡的鸟……飞鸟穿过林枝，大鱼跳出水面，光线行走在草坡，云翻过了山岫，在木屋，我谛听着百汇万物的声响，谛听着自己的心跳……

2013 年 9 月 11 日定稿于沪上，2018 年 11 月略改。

油菜黄了

一年之中，若是有几次遇见油菜花黄，是幸福而奇妙的事。

在不同地方、不同月份见到油菜花开，感觉空间延展了，或时间原地踏步。

被命名为油菜的那种花，不是同一种。草本、花黄、总状花序、圆柱形茎、多分枝、叶互生、十字花科的油菜，不过是物种上具有共同性。这里的油菜，依旧不是那里的。生长的环境不同，花开的时间不同，遇见它们的辰光不同，看花的伴侣不同，当时的眼睛和心绪也不同。

云南

云南的油菜花最早黄，有的12月底就开。

我们1月28号到罗平。罗平油菜花节，原在1月中旬到2月初，但我去时，油菜花只开了三成，因北方寒流奇异侵袭南方，虽翻不过云贵高原，也多少受影响。又连日阴雨大雾，不是看花时节。雾气雨水将罗平县城折腾得泥泞肮脏，只是临近春节，街上摆放鞭炮红烛金纸对联，多少有点喜气。卖烟丝和水烟筒的摊头，黄脸男人们围拢蹲坐着，就着长长的水烟筒吧嗒吧嗒吸烟。妇女背着箩筐，盛放年货、蔬菜瓜果鱼肉，以及用布遮盖着脑袋安稳睡觉的孩子。

包车到师宗，上灵岩庵，想从山上俯视金鸡峰丛油菜全景，雾却越来越浓。一个个山包，馒头状，圆锥形，高不过几十米，青黑，间隔着站在一大块摊开的“布”上，织出或染上各种色块，也许是边角料的补丁，边界奇异地齐整。黄的是盛开的油菜，黄绿相间的是半开的，绿的尚是花蕾，赭红的是裸露的泥土，鼻子般凸起的小山包在雾气中摇摇晃晃。景象奇异，前所未见。几个摄影师支好了三脚架，雾却毫无消散迹象，风大又冷，我和土豆不耐烦等，索性下山，见山门上一副对联：“金鸡灵岩待诗人，玉峰神女招隐士。”

次日去九龙瀑布。上行至山顶，藏有村落。油菜梯田层层跌级，奇妙地形成一个个圈子，或完好，或残缺，如涟漪一圈圈由内向外荡漾，当地人呼为“螺丝田”，土豆说像罗马圆形剧场，一圈圈逐级升高扩展的黄绿“观众席”，中间是平坦的黄绿或赭红的“舞台”。无人的剧场，只我和土豆在中间大呼小叫。一条泥路通向村舍，一个粉红衣蓝头巾村妇在油菜地里闪灭。过村舍，顺公路下行，俯瞰瀑布群山。连日阴雨，潭水黄浊，瀑布如黄龙穿峡谷一级级向下奔腾，另一道峡谷，黄绿相间的油菜梯田也一级级向下流淌。若是蓝天阳光下，油菜梯田是金黄大龙，瀑布潭水反是碧龙了。下午去牛街，也是螺丝状油菜花田，大部分还是青蕾，或是在大片青绿中撒些黄点子罢了。一样的雾气茫茫，村落贫瘠，我俩走了好几公里山路也没遇见几个人。

罗平的油菜花很有些名气，因其盛大、形状奇异。后来我见过不同时间拍摄的金鸡峰丛：油菜花盛开时，阳光又好，一个个山包清晰立在平坦的“厚金羊毛地毯”上，或绿中泛黄，如风吹过“绿羊毛”，一层层翻出黄里子来。早晨阳光鲜嫩，偏柠檬黄；傍晚是沉厚的橘黄；太阳落山之际，霞光晕染出奇妙的朦胧的金红色。虽因阴雨雾气，我们没见到最壮观的罗平油菜花，但已能了解它的奇异。我以为，自然风景，只有人存在其中，人的精神与风景相互呼应，风景才对自我发生意义。一种奇异的风景固然让人惊讶，但人若与其隔绝，在其中感到孤单，这类风景，也不过是新奇之物，走过看过，就结束了。罗平的油菜，对我而言，不过是奇异而陌生的纯粹自然。孤独的自然。如果有机缘第二次来，某种情感或已悄然植入内心，唤起记忆细节，又或者天地云气变化，我能感应到一些什么，罗平的油菜对我就不再是孤独的自然了。

2月5日到大理。先头并没想到油菜花。大红粉红的碗大茶花盛放，梅花、杜鹃、紫荆，这些江南三四月的花，也早早开放。时间在这里加速度运转。傍晚去才村码头，骑车返回时，太阳已落在苍山后，两朵金边灰云浮在山顶，万道金光透过云朵向四面散射，非常壮美。阵阵花香顺风而来，油菜？豌豆？两边田畴平整，绿的蔬菜、黄的油菜错杂，白房子三两座立在晚暮中。

次日，我们从挖色镇，环绕着洱海，往双廊镇走，十来公里路。立春过后，江南的树木还禁锢在寒气中，这里的胡杨树已经吐芽，一树一树立在湖水中，很舒朗；梧桐依旧干枯着枝丫，黄褐叶干干的，不落，硬硬的毛果子也挂着。正午阳光下，环海路白亮曲折，路边小山土黄干硬，裸露着青白岩石。黄中带绿的草，短而干硬。灌木稀疏、矮。这里是白族聚居地，房屋都是青石基，土黄或白墙，飞起的青灰屋檐，图饰多白。路边房前站着穿湖蓝衣黑围裙、包深蓝白点头帕的老婆婆，或包红花白穗头帕的壮年媳妇。在这样明朗色调里生活的人，性情应无纤毫阴影吧？

路边，房前屋后、山坡上、树木下，不时看见一丛一丛油菜花。金黄明亮的油菜花，与这里的明亮色调非常和谐。油菜地边拴着牲畜，奶牛不耐烦地不时叫一两声；驴个小，叫声却可笑地响亮；马最安静，看我们走近，警惕地转身，偷偷瞥你一眼。到处躺着狗，嗅着油菜花香，在太阳下闷头儿大睡。油菜花在这里再自然不过，如此朴素地与乡村景象结合一起，如同江南所见，所以，虽然规模远逊于罗平，却让我心生亲切。只是这里油菜花干干的，如同那些灌木小树，并且只是这里一小丛，那里几株，总是水少干燥，日晒又多，不宜大面积栽种的缘故，看上去是人家不经意地栽种，倒似乎是鸟儿衔来的菜籽，自己落下，自己成长。罗平的油菜花才开了三成，这里却开得过熟，有些花已落，长出细细的豆荚子来了。

最美的是沿洱海边生长的油菜花。油菜又不是那么密集，透过举起的茎梗枝叶，从那些聚集的总状花间，从花瓣的金黄中，看见湖蓝的天、湖蓝的水，远处朦胧浅蓝的苍山，阳光下闪亮的金色，与湖中银光相衬。后几日在双廊客栈，栽种的多是茶花、兰花，大理人爱花，油菜花似乎并不特别被他们重视，似乎那是野花，或如蔬菜般，伴随着房舍、牲畜生长。就是在这里看见的油菜花，那朴素、带着人间烟火气味的花，让我早早地看见了江南的乡间春色。

江南

油菜花是江南的花。伴着毛毛、细细、密密的雨降临，和着蚕啃桑叶的沙沙声开。她以窃窃私语、水眼睛的蒙胧、大胆涂抹的金黄、密集绽放的轰响，昭告天下：春天来到。在她之前，梅花、梨花、苹果花，浅浅地试探，之后，樱花、桃花将春天推到辽阔，等到阳光晒软了香樟叶，夏天就不远了。

江南的油菜花，多在三四月间开。甚至到 5 月，还能在人家门前屋后，见到几株半花半籽的油菜。《诗》所谓“春日载阳，有鸣仓庚”之季，正是出行好时节。江南各地笔会，也在此时开。苏州、常熟、同里、江阴、太仓、湖州、杭州，经过熟悉的地名，与老友相聚，在花边饮酒，遇见的可是去年的油菜？

清明雨后，躺在虎丘清凉条石上，左手黄亮油菜，右边树下紫色兰草，薄白天空，枝丫横斜，群雀乱飞。苏州紫金庵，爬墙虎在黄墙上张开万千“红手掌”，山下田畴，油菜花成片开放，与青青麦田、阳光下发亮的白墙水塘错杂，柏桦说：“我的前生就是一个江南人。”穿行于江阴鹅鼻嘴公园，山径两边馥郁香气的树木间散乱开着油菜花，朋友打电话给庞培，听他一边抽泣一边说，正在婺源路上，油菜花太美了！“街上阵风吹到沟里，/汽车深陷于公路的白线。/油菜花紧贴车窗，/像一张薄纸——”庞培的诗。去年 3 月中旬，郑骁锋计划我们几个从歙县出发，顺新安江，一路走到深渡，说是这一带徽派建筑倒映江中，犹如李白说的“人行明镜中，鸟度屏风里”，更兼油菜花一路伴江而开，这是怎样情景！未能成行，以为错过了油菜花季，4 月 14 日，在常熟尚湖，还能看见岛上一圈黄花倒映碧水，环湖红桃已开，我和土豆从尚湖向虞山脚下行，去寻柳如是墓，湖水天空敞阔灰白，近虞山一带，林木幽暗，油菜黄亮。今年天气反常，各样花几乎同时开放。3 月 26 日，长岛载着麦阁和我滑向太湖，湖水剖分，我们浮游水面，湖水天空是薄灰画布，点缀着梅花、紫荆、灼灼桃花、轻粉的垂丝海棠，而那不时闪过的一大片油菜，无疑是最明亮的涂抹。4 月 8 日，登上九江开往南昌的车，路边农舍田垄，紫泡桐花正热烈绽放，油菜多已结籽，些许剩花，花色被漂过一般，而据说婺源庆源一带，油菜花要持续盛开到4 月20 日……

黑陶写过《三月九日：油菜花序》，记述他某年从早上8 时30 分出发，途经无锡、宜兴、广德、宁国、绩溪、歙县、休宁、屯溪，晚上6 时30 分抵达婺源的过程，一天车行十个小时五百公里，所见油菜花，从山北安徽境内尚呈绿色花蕾、点缀若干淡黄的小花，到江西婺源“触目的油菜花浓厚如膏、如云、如热烈燃烧的金色火海”的变化，而他抒写的，又何止油菜花呢？

婺源油菜花，多、密集，其与江南民居山水的完美结合，成为江南油菜村落的典型。若如婺源，断墙上一个面盆栽种几株，门前木栅栏一排金黄灿烂，溪流石阶边一丛倒影，一条泥石小路没进油菜地，牛和赶牛人在暮色中缓缓穿过暗黄花田，农夫扁担上晃荡着挂一捆新采的潮湿油菜，金黄花田后的白房子升起炊烟……春天里，这样的景象，在江南村落随处可见，也不必非要到婺源去。我小时养两只白鹅，早起第一件事，是到油菜地摘鲜嫩叶子，切成丝给小鹅吃。鹅大些，就赶到油菜地，让它们随意吃。在江南，油菜花原本是极民间、平凡、带着生活烟火气的花。然而，随着现代化工业化的进程加速，膨胀的人口，拔地而起的高楼，到处建造的工地厂房，随意挖掘后残破的山，污染、淤积、发臭的河道水塘，使油菜地日渐缩小，即便有几块花田，也被电线、铁路、隧道、高架、堆放的工业产品废料，挤压分割得残破不全。原本随处可见的花，某天真的会从人们的视线中消失，而必须到特定的、被保护的、譬如婺源这样的景点，才能见到油菜花象征的牧歌式的江南村落。

江南的油菜，是潮湿的、梦幻的、漫漶的，是带着水的阴性的。春天的江南，水汽迷蒙，天色薄灰，不说太湖、尚湖、西湖边的油菜，就是乘着车，那些寻常路边的油菜，边界模糊，闪闪而过，如同反复出现的梦境，明明记得，细节却又无从回忆。而倒映在水塘、沟渠、河道里的油菜花，被风被雨被小鸭子被驳船揉碎了影子，又显得如此不确定不真实。就是在婺源见到成片、连绵的油菜梯田，若是侵早，云雾缭绕在山头，或者刚刚雨后，田地里升起白雾，油菜花如同蒙上一层轻纱，明亮的黄好似在牛乳中洗过，原本结实的油菜地也摇摇晃晃悬浮起来一般。在大理洱海边，油菜虽然临湖栽种，却见不到倒影，山坡上、房屋边的油菜更为干燥，油菜鲜艳的黄，与湖水、天空的蓝相配，明朗、洁净、简单，绝无江南油菜的潮湿气质。

吴冠中，故乡在宜兴闸口，他笔下的江南，墨色勾勒灰瓦白墙，朱砂红一点灯笼，几道弯曲柳枝显出绿意，几点粉红是樱花或桃，鹅黄、土黄或柠檬黄的涂抹，就是油菜花随光线变化。在同里、周庄、乌镇、西塘、南浔这样的江南古镇，油菜花与灰瓦白墙，与水边的洗衣女娘，与廊桥上闲坐吸烟的老人，与小孩子折了油菜扎成花环戴头上，与在花田追逐的猫狗、吃花的鸭子小鸡，总在一起。最典型的婺源，油菜地被人力爬梳出一道一道梯田，须绕着白房子才有味。在江南，翘着青灰屋檐、斑驳着灰白墙壁的老旧民居，与金黄的油菜花、青绿的茎梗枝叶、赭黄的田垄草垛，以及灰蓝流水、墨绿大树、青黑山头、薄白天空，构成色彩富丽的图景。油菜与人，是这幅图景的主导。失去人的油菜田，是孤单的、陌生的、不值得记忆与流连的。油菜的美好，完全体现在她与人家的密不可分。油菜花，就是江南，是家。

塞外江南

新疆伊犁别称“花城”，又称“塞外江南”，我觉得是油菜花的缘故。大西洋的最后一滴泪水，掉落在昭苏草原，暖湿气流，赋予油菜花大面积生长的条件。

昭苏草原的油菜，一般 6 月底开放，直到 7 月中下旬。

六七月的云南，闷热潮湿，到处开放的只有一种花——三角梅；盛夏江南，“开到荼蘼花事了”，春天已逝，虽然还能见到夹竹桃与木芙蓉，但一切都是燥热的、白亮的、平直和烦闷的。而新疆的春天，刚刚来到。这是稀奇的事。或说，春天与夏天同时抵达，时间在这里，既是延展的，又是缩短的。因为 9 月底，阿勒泰那边的白桦林已然黄叶飘飞，11 月初，乌鲁木齐的第一场雪就会降下，暖和的伊犁，她的秋天多少延长些辰光吧？

我们今年 7 月 7 日到达伊犁的松拜草原（属昭苏草原），油菜花才开了半数，垦殖的团场人说，寒流、雨多，十来天后才是油菜盛花期。但开了半数的油菜，已足以震撼我们！

头一日，我们的车越过乌孙山，经过巩留、昭苏、特克斯、察布查尔四个县，进入广阔的昭苏草原，就看见油菜花了。灰云雨幕低低覆压着，草原无限延展，油菜花田顺着草原延展，边际模糊，只觉车行半个多小时，也越不过一片完整花地，一块油菜地结束了，稍稍喘息一下，间隔一片暗紫的香紫苏花或麦田之后，又是一大片油菜地，没完没了，在苍茫雨幕中，单调地呈现着模糊的暗黄身影。

次日雨停，登上格登碑的山包看日出。朝云被霞光渲染出极其瑰丽的色彩，如同千军万马，向着天山方向狂奔。南天山山脉横卧在草原之上，闪耀着银白雪顶。格登碑是乾隆平定准噶尔叛乱的纪功碑，松拜草原在它脚下铺展，如此阔大！苏木拜河将这片肥沃的大草原切分成两边：中国的、哈萨克斯坦的；当年，它们曾是一体，当年在这里，千军万马聚集、厮杀，喊声雷动，如同这奔涌的朝云，气势非凡。此刻，一个祥和的早晨，平静的一天的开始。油菜花田平整如织毯，与收割后的赭黄麦田、小块青麦地、起伏的绿草场相连，颜色分明。雾霭，给草原蒙上一层浅黄纱巾，却没有江南的潮润水汽。油菜花田延展到看不见的天际，与垂天的云相接。

从未见过面积如此巨大的油菜，如此平整地随草坡的起伏而起伏。相比之下，云南罗平的成片油菜田如同盆景。江南那些种在屋边的三两株油菜，存着人的痕迹与牲畜气息的油菜地，这里也看不见。大面积航空播种，机械化收割，平整广阔，边界明晰。看不见单株或几株油菜孤零零站在路边，它们全都密集地紧紧挨在一起，了无间隙，不会随风起伏，也无江南油菜星星点点的透明黄亮质感。整片绿，绿中溢出黄，整片整片黄，结结实实的颜色。我看见了诗人亚楠“澎湃着少年激情”的油菜花。黑陶用以赞美油菜盛开的词句是，“轰响”“汹涌”“成熟的油菜在死亡之前和我对话／汹涌着诉说一种沉重的异美”，这是他用以形容江南油菜过熟的异美。黑陶眼中，江南油菜也有父性之美，而我在松拜草原，才第一次体会到油菜花密集绽放时富有深度力度的阳刚之美。

草原上云天多变，光线明灭，油菜的颜色也随之变化。阳光躲在云里，烟灰云层覆压草原时，油菜是黯淡的、沉默忍耐的。土黄、赭黄的油菜与边上绿麦、青黛远山相协调，全是上天的造化。草地、树木、花田，只是巨大山体附着的薄薄一层地衣，似乎伸手即可揭去，下面包裹着怎样的鸟鱼的骨骸、暗涌的甘泉、坚硬的岩石、滚烫的熔浆呀！包裹着上万年的时间。假如你没有意识到需越过多少高山、江河、湖泊，飞过怎样广阔无人烟的沙漠戈壁，在这群山之中，黄沙包围之内，竟会盛开绵延出如此沉默坚韧而灿烂的油菜花，你的内心就不会有巨大感动。坚强与美，一边酝酿，一边呈现。

一柱光线，从九天之上，投注在油菜花田，那片被光照之地，闪闪发亮，如同金子，似乎那一小块特别得神恩，暗含神秘启示。这令我想起电影《下一站是天堂》中的镜头：光在天上运行，云影在麦地转移，风起处，麦田一片片战栗，光行过的地方闪闪发亮，一切鲜活。未被光照耀的油菜花地，依旧是黯淡的、哑默的，不是思想的停滞，只是暂时的沉默。在那片哑默之上，一棵树直立、生长，孤独而坚韧。一条赭黑泥路，从公路边切进油菜花地，深深嵌入，如同裂开的伤口，路的末端，终于被油菜花覆盖。靠近这片油菜花地的，是一排青黑白杨，萧索、沉默地站立，如同忧郁挺拔的男子。

正午时分，高原上的阳光，盛大、平直、刺目、肆无忌惮，如同凡·高在阿尔勒赞美的："这是一个无法以言语形容的太阳，一种无法以言语形容的光，我只能称它为黄色，硫黄色的淡黄，浅金黄色。"硫黄色到处流溢，天空是纯净的蓝（凡·高的钴蓝或普鲁士蓝?），天山雪顶白亮如银，大朵白云扑面而来又迅疾跑远。白毡房在地平线矮矮地站立，他们的牛羊，蚕宝宝般这里那里躺卧啃吃。阳光下的油菜地，一整片一整片如同燃烧的火焰，那是凡·高笔下的金色麦田，是阿尔勒热烈连绵的向日葵。炫目的金色，在炽热光线下，人几乎融化了。这种油菜的黄，毫无江南的潮湿氤氲，必须用固体的、厚重的、明亮的油画颜料才能表现。

高高的蓝天，平直如纸的道路，站在天空下，道路之上，左右两边尽是金黄油菜花，狂放的成群蜜蜂飞舞，扑向闯入者。从青黑白杨间望出去，油菜的金黄一直连绵到天山脚下，一直生长到天堂。我们手拉手，大声朗诵着海子："全世界的兄弟们/ 要在麦地里拥抱…… / 背诵各自的诗歌……" 7 月的松拜草原，我们在油菜花地里拥抱，对着流云、天空、成群牛羊朗诵，我们朗诵诗歌般的天地，怀念油菜花般激情澎湃的岁月。

2013 年 8 月 29 日定稿于沪上，2018 年 11 月略改。

十一月日记

2010年11月5日，飞往乌鲁木齐

我将要去新疆。我的过往从未与新疆发生联系。我攀登于有关新疆的种种知识：历史书闪烁的人与事，时事新闻，哈密瓜、葡萄干、羊肉串、大盘鸡，行走在江南的新疆人，新疆友人谈起新疆的口吻，微缩在地图册上的圆点、三角，曲线标识出的城市、山峰、河流、道路，以及大片黄白绿色块指向的戈壁、沙漠、绿洲；但我一次也没到过新疆，从不曾触碰、嗅闻、呼吸过它。所以我从未梦见过新疆。我的梦散落在江南潮湿的天空、河流、田野，以及弯曲与嘈杂的街市中。

我正在去新疆。正飞往乌鲁木齐。正在。进行时与将来时同

时发生。正在。为什么要去新疆？我小小的兴奋来自对未知的好奇？来自——去往最西部，丈量祖国辽阔土地的热望？即将见到的友人、我们共同创造的事业？或是对“远方”“别处”的向往、对“日常”“此在”的厌倦？异域文化？事实是我登上飞机时，脑中空白。新疆尚在吐出“新——疆”两个字的唇形中，在播音员告知延误或抵达时间的稀松平常的腔调里，在天气预报航空杂志及寡淡无味千篇一律的餐饭上。

我带上我自己和一个背包去新疆。肉体与情感或精神之统一体的我自己，比较复杂，难以剖分。背包就简单，装着这些内容：衣裳（平原与高原，白日与夜晚，从东一直向西，衣裳如笋衣层层裹紧，片片剥落，不可预知的新疆，积雪与寒冰，火焰山与沙漠热风）；药（感冒药：在高原感冒可能导致肺气肿；拉肚子药：痢疾；胃疼药：吃不下东西；高原反应药：红景天应该提前一个月吃；头痛药：失去对风景的所有兴致。——我带上许多粒恐惧与对自己肉质凡胎或意志力的不信任）；书（一本赫西俄德《神谱》，何以去中亚、西域文明所在地，却带了本古希腊的书？我本应带上斯文·赫定的《亚洲腹地探险八年》、三修女的《戈壁沙漠》，或谢彬的《新疆游记》、沈苇的《新疆盛宴：亚洲腹地自助之旅》。我居然还带了本波德莱尔的《人造天堂》。［我带的两本书后来一个字都没读，因为我已经抵达一个天堂，又忙于阅读沈苇新赠的《喀什噶尔》和高兴翻译的卡达莱《梦幻宫殿》。］还有一本，周克希译的《追忆似水年华》第一卷，是带给沈苇的，我会将似水年华留在他那里，把追忆带回江南）；充电器、手机（在边境，失去与内地的联系，如同失去国度，内心隐隐不安。后来我真的将充电器留在了祖国最西面的县城——塔什库尔干）；精油、香水、梳子（檀香木的，枣红色描花，精细的江南生活。我把它留在了喀什噶尔的一辆大巴上）。

早上7点50分的飞机，延迟到8点55分起飞。五个半小时行程，逆向行舟（回来只要四个半小时，回来我们和地球一起飞）。有四个小时，同行者一直在讲：花手绢的故事，背少女过河的故事，一匹懦弱的马拯救一个团的故事，火焰般的骆驼追赶火车（飞机？）的故事……直到最后一个半小时，困倦瞌睡终于击败了他。我也终于可以好奇地俯望下尘。

是陕西？甘肃？或已过了青海，进入新疆境内？

世界已经变异。黄、黑、白，成片成片干硬质料，平整地铺展数千里。戈壁、山岭、盐碱地、蛛丝道路、指甲盖般可怜的房屋。如江南到处白亮发光如镜面的水塘很少，河流也多干扑扑的，绿色赭色的覆盖山体的植被看不见，都是些黑色褐色干硬的石头山。山岭连绵，高矮参差，如泥土如面团被人随意捏出一小撮一小撮，每撮之间布满有规则的褶皱。仅仅在靠近水源的地方（一小湾河流，一小块湖泊），被人开垦出一小块一小块田地，那是可怜的一点点绿洲，土地火柴盒大小，道路沟渠纤细如发，房屋指甲盖一般，树木黑褐色如一小粒沙石。人是多么渺小啊！为了小小的生存，在有限地带，勤勉地安置他微不足道、白驹过隙的一生。在高处，无限的高处，俯视，山川云朵乃至飞鸟树木都比人要高呢。人又是多么伟大啊！在如此贫瘠之地，依旧活跃着、创造着，生生不息，与蝼蚁，与秃鹫，与红嘴乌鸦，争夺一点点资源，创造出巨大的辉煌的文明——尽管在他者世界，也不过是雀文蚁字、鸟迹兽行罢了。

飞机靠近一片绿洲了。白亮高悬的太阳，随着山川转移变幻着形体：在湖泊放大成一面发光的圆镜，在水田分割成一把烁眼的碎银，在河流捻细成一条闪亮柔软的丝带。我的心因下降的渴望而怦怦跳动。轰鸣。速度。倾斜。播音员报告乌鲁木齐今日下第一场雪。这第一场雪迎接我的到来。黑白两色。雪粉如盐如面，干燥地撒落在山脉、平地上，积雪之处是白，峡谷、河流、道路、树木是白色世界的黑暗豁口；白色山脉连绵起伏，好像海洋中涌动的波浪，黑色是暗流是旋涡是望不到底的海洋深处。大朵略显铅灰的沉重的云，飘浮在山脉（海洋?）之上。好一幅工笔山水画！人间梯田，如铅笔细细均匀地描画的，树木房舍全都被节制地安置，位置精确，不差分毫。

2010年11月5—6日，在乌鲁木齐

接机的映姝，热情、周到、细致，有职场女性的干练，又不乏女子天然的素朴温情。之后又见到《西部》杂志黄永中社长，他脸上总是带着厚道宽容的微笑。地窝堡机场离乌鲁木齐市区不远。这座城市，看上去与一般内地新兴城市没啥不同，齐整的灰色公房，安静、保守、谨慎的氛围，不比沿海城市繁荣，却也少了纷乱闹吵。我只对一掠而过的树木有轻微的新奇：榆树枝条倒

垂似华盖，叶片干硬如塑料；柳树枝条不下垂，干干地向着天，叶黄黄的。总是干燥的缘故。并未见到什么果树，后来在宾馆，却吃到了最甜的葡萄、香梨和苹果。

但我的心思并不停留在这个我第一次来的城市上。因为我是如此急切地想见到我的两位兄长——沈苇和高兴。他们已在煤炭宾馆等很长时间了。

有关沈苇青年时代的漫游经历、被高兴称为有“传奇色彩”的部分，中年后忙碌的日常生活细节，我知之甚少。2005 年春在苏州东山第一次见面，他与我想象的新疆人，有很大区别。在我眼里，他就是个江南人，他的故乡也正是浙江湖州。他为我拍了张端坐在爬墙虎嫩红新叶下的照片，我摄下一棵巨大香樟树下他的沉默的小小背影，仅此而已。一年后，杭州西湖某宾馆电梯，王寅、我和沈苇劈头撞见，大家微笑一下，点了下头，再次见面的场景是沈苇、柏桦、庞培三人坐在沙发上，各叼根烟，烟雾腾腾地高谈阔论，也仅此而已。之后，王寅用他简洁审慎的腔调说：“沈苇很好的。”也仅此而已。但“沈苇很好的”这句点评印在了我的大脑里，首先这句点评与我的直觉印象吻合，其次它出自王寅。2009 年秋日，在苏州，诗人长岛的办公室，我翻阅沈苇的《植物传奇》时，“沈苇很好的”这个判断句式从大脑移到了心脏，也仅此而已。所以，2010 年初夏，在上海我单位附近的美林阁酒家再次见面前，我并不曾预感到，和一个人真正的交流会在那天降临。所有美好的悲伤的时刻的来临，总是突如其来。我们永远无法预料，你会在哪段时间，在哪里，碰见哪个人，和这个人进入何种程度的交流。出现和消失，都来得太快。那个下午，我们喝着普洱茶，吃着江南菜，从他接手新改版的《西部》杂志第5期，一路聊开去，话题在这个那个之间跳来跳去，具体都聊些什么，细节已无从记忆，只存有温暖的感觉。只有这样一个感觉：这个男子身上，从容、平稳、宽和，60年代生人身上不时闪现的浪漫与激情，同时具备；他严肃、认真，却不刻板，相当体贴和细致，你总能触摸到他诗人的敏感与燃烧的热量。他值得信赖，并必定会成为我的朋友。临别时，我俩坐在广东路一幢大楼灰扑扑的台阶上，午后的上海街市，车声喧哗，人来人往，他拖住一个路人为我俩拍了张合影，那一刻我心里就想：我要到新疆去！我要到新疆去找沈苇!!

我没料到这么快就飞到新疆找到了沈苇。再次见到他，我觉得，在江南，沈苇是江南的；在新疆，他就属于新疆（我感觉的新疆）。他沉默，很酷地叼着烟，在热烈阳光下大踏步往前走；豪放地一仰脖饮下伊犁老窖，面不改色；大大咧咧地坐在人家门口台阶上，回头黑红着脸热烈而羞涩地笑；将手插入冰冷的喀拉库勒湖湖水中，整个身子趴在阿拉尔金草滩上去喝那圣泉之水；他会熟练地卷莫合烟，会随意拍开一只无花果随随便便搓了搓就递给高兴吃；他要来一大碗加了很多酱菜色泽难看的鸡、一大盆乳白色撒了许多葱花的羊杂汤、一大堆小山样高的手抓肉，说“好吃呢”，就自己埋头吃起来；从街上买几个包子，油腻腻地塞给我，说“好吃呢”，就抓一个送进自己嘴里；在阿拉尔金草滩上，他和羊群在一起也如同一只褐黄色的羊，站在塔什库尔干石头城城墙上，他身上就有了那些年代久远的黄土灰石的干燥气息。他走在哪里，和新疆的风景就融在一起，至少在我眼里，没有间离感。只是在安顿的周全、考虑的细密上，我觉得他是个江南人；回首时属于男人的那种温柔眼神，结束一句话时轻轻吐出一个口头禅“是呢吗?”，让我觉得他是个江南人。他文字的控制力、审慎、内敛，与热烈、浪漫融合在一起，如同他的人；他如此关注重大事件，富有独立的批判精神，耽于沉思默想，却从不缺少对一朵花一株草一个女孩一句言语的柔情似水。在他的诗句中，我读到了诗人自己：

在贫乏的日子里他写下一行诗
最好是两行，搀扶他衰老的智慧
向前迈出踉跄的一步
使结冰的情欲，再次长出炽热的翅

他吟咏玫瑰、新月、土陶、美酒
将破碎的意象，重塑为一个整体
海亚姆，鲁米，纳瓦依，他的导师
一个苏菲，他走散的兄弟
享乐与忧伤，行动与虚无
一再点燃他的青春主题

……

岁月疯长的荆棘
逼他写下心平气和的诗
如果诗歌之爱
不能唤醒又一个轰响的春天
他情愿死在叶尔羌一片薄荷的阴影下

——选自沈苇《叶尔羌》

有的人，第一次见面，就注定会成为兄长。高兴就是。我曾这样写：

读到一本好书，譬如遇见一个美善的人，就像风吹落了叶子，一般都是缘分。

群星璀璨的夏夜，仰望天空，呼吸，刚巧遇见了属于你的那一颗。

譬如一本好书，刚巧就在你的手边，从前，你居然不认识它。

好风景是如此，书本是如此，遇到一个朋友，也是如此让人好奇，出乎意料。从前你居然对他一无所知。人和事的缘分，时间在空间中衍生出多少可能性？有人一闪而过，有人中途失散，有人长长远远温暖地在那里。当我每一次以为遇到了属于我的“星星”，很热切地、一再不小心地从划定的圈子中越过边界伸出我的手时，我握住的会是一只冰冷的手？那种冰冷让我退回到固有圈子中，再一次责备自己的一厢情愿。但我也读过杜鲁门·卡坡蒂笔下苏柯小姐说的话：

“你不了解，你从来没恨过别人。”

“是的，我从来没有。分给我们每个人在地球上的时间很有限，我不想让上帝看到我以这样的方式消耗自己的时间。”

2008 年，同样是春天，三月三，同里，我才安顿下来，一个男子很礼貌地敲敲已然敞开的门，问：“潇潇在吗?”我请他进来(高兴，我们交换过名片吗?)，说潇潇不在。我注意到他穿蓝色西服，极其整洁、熨帖，胡子刮得很干净。他说：“我想看看潇潇和哪个 zhao li hong 一起住。”他无声地笑了一下，说觉得好奇，想想不可能。我就笑说，我就是那个 zhao li hong。请他坐下，他就坐下。我自顾自掏掏摸摸，对着镜子梳着长发，往脸上补妆，走来走去。我从镜子中看这个男子很安静地坐在那里看着我做这个那个，大家没说什么，一切都很自然。坐了一会儿，潇潇不来，他说走了，就走了出去。后来几天，大家就“处熟”了。(《小王子》中的狐狸说，当你和一朵玫瑰花“处熟”了，你就开始期待她，你和她相约，并提前一个小时等待，这样就很幸福。可是高兴，你不能如此早就约定我和映姝明年一起去新疆看薰衣草，期待的时间过于漫长，会让人焦躁不安。)

在同里古镇，高兴、黄梵、我、两个外国女诗人，一起顺着古镇的石板路慢慢走，我才知道高兴尽管多年生活在北京，其实是吴江人，这里正是他的故乡，他如此亲切熟悉的江南。下雨了，春天的江南，雾状的纷纷扬扬滋润的雨，我们一起站在窄小街巷人家屋檐下，等待雨停，或者说是延长细密春雨中的呼吸。高兴一直在说，说江南的湿润，雨中多好，水多好，石板路多好，这种感觉多好。他不急不缓的、柔和的声音如同画外音。后来读他的《萨拉热窝随笔》才知道，他曾出过一部随笔集，叫《布拉格，那蓝雨中的石子路》。每个诗人，都有一些足以点燃他、让他的生命闪闪发光的富有杀伤力的词，对于高兴，也许是“江南”“古镇”“雨”“石子路”“米饭”“小菜”之类。这些词，能一下子让他进入某种失神状态，重返某段时光。他愿意被这些词引领，在某个辰光某种情境一下子进入那种状态，将自己从日常生活的烟雾腾腾中“拔”出来。这个辰光，他可能徘徊于桥头、河边，回想曾经的所遇，会想起一首诗，他会让泪水盈满双眼，因美伤感；这个辰光，他愿意与某个人，整夜整夜聊天，一首诗一首诗地朗诵，汉语、英语、罗马尼亚语、阿尔巴尼亚语，即使互相听不懂也依旧在传递情感；这个辰光，他愿意与她漫游街头，体会春的微熏、夏的星光、秋的落叶声响。

我很庆幸，我遇见的高兴，总是在旅途中、聚会中。这种时间，属于正常的、规范的、循规蹈矩生活的边缘地带。我曾分析过法国大导演侯麦的电影，说侯麦设计的情境，总是发生在工作及日常生活之余的时间：地铁上，午后的咖啡时间，周五夜，休假期间——

现代人所有的行为都是被安置、被制度化、被管理的，他不必考虑该干什么、怎么干，体制和组织会替他选择，一切只要照规程做就会井井有条；家庭（包括已稳定的同居关系）也属于社会组织范畴。侯麦将人物安置在游离于“组织”之外的时间点。在那些飘忽不定的、短暂的、完全属于自己的、出离日常规范的时间中，自我悄悄复苏。可是一个被日常规范约定惯的现代人，在属于自我的时间中，常常忘记了自我。一个一个“自我”，封闭的、孤单的，所谓的交流，仅仅停留在公共的知识、技能上，或大家熟悉的理性话语上。心灵不可能敞开。或者说，他们也忘记了什么是敞开的心灵，什么是本真的交流。

高兴作为一个诗人的不同在于，他的自我是丰沛的、饱满的。在组织之中，框架之内，他可能是个敬业的官员、主编，趴在电脑前写着报告、公文、策划书，应酬各色人等，开各种会议，奔走于电话机、办公桌、车子、饭桌之间，在无数的手、面孔，无数的声音中有条不紊而繁忙地活动。一旦脱离这种组织和范畴，他的自我，一个诗人的自我就迅速复苏。我所见到的高兴，正是一个诗人沉浸在自我状态之时。无论后来在上海还是新疆，他一再显现着身上那种热情、浪漫、不顾一切。“美得让人心痛”“晕眩”“今夜无眠”，在喀拉库勒湖清冽的早晨，在星光闪烁的喀什库尔干夜空下，在木卡姆吟唱的古疏勒国，他一再使用这些词；“胡杨树”“沙枣树”，他一路大惊小怪；“只要到这石头城，昨晚的难熬一笔勾销”“被击中的一刻，命定的一刻，泪水融进了光中，第一行诗，就在那时诞生”，他这样写。“沈苇，以后只要是你的活动，我全部参加。”他忘我地唱起罗马尼亚歌、英文歌，睁着眼睛看闪过的风景，好奇的圆圆的眼睛（他的眼睛其实不圆，为何给我圆圆的感觉?）。而那些日常生活的严密训练，良好的教育教养，这时候演变成一些美好品质：因为见多识广而从容谦逊，他不故意夸大某种意愿，又相当得体地表达不同意见，这使得他的举止总是温文尔雅，适度的欢喜和忧伤让他的同伴相当舒适；他的细致入微同时体现在言语与行动中，他时刻关注你，却从不让人感觉被探察的不适。

陈漠来了。江南的陈漠与新疆的陈漠。当我们不拥有一个人的生活细节时，他每一次出现都发生变化都让人好奇。比起在江南，陈漠似乎有更多的拘谨，不是那个对我笑说“来，到新疆去，到新疆喝穆塞莱斯去”的陈漠。或者他也诧异于他记忆中的我与来到新疆的我如此不同。可惜我们喝的是伊犁老窖。回到江南，阅读他的《你把雪书下给谁》，重新被他充满热度、端正之美的文字吸引，我在文字中再次遇见了当年在江南的那个热诚男子。他这么说：“穆塞莱斯。大地的处境和美。雨的父亲。人类的皇后。四季的情人。寒夜的火。一直想叫却没能叫出的一个名字。一个璀璨的词。通过它，我们可以重新审视自己的位置，知道人和世界的相遇方式及依存关系。我们终于明白，许多意义非凡的重大精神物质原来就存在于我们身旁。只需动动身子，抬一抬眼皮就能找到它。认识它，进入它。我们发现，世界原来离我们如此之近！有时候，我们甚至就存在于世界的中心。或者说，我们就是世界。”（《冬天,千杯万盏》）他的热情贯注于《太阳的女儿》诗剧中。读《响冰》，我看见一个孤单男子在寒冷的阿瓦提湖，因为一大群野鸭被他惊扰飞走而失魂落魄，因为听到破冰声响而在心里装满惊喜而幸福。我再次看见了一个诚挚的大男孩。

5日，最晚到达的是耿占春。可怜的他，从海南一早起飞，因为大雾、转机，种种缘故，被迫起降八次。他风尘仆仆地走进酒店，与大家握手，没半分懊恼样子。这是我第一次见到他。我注意到他的胡子，沧桑的脸，男子气的羞涩微笑。一个内向男子，身上有某种孤独感（他不有意疏离人群，这个孤独感是自带的），一直在行走的感觉。他和大家一一握了手，坐回座位，抄起一根羊骨头埋头就啃，一抬头看见正对面的我朝他笑，就有点害羞起来。这是他第六次来新疆。他对沈苇说，只要有到新疆的机会，都来。他天然热爱西域，他的血液性情与这片土地如此亲和。走在街头，因为他的胡子，他常被误认是维吾尔族人，迎面来的男子会对他行抚胸礼，这时他会微微欠下身，将右手放在胸口回个礼，动作有点生硬，脸上挂着羞涩的笑意。南疆之行，一路上从他嘴里吐出的词，出现频率最高的是“拌面”“羊杂汤”“星星”。此时，显然他认为啃羊骨头也很惬意。他左侧坐着叶尔克西·胡尔曼别克，这位在我眼中高大的哈萨克族女作家，我知道，她不会成为我的耳鬓厮磨、夜半三更说悄悄话的女伴，但我内心充满对一个富有才华的女子的尊敬与爱。后来我们一起观看由她的散文改编并由她编剧及参与导演的电影《永生羊》，永恒之爱与美的主题，略略感伤的故事，唯美的镜头，在额尔齐斯河、喀纳斯一带拍摄。我虽不甚满意电影用光不够沉、色调过亮，但旁白美而忧伤，穿引的阿拜的诗、哈萨克族民歌，都极动人。她爽快地饮烈酒，站起来，唱哈萨克族民歌，一首《爱的凝望》，一首《小黑鸟》，歌声极动人。《小黑鸟》有这么几句：

我的小黑鸟/ 飞得那么高/ 可怜它/不肯落地/ 苦苦鸣叫

我注意到叶尔克西歌唱时向右微微倾斜的、摇摆的身体，那个摇摆很有韵致，她的脸上洋溢着圣洁的光辉。歌唱结束，她微躬一下身，笑说："献给耿老师。"这时候耿占春垂着眼睑，脸上挂着有节制的害羞的笑容。每一次众人目光聚焦在他身上或开他玩笑时，他总有点局促不安。司汤达《论爱情》中有句话："爱的先决条件就是，在第一次相见之时，男子的脸上露出既值得尊重又值得爱怜的表情。"耿占春正有这种表情。

2010年11月7日，在喀什，白昼

假如乘火车，从乌鲁木齐到喀什，会经过这些星辰闪耀的地名——神秘的、遥远的、想象气味的、只言片语断送的、被一再涂写的、依旧鲜活的：吐鲁番（高昌）—库尔勒—库车（龟兹）—阿克苏—阿图什（属疏勒）—喀什（疏勒）。假如乘火车，我们一点一点靠近喀什……靠近这个斯文·赫定所说的"世

界上离海洋最遥远的地方”。

但是我们乘飞机，一个半小时，就翻越了绵延几千里的天山山脉，数千年惊骇文明，尘封的王国，阿拉的子民，上帝的羔羊，汉唐盛世，丝绸之路，香料集散地，翻越成吉思汗的大雕弯弓，乾隆的金戈铁马，直到如今，我们渴慕的吉祥安宁。于是——

我们抵达喀什噶尔。喀什噶尔，在古突厥语中有三种含义：“各色砖房”“玉石集中之地”“初创”。天，我们抵达“初创”！宇宙混沌，开天辟地，日月星辰之光刚刚流转，婴儿第一声啼哭，变成公牛的宙斯放下欧罗巴的草地，挪亚的鸽子衔来第一根橄榄枝，烂葡萄汁化作穆塞莱斯的时刻。一座中亚腹地的“初创”之城。

下午1点多抵达喀什。白杨树挺立，枝干笔直向天，叶黄而透明，半落，枝丫疏疏萧萧，极有风致。天高阔，光线透亮，气息干燥。安顿好，就去“安萨尔”，一幢中古建筑的清真面馆吃中饭，服务生都是维吾尔族服饰，眼睛漂亮忧郁。依次端上来的是：玫瑰花香的赭色茯茶（也有加沙枣花香的），铁杆串烤羊肉，南瓜馅、肉馅两种包子（捏成饺子样子，不是圆的），拌面（主食，拌很多油、红色酱、羊肉、蔬菜），最后一道是酸奶，消食的。我一样样尝些，面几乎吃不到三分之一，高兴说我这样浪费，当地人会很心疼。我很不好意思，应该先分给别人，比如一边吃一边说“好吃”、满脸笑意的耿占春。

时间在喀什噶尔，应该回拨两至三小时。这里的日落天黑是北京时间20点之后。所以我们在喀什，虽然匆忙，还是拥有一个白昼，去了这些地方——

香妃墓。香妃名伊帕尔罕。我读到的有关香妃的传说有两种，一平和，一激烈。《喀什噶尔史话》载香妃体带沙枣花香，乾隆沉醉迷恋，将她劫持进京，封贵妃，倍加宠幸，出巡常带在身边。为讨她欢喜，乾隆学习维吾尔族语，还将她家乡的沙枣树移植到宫廷，终究不活，香妃也因思乡日渐枯萎，郁郁而逝。——这里的香妃，以思乡者面目被记忆。又《清宫遗闻》，佚名撰，说香妃原是回部王妃，乾隆“平回”后，被劫持进京。国破家亡，她之所以没与夫君同死，苟且偷生，乃是身藏利刃，欲复仇，不可得，便求死。乾隆心中不舍，一味软禁她，又亲近不得，每次来，香妃只冷着脸，不说话。这样过了几年，皇太后感念其心志，一日趁乾隆外出，就缢死了香妃。乾隆回宫见香消玉殒，大哭。——这个版本的香妃，近似忠烈女子，恐是汉人演绎。

香妃死时55岁，赐容妃，依皇家礼肉身葬于皇陵。她的衣冠则被嫂子苏德香带回家乡，以阿帕克霍加重侄孙女身份安葬在喀什噶尔浩罕村的阿帕克霍加麻扎(墓地)。按照维吾尔族礼俗，女子出嫁夫家，死后则要葬回娘家。家族血缘的尊卑次序，高过政治地位。香妃墓，当地就叫阿帕克霍加麻扎，其实迄今埋葬了这个家族五代72人。第一代祖先阿帕克霍加是17世纪中晚期伊斯兰教白山派首领，以喀什噶尔为基地，统治南疆六域，创建了天山以南第一个政教合一的“霍加”政权。所以演义书也有称香妃作香香公主的。

香妃墓入园是长方形正门，青蓝色琉璃贴饰，穹拱门洞，两边各有圆柱形邦克楼。主墓外观，方形基座，上有五个半圆球体顶，像五顶帽子；墙面多以墨绿、青蓝两种琉璃贴饰，错以土黄或褐色，素朴大方，雕刻着银色的无花果、葡萄花样。墓室冬暖夏凉，中间一个大穹顶，周围错落几个小穹顶。72 具棺木，按照逝去时间、在家族中的身份地位排列，香妃的小棺木排在最后一排靠右侧，很不显眼，也铺着朝拜者赠予的红色丝绸罩布。墓前园地种植各色花卉，居然没找到传说中的沙枣树，当地人只将这里看作阿帕克霍加麻扎，并不特别突出香妃。墓墙是用砖砌的，其外围右侧有大片平民墓群，陪伴王族长眠。如今，浩罕村人死后依旧葬于此，村人所买墓地可供好几代人安葬。

墓地外墙左侧，有两个清真寺。一是高低寺，基座与邦克楼都是用土黄色砖砌成，寺内圆柱则为胡杨木，雕饰精细，整体却简洁素朴。据说死者须得在此清洗后才能安葬。维吾尔族女子一辈子只能进一次清真寺，就是死后的受洗。顺左边小道走，又有加满清真寺，始建于 1873 年，是一幢平面三合院式建筑。传说原有 63 根木柱，因穆罕默德生年 63 岁，建成后，发现只剩 62 根柱子，另一根哪去了？原应空出的地方也没有空缺，很神奇。逢星期五（居玛日）或 肉孜节、古尔邦节等大节，浩罕村穆斯林往往到此聚会。

墓园内，多有挺拔的白杨树，湛蓝天色，黄叶白枝，色彩绚丽。深秋风动，黄叶纷纷扬扬，一路行一路飘坠，如鸟降落，集于行道上、沟壑里、草丛中。我拾得数片白杨叶，小心夹在书中，生怕褶皱、碰碎，好似带走香妃香魂几瓣，从这离海洋最远的地方，一直带到大海之滨，长长远远，一直带在身边。

老城。沈苇说，一座城市有它独特的气味。内地、沿海，城市间的差别已然很小，看看那些新中国成立后的建筑，很难分清是一座北方还是南方城市。在喀什噶尔，尚能嗅到它的独特气味。但老城区也在缩小，不断拆迁，必将沦为孤岛或“盆景”，被千篇一律的现代化楼群包围。现代性，就是消弭个性。如今作为旅游景区开放的仅仅是亚瓦格辖区内的两汉时期古疏勒国首都，也就是喀喇汗王朝（840—1211 年）的王宫遗址。喀喇汗王朝，被称为“桃花石汗时代”。“桃花石汗”，意为“中国的汗”，表达了对中央王朝和中国概念的认同（沈苇语）。这个王朝从图萨克王开始，受苏菲派传教士影响，将伊斯兰教作为国教。这期间，喀什噶尔穆斯林与于阗地区的佛教徒不时爆发教派战争。

我们所见的老城区，建在土台高崖之上，2 平方千米面积，居住着 2094 户人家，1 万多人口。喀什噶尔的历史，似乎被浓缩在了这个小小区域，如同微缩“盆景”。我们这些外来者、过客，莽撞闯进去，我们的到来添加不了什么，离开也减损不了它，不过是隔靴搔痒地参观（窥视?）一下这个“盆景”：穿艾德莱斯绸的姑娘一闪而过，消失在幽深街巷；一身黄衣、罩着白面纱的女子提个竹篮从一扇有着圆门环的赭红大门迈出；一辆装满红绿辣椒的三轮车堵在一条半明半亮的小巷；坐在门边晒太阳绣帽子大冬天赤着足的妇女仰面看我们行过；成群白亮的鸽子在窄小街巷的一缝湛蓝天空中翻着筋斗；青年导游的大眼睛漂亮忧郁，明亮光线下他那侧面剪影暗弱动人；陈列商品的沉默人家——核桃木果盆、手工雕铜碗铜壶、狐皮帽子、豹皮褥子、羊皮手套披肩、手工乐器、土陶日用品；门扉半开半合的人家，透过花布帘看，庭院里种植着无花果树、南瓜“树”，以及藤叶枯干了的葫芦；过街楼、半街楼或悬空楼，砖墙缺口上放置着石榴花、玫瑰花、海娜花；狭窄巷道，光照透亮，将对面楼房投成阴影，光亮与阴影，构成最抽象的现代派画作。

遇见的大人，沉默行过；孩子们则是老城跳动热烈的心脏，毫无保留地表达对外界的好奇。在我们眼中，楼房、小巷、庭院、果树、门、砖墙、人，都是风景；在他们眼中，我们这些外来者、陌生人，又何尝不是行走的风景？我们看他们，他们看我们，我们，他们，永难交集。孩子们富有表现欲地挤在镜头前：光影生动的门边，庭院幽暗的过道，那些天真的小脸凑在一块；在过街楼墙边的半明半暗中倒立起身子；蹲聚在小巷中间，几个脑袋凑在一起专注地玩玻璃球；从高到低的“滑梯”将身子滚成泥。乱跑、瞎叫、大笑——老城中心是个小广场，有清真寺、小卖部、学校，孩子们踢球、大人停车也在这里，从这个中心，小巷如蜘蛛网一圈圈扩展开去。

喀什噶尔，古突厥语的一种含义是“各色砖房”。我们在老城区，所见皆是砖与泥土混砌的墙、楼。高崖土台的泥土，干燥、富有黏性，是造砖的好原料。窄小街巷也多以砖铺地，长条砖、六角砖、四角砖，还有印成六瓣花朵的砖。砖色红黄，加之阳光透亮，使整个古城有舒服的暖意。据说，地砖铺设大有讲究，六角砖是“活”路，四角砖是“死”路，看见四角砖，就知道这条小巷走到底会有一堵砖墙挡住，此路不通，得赶紧回头。这些砖路，构成老城迷宫般四通八达的世界。

离开老城时，在一条幽深街巷，一堵砖墙边，倚着一个维吾尔族少女，十三四岁光景，黄绿外套，黑底绿花裙，红花头巾，粉红鞋袜。她静寂地注视我们，我们也凝视她，同样好奇。她是一朵什么古丽（花儿）？她那动人“花瓣”，背光一面陷落在幽暗之中，不可知的处女的幽暗，面光处，闪闪发亮，透明、清亮、洁净、嫩薄的脸。她敞开，又锁闭：她将她的透明清纯无遮无挡地对你敞开，她又警惕、游移地审视着你。“静女其姝”，如幽雅百合，充满忧伤，那种对远方不可知事物的等待，那种随未知的情感、男子、命运被动地摇摆她的日子的忧伤。她会怎样成长、盛开、慢慢枯萎？她会永远在这里过着她的日子或者她将如风筝随风而去？她的单纯与忧伤如此让人惊讶，令我心痛。当时，高兴对我朗诵起斯特内斯库的诗句：

天很高，你很高，
我的忧伤很高。
马死亡的日子正在来临，
车变旧的日子正在来临，
冷雨飘洒，所有女人顶着你的头颅，
穿着你的连衣裙的日子正在来临，

一只白色的大鸟正在来临。

广场。广场是敞开的、聚合的场所。古希腊、古罗马，就是现代西方，广场依旧是演说家演讲、群众集会、平民交流、恋人约会的地方，是魔术家的天堂、街头歌唱者的舞台、民间剧院，所有的人都可以在广场找到他的位置。但在中国的许多城市，广场仅仅是交通枢纽，是特定时间特定组织的集会地点，或者仅仅以花坛、鸽子吸引游客；在日常生活中，广场是暗淡的、冷漠的、匆匆忙忙的。

在喀什的艾提尕尔广场，我重新看见了一个聚合敞开的空间：丰富的、活跃的、秩序井然的、新鲜活泼的。广场上多是维吾尔族男子，白帽，黑脸，多胡子，人如此之多，却一点不喧嚣。他们成群聚坐在树下、台阶上，沉默地坐着看着，或低声交谈；他们三三两两地行走，穿过广场，姿态从容，有种优雅的美。女子不与男人同行，或单独，或结伴，有全身遮蔽的，有包了头巾戴了口罩只露眼睛的，极少不遮蔽脸面；头巾有全黑、赭色、白色的，也有花丝巾。广场最高的建筑，也就是喀什最大的清真寺——有着黄色外墙的艾提尕尔清真寺。这里的规矩是女子活着时不能进寺，一生中只有等到死了才有一次在寺庙受洗的机会，所以我只能待在寺外，看男子在台阶上爬上爬下，进进出出。从寺庙出来的男子的仪容神色都有一分从容、端正、严肃、虔诚。在这个广场，我第一次意识到，我们永远有距离，永远难以融入他们，无论文化、意识、宗教、习俗。教义不能改变什么，语言也不能改变什么，或者，只有情感、人性、血缘是能够跨越障碍、相互沟通的。

巴扎（集市）。今天是周末，有大巴扎，集市上到处停放着摩托车、自行车，人拥挤在一起，交易很繁忙。我们走在一条小商品街，这里既制作又销售。手工作坊就是店面。他们慢悠悠地做着手工活，磨着刀具，打着银器，非常专注地在铜器上雕刻花纹，给土陶碗描图、上釉。对过路游客，他们也吆喝两声，可是不买，走过去了，他们也不以为意，远没有南方招揽生意的热切。店铺一家家排列：白帽绣帽，腰刀（雕饰精巧，可惜不能带上飞机，否则多买几把），镂花铜碗、烛台、化妆小镜子，铜壶（储水，洗手时倾倒一点点，以节约这里金贵的水，大者高过人头，小的仅如小茶壶），国际象棋（制作艺人将一截去皮刨光的短木头插在飞速旋转的机器间，卡死，拿把小刨刀，机器一边转，他不用想，不用量，随手就刨出一枚象棋子，他说他一天能做几套，100 多个，熟能生巧）。

最让人惊奇的是乐器店。第一次见到如此之多的乐器店，满眼乐器，大的可以演奏，小的是摆设，卡龙琴、热瓦普、艾捷克、都塔尔、冬不拉，就是这些模样古怪、颜色鲜艳的乐器，能演奏整套动人的木卡姆，也可以一把琴、一副歌喉，走在哪里，坐在哪个热闹的乡村巴扎上，在哪次婚礼或麦克来西上，痴迷地吟唱着情歌或对真主的颂扬。我买了一个小小乐器，筷子那么长，琴头有只鸽子，琴肚如琵琶，漆成红色，非常漂亮精巧，也不知它叫什么。在商品街上走的时候，看见三个 10 来岁少年，其中一个拿把都塔尔，跑到一个骑三轮车的中年男子那儿，那人就拿过琴，半坐在三轮车架上，横琴在胸前，弹拨了两下，低头辨别着琴声，半晌，抬眼笑着对三个孩子说了什么，拍了拍递琴给他的那个男孩的肩膀，大概在说这把琴的音色。我后来听维吾尔族著名导演阿克曼这样说："你看，都塔尔只有两条琴弦，象征男人和女人，男人和女人要相爱，要生活，如同都塔尔。"音乐是维吾尔族人日常生活必需的，音乐并不特异于生活，就在生活之中，如同宗教。音乐与宗教、爱情，有一个共性：让人痴迷。我看见满街的痴迷者。我也变成小小的痴迷者。

琴玩具是30元，我还买了一个铜烟灰缸，40元，一个木头雕刻的放雪茄的烟灰缸，20元。高兴和耿占春买了阿拉丁神灯，60元一个。耿占春还买了张来自伊朗的旧地毯，全毛的，很重，得两个人抬着走，1000元。在烤馕铺那儿，黄永中、映姝等又聚在一起买了十来个新烤出来的馕，说这家馕最好吃。巨大的热热的脆脆的馕，原是预备作明日早餐的，忍不住分掰着，一人一块，沿街吃过去，非常香。

除了手工艺品，巴扎上最多的是水果：盛放苹果的三轮车停放在街边，夕阳下，满车红黄色闪闪发光，非常诱人，几个男人围着品评称买；一辆摩托车后拖着一车南瓜，第一次见到长条形南瓜，主人戴顶鸭舌帽，不专心做生意，懒洋洋饶有兴致地盯着我们一群人；石榴摊子上摆放着一个个大红石榴，边上却是一杯杯黑色汁水（是石榴汁?），我好想买杯尝尝，主人不知跑哪里去了；一个老人姿态优雅地交叉胳膊，面前摆放着装在麻袋里的各色红辣椒干，我问能拍照吗，他微笑地点点头。这里的老人，有种有尊严的优雅与沉默，巴扎上最平凡的白胡子老人，都如同智者，风度翩翩。卖东西的多是男子，因女子不可以抛头露面。只有一个老妇，面前有一担金黄果子，如小小南瓜，她一边吃着手掌中的马奶子葡萄，一边无所事事地在夕阳中眯缝起眼——那是新疆木瓜，叫榅桲，是拿来做手抓饭的，不是《诗经》中“投我以木瓜，报之以琼琚”的那种木瓜。

就在这最繁忙、最闹热的巴扎上，在这烟火盛世的人间生活中，一路行过，就看见好几个清真寺。超越的精神世界与喧嚣的世俗生活融合在了一起。男人每天要做五次日课。诚如沈苇说的，这真是一个“把信仰生活化和把生活信仰化”的民族。

2010 年 11 月 7 日，在喀什，夜

晚宴，有新疆著名导演阿克姆唱情歌，真是男子汉的歌，声音如金属碰撞、战马嘶鸣，且多情粗犷，饱含极其激烈浓郁的情感。最难忘的是维吾尔族歌手唱木卡姆，他边弹拨都塔尔边歌唱；长调，歌声低处沉郁徘徊、柔肠百结，高处激烈高亢、音色铿锵。我是第一次听木卡姆，虽不明白歌词，但感觉非常动情，滋味难以言说。据说十二木卡姆如今还在传唱的有九套，名称有“旷野上的旷野，荒漠上的荒漠”“旷野开端”“旷野高音”“旷野低音”“光芒、欢乐”等意。原来是旷野荒漠之音，难怪低音如此郁结，高音如此长远、苍茫，富命运感。基督教与伊斯兰教

都起源于旷野与荒漠。让人意乱情迷的旷野与荒漠。子曰："礼失而求诸野。"文化，或许就保留在这些我们所认为的"蛮夷""远人"之地吧，有宗教，有传统，有习俗。而汉文化传统，近现代以降，旧的已破，新的未立。这个夜晚，我迷恋上木卡姆，若能在旷野、荒漠，哪怕在巴扎上，听到完整的一套木卡姆，那种震撼，无法可想。歌罢，我禁不住向两位歌手各敬一杯酒，他们回以抚胸礼，眼神多情文雅。

木卡姆，让我的喀什之夜，充满难言的忧伤与诗情。余音绕梁。

入住"秦尼巴克"边上的友谊宾馆。"秦尼巴克"，意为"中国花园"。"秦尼"是英文直译；"巴克"是维吾尔语，"花园"的意思。这里曾是英国驻喀什领事馆所在地。当年的领事夫人凯瑟琳·马噶特尼在《一个外交官夫人对喀什噶尔的回忆》中，对"秦尼巴克"，对居于此的客人、喀什生活，有生动的描绘。沈苇认为"她文字优美，细节生动，充满了对异族的热爱，随处可见一个基督徒的悲悯情怀"，"文笔之优雅、娴熟、生动，甚至可以和勃朗特三姐妹相媲美"。1898 年，21 岁的英国新娘凯瑟琳来到喀什，在最青春动人的时光，在"秦尼巴克"度过了整整十七年，生下 3 个儿女；凯瑟琳的丈夫，总领事乔治·马噶特尼爵士有中国血统，父亲是苏格兰人，母亲则是汉人，他小时在南京，精通汉语，深谙汉族礼俗，24 岁来到喀什，一待二十八年。1915 年，马噶特尼离任，夫人随他回英国。1945 年，英国驻喀什领事馆撤销，"秦尼巴克"被移交给英属印度和巴基斯坦，改称“印巴驻喀什领事馆”。1954 年，领事馆关闭，“秦尼巴克”时代结束。它一度成为长途汽车站，常年失修，破败不堪。

沈苇带我们趁夜去看“秦尼巴克”旧址。这座由瑞典传教士豪格伯格设计建造的楼房，主体建筑尚在。一块写着“餐厅”的牌子上有箭头指向主楼。楼道黑暗，内室关闭，我们步上台阶，徘徊于回廊，倚柱下望——我似能看见凯瑟琳坐在回廊椅子上读书、写日记，她微笑，闭起眼睛，呼叫孩子，指挥奴仆做面包挤牛奶，在阳光下种植草木，在客厅与客人随意谈笑，壁炉中柴火熊熊。凯瑟琳，我想象她是娇小的，肤白，眼睛深蓝多情，唇上有温婉细纹。那个年轻新娘，跟随夫君，穿越严寒的帕米尔高原，来到这中亚腹地，离海洋最远的地方。在这片天空常常落土的干燥土地上，她乘马出行时，穿的可依旧是白色长裙，依旧如英国淑女般斜坐马背？她戴宽边白帽，遮挡喀什过于热烈的阳光，穿越喀什城区时，迎接的是怎样好奇、警惕，或欣赏或憎恨的目光？

当年凯瑟琳的“中国花园”是多么繁盛啊！看看她写的：“我们的花园很大，很漂亮。花园分为高低两处，沿着一个台阶就从低处走到高处了。高处的花园长着果树，还有各种各样蔬菜。这里各种水果争奇斗艳，有桃、李、无花果、石榴以及白的或黑的桑葚。低处的花园里郁郁葱葱地长满了柳树、榆树、白杨树，还有一种喀什噶尔本地的树：吉格达尔（沙枣）……”她甚至在花园中养了鹿、野山羊、鹅、猫、小狗。如今，花园已经不在了。只是楼前的两株大榆树是她手植，静默呆立夜色中，回忆如同树叶生生落落、循环往复。没有月光的夜晚，我们八人绕行榆树下，想象那个温婉女子的欢笑、思乡、娇嗔，仿佛听见这“秦尼巴克”人来人往，马嘶驴鸣：传教士、商人、间谍、文物贩子、探险家、乞丐。探险家斯文·赫定、瑞典传教士豪格伯格、荷兰神父德里克都是这里的宾客，还有那个肆意挖掘文物的斯坦因也曾将他在塔里木盆地挖掘的 12 箱文物寄放在这里。凯瑟琳文字中仅仅记录对喀什生活的美好回忆，我们当然可以想象年轻的她离开故土，在异乡生活是如何艰辛，但她没有抱怨，感恩而热爱地过着日子，却也没有改变她的生活习惯：她将英国钢琴搬来了，学会了用土豆做酵烤出松软面包，她还养了一头奶牛，为了能天天喝上新鲜牛奶，吃到涂有黄油的面包。“坐在秦尼巴克的花园里，聆听着河边传来的阵阵悦耳的驼铃声，我闭起眼睛，感到似乎就在英国的家中，似乎那铃声告诉我现在正是上教堂的时刻了。”一个真正的“秦尼巴克”女主人！在这静夜的榆树下，我闭起眼睛，那个女子的音容笑貌如在耳边、眼前。她以她的真实生活，融合文化文明。一个人的异乡就是她的故乡。她热爱异乡如同故乡。

回到房间，暖气充足，干燥，白天拾得的白杨叶已经干枯，我很担心不小心弄碎了。

我的内心充满忧伤，我不知道这忧伤是因为残留着香妃魂魄的白杨叶，因为木卡姆，因为身在这异域的飘零感，还是因为那个灰飞烟灭的“中国花园”女主人。我只是在一片白杨叶上小心地抄录了马赫穆德·喀什噶里在《突厥语大词典》中收录的《突厥情歌》：

爱情感动了我，
思念涌向了我，
我的心专注于他，
我的脸枯黄了。

我将原文中的“她”，改为“他”了。

在另一片叶子上我写了这么一句：“落叶飞鸟，去年今日。”

在香妃墓，秋风下黄叶纷飞，飞鸟般降落，很想如飞鸟飞起，偏偏是降落。那些黑黑的飞鸟，又如落叶，这里那里，满地都是。这叶子是为了明年翻看，对于明年来说，对于往后来说，今天的日子都是“逝去的日子”，所有美好的日子都是“逝去的日子”，正在进行时我就在书写逝去，我的每一天都在逝去。

在第三片叶子上我写了“喀什的萨宾娜”。我很喜欢高兴写的《萨拉热窝随笔》中的“寻找萨宾娜，仿佛寻找一个主题”。且不去管萨宾娜是否真有其人，阿尔杰西是否存在，那时那刻，那个在下雨的萨拉热窝到处行走，充满感伤和忧虑的人，就是我所需要和想象的。我也是那个幻想的萨宾娜，属于那个幻想的阿尔杰西，我们在那时那刻就是阿尔杰西的萨宾娜和萨宾娜的阿尔西亚。仅仅属于喀什，遥远的喀什，不存在的喀什，我们从来没到过那里。我的今日不是今日，明日又如何可想？哦，我的“落叶飞鸟”。

睡前继续读沈苇的《喀什噶尔》，读到他摘录的耿占春写的这么几句：

> 一个赤足的苏非，他的装束
> 取消夏天与冬天，中古与现在。
> 他伸出的手是赠予，而祈求
> 已是修行和仪轨的要素。

2010 年 11 月 8 日，往帕米尔高原路上，6 点—7 点

早上 5 点就起床。我将能够穿戴的全部穿戴身上了，总共是：一件暖棉内衣，三件毛衣，中式紫蓝绣花薄棉衣，毛裤，暖棉裤，两双袜子，墨绿羊皮手套，白色羊毛帽子和围巾。我将自己裹得“水泄不通”，喘不过气来。今天要上帕米尔高原，古代的葱岭！丝绸之路的南线、北线在喀什交会后，蜿蜒上了帕米尔高原向西，到南亚、阿拉伯半岛，抵达地中海。传说的帕米尔高原，“云端上的路”，斯文·赫定、马可·波罗、玄奘的身影在骆驼和马背上闪闪灭灭。帕米尔高原！一个璀璨的词。唤醒了几个世纪，复活了数千年文明，以及冰雪的考验、贫瘠而富裕的人生。最高最冷！顶点！

喀什的清晨其实是深夜，我们摸黑上了车，车摸黑上了中巴友谊公路。

我坐在耿占春边上。车窗外，黑黑的世界无声流转，那么大

那么多的星星啊，在纯黑中闪闪发光，让人迷醉的光亮，真想一把把抓下它们。纯黑的世界，又是最璀璨的世界……

突然，我听到口哨声，混杂在车的颠簸声中，恍恍惚惚，好不真实。莫非又是我的幻觉？仔细听，一段很动人悠长的旋律，被车声震得零零碎碎，但的确是口哨声，就在我的身边！我起疑地看看耿占春——这声音正是从他那里发出来的。我再次扭头看了他半晌，小心翼翼地问："是你在吹？"他回头，依旧尖着嘴吹——清晨6点多，群星闪烁的窗外，在黑暗的国度，被车灯打亮的树枝、叶子擦着车窗而过，落在身后虚空的黑暗中，一段口哨旋律，若有若无，就在身边，触手可及的旋律，那样动人。我沉默地听，听他继续吹，生怕不认真听，那乐声就会沉没在夜的黑中。——黎明，还很远。这是离海洋最远的地方。我的故乡啊，我的第二故乡，我远方的爱人啊，我现在在远方，这般美丽的感受与谁消受啊，与我的同伴一起，这情境马上逝去了呀，如同落在身后的树。——司机一声不吭埋头赶路，车灯只照亮面前一小段杂石山路，从车的颠簸摇晃、盘旋而上的晕眩中，能感觉山路陡峭。但是口哨声……我凝神于口哨声，这星光璀璨的黎明之前，哦，属于帕米尔的这个时刻。

我问："这个曲子叫什么？"他回头，莞尔一笑，说："《天边》。"天边，我们不正到了天边吗？耿占春停止了口哨，低低唱起这首歌，他的声音低哑，有沙沙的质地，悠远抒情：

天边有一对双星

那是我梦中的眼睛
山中有一片晨雾
那是你昨夜的柔情
我要登上　登上山顶
去寻觅雾中的身影
我要跨上　跨上骏马
去追逐遥远的星星
星星

歌词两阕。他唱完，就沉默着。我也沉默，好久。树木无声移动，星星转移。我突然和他说起塔可夫斯基的一部电影《潜行者》，说导演借助空间的转移，让观众感觉到时间的流逝。我们如今也是。车行的盘旋与颠簸，让我感觉时间从我的发梢、指尖，从窗外的树，从同伴们昏昏沉沉的瞌睡，从星星的流逝中，一去不复返了。

而我们终于到了喀拉库勒湖。早晨 8 点 30 分。

2010 年 11 月 8 日，喀拉库勒湖，8 点 30 分—10 点

【我得找到合适的状态来写喀拉库勒湖。事后回忆那段旅程，坐在上海逼仄的公寓中，远方如同幻境。远方之如同幻觉，是否因为我过分美化了它，过分憎恨或不喜太靠近自己的东西？深夜静寂，我再一次问自己，那个高原湖泊是否存在？为了验证，我

抚摩冰冷电脑上残存的色彩、影像，想到当时我们惊呼，想到高兴禁不住抱着我的胳膊说："太美了！美得让人心痛!"当阳光——啊，神奇的金色的阳光——瞬间照耀人世间一切，透明又辉煌，纯净又斑斓，世界和人全部惊讶、惊醒——又有谁能够描述上帝的神力呢？我们只有惊叹，用微不足道的词汇唏嘘和赞美，又有谁能够传达？——赫耳墨斯吗，语言的传递者？阿波罗吗，那诗歌之神？阳光闪闪发亮，只有诗人、歌者，用他闪闪发光的七弦琴才能倾诉。我也才明白，缪斯乃是宙斯和记忆女神之女，因为追忆，是要让我们回到诗的现场——必须在那时那刻进入，才能一而再地从梦中返回……】

从过热的中巴下车，脸，感觉着清冽的寒，纯粹、无杂质的寒（冷，过于单调的词)。寒冰侵骨的感觉，如此新奇，非同一般，从我的领口、袖口，从我拿不稳相机的手指头裸露的肌肤渗透进来——我愿意裸露整个身体，在清寒彻骨的湖畔，光脚踩在黄色干硬的草甸上，踩在冰碴儿与粗石及干草混杂的土地上，嚓嚓响。我愿意裸露在这样的嚓嚓声中，让我的每一寸肌肤吸取高原上最纯粹洁净、无遮无挡的寒意——臆想吧！中产阶级的保守，良好的教养，绝不容许我如此——我不过是裸露几根手指头(在灰白晨光下显得尤为苍白）握紧相机，其实我担心过分投入拍摄会忽略肌肤的敏锐触觉，但我更害怕遗忘，试图用一个小小机器挽留点什么——我裸露着一点点肌肤，妄图挽回整个喀拉库勒湖的神光——

光从山那边来——慕士塔格峰，7509 米，晨光勾勒出他的黑色轮廓，“头”顶一抹朦胧白——雪？不曾融化的雪。他矗立在眼前，并不特别高耸，想到他居然有7000多米，名叫“冰山之父”，才觉得惊骇。（斯文·赫定骑马翻越帕米尔高原时，手指山峰，问驮夫：“那山叫什么名?”驮夫说：“慕士塔格，父亲[ata]。”驮夫们称斯文·赫定作父亲，中间的逗号被省略了，斯文·赫定就高兴地称慕士塔格作“冰山之父”，并写进他的书里。这是一种传说版本。）父亲，温柔、包容、尊严，他神秘地耸立，俯视着喀拉库勒湖。我不敢长久地盯着他看，生怕打扰他。其实他并不在乎我们的打扰。多少年逝去了，来来往往的传教士、商人、牧民、旅行者、探险家，在他眼中，也不过是黑黑的牦牛、圆滚滚的羊、会说话的石头……石头必须扔进湖水中才会噗的一声响，石头来不及表达惊奇，我们自己就咋咋呼呼大惊小怪地叫唤起来——“冰山之父”只是威严而沉静地站在那里，不瞌睡，不沉思，无知无识，只是永恒，只有时间和体积，时间、空间填充于天地间。不周山支撑着天，倾斜了才有星斗的运转，这慕士塔格峰支撑了什么？柯尔克孜族人相信慕士塔格峰是个圣徒墓，摩西和阿里都葬在里面；他们还相信山顶有座名叫“真那达”的城，人们生活在那里，非常快乐，不知寒冷、痛苦和死亡。而塔吉克族人传说慕士塔格峰有七层，最高一层叫“费尔黛维西”，意为“最高的天堂”。

假如慕士塔格峰是冰山之父，那么喀拉库勒湖就是湖泊之母。据说王母娘娘也曾到这里沐浴。沈苇蹲在湖边，用手撩起湖水，他用手——他的肌肤直接侵入湖水中——侵入母亲的肌肤中，肌肤相亲——他用直接的接触，来挽留、带走感觉，来回忆——我们常常通过书写、阅读，来追忆、重温某种感觉，沈苇将他的手探进母亲怀里的瞬间，他有了追忆的可能。

灰黑色。喀拉库勒湖，源出柯尔克孜语，意为“黑湖”。晨光微现时，她的确是黑色的。凝固的一整块，一动不动，神秘的深，黑，如同在喀什所见的浑身上下被黑衣裳黑面纱裹住的妇人，她看得见你，你却永不能见到她的美丽容颜。熹微晨光中的黑湖也是，你不能确知她的深度，她焕发出的笑意，她的眼睛之深情、唇吻之柔美。你非常着急地等待面纱被揭去——永恒的女性啊，你永远好奇她无限变化的美。她的凌晨、黄昏、午后，处女的羞涩贞静，新嫁娘的容光焕发，成为小核桃脸婆婆的慈祥光辉。永恒的女性伴随我们飞升。她是一个个神秘的名字：少女彼得丽采，疯狂爱恋的爱洛伊斯，教授诗歌和艺术却因爱而跳下悬崖的萨福。如今这喀拉库勒湖，我近在身旁，她却咫尺天涯，她呈现在我面前，我依旧对她一无所知。她以她的神秘显示高贵，无与伦比的高傲，让人心跳，充满幻想。我非常小心地走来走去，不敢呼吸，怕轻轻一呼，就惊动她的沉睡。而我又多么渴望她醒转。

冰山之父，湖泊之母，他们渐渐睁开了眼睛。当一抹橘红的光照亮慕士塔格峰之巅时，是玫瑰红的少女面颊？是微弱翕动的很嫩的桃红唇？轻灵而沉静，透明却色度饱满。——是谁这样轻易涂抹？是谁将色彩撒下？又是谁，是谁的石榴裙？谁的托特库拉花胭脂膏子？谁的被海娜花涂红的指甲？“当那初生的有红指甲的曙光刚刚呈现的时候”，我背诵着杨宪益翻译的《伊利亚特》中的句子，有人曾指出他的译文如此不准确，如今我疑心他到过喀拉库勒湖，看见曙光初现时的慕士塔格峰巅，否则他怎会有如此精确的描绘？“当那初生的有红指甲的曙光刚刚呈现的时候”，我念叨着爬上了中巴。我实在冷死了，整个人冻成了一枚吊在枝丫上的杏干，或小小的坚硬核桃——内心柔软而脆弱，却又舍不得那缕曙光，那抹红。但我们得转到喀拉库勒湖的另一面，等待日出——这是我们早上 5 点就出发的理由。曙光已然初现，说不定狂妄自大不知深浅的法厄同驾驶他父亲的太阳车早早就倾斜着掉到了慕士塔格峰上，将曙光女神都吓跑了；说不定慕士塔格峰整个就燃烧起来，融化了积雪，变成红红的火焰山呢。总之我们得赶到合适的角度去等待日出。

再次下车。天色已白。从中巴公路往下望，草甸开阔，离湖面尚远。湖水不再是黑色，而是浅浅的灰蓝，蒙着薄薄的灰白的雾。湖面有薄冰。慕士塔格峰刚刚醒来，脸色苍白，带着瞌睡尚存的无精打采，曙光女神只不过让他稍稍振作了下。映姝念叨着：“太阳不知啥时出来呢。”大家跺着脚，脑袋缩在帽子里，手对插在衣袖中，整个人缩小似的，排排站在路边。冲动稍稍抑制，等——刚刚说着“等”字，“待”字还在喉咙口，唇型还没改变，天哪，一整片，一大片，无遮无挡的阳光，金黄色的，就一瞬间覆盖了草甸、湖泊。太阳，太阳就在慕士塔格峰之巅，万道金光闪现，我们睁不开眼了，看不见山峰了。“光”，神光笼罩着大地，山峰、湖泊闪闪发亮，鲜活灵动的世界，一切新生，一切歌唱的理由，我们人啊，土块啊，草甸啊，全部活转了过来。金色的、透明的光，将我们的影子投射在路边麻扎上，拉长、交错，生者与逝者意外地融合。而天空、湖水一下子变成深湛的蓝，阳光改变了所有色泽，也让我们全都惊讶地大呼出声——让我们醉倒在光中，让我们相互拥抱。我所见过的日出，哪一次是在这高原之上，雪山脚下，圣湖边上?！请让我感恩地记下此时此刻陪同我的人的名字：沈苇、高兴、耿占春、黄永中、张映姝、林雯、茹军风。我着急地给土豆打电话，试图将所有的激动和战栗顺电话线传递给还在上海被窝里的土豆，他含混的声音很好听，如同阳光的交响。我还必须感恩地记录那些和我一起等待太阳的石头、草甸、块块浮冰、路边麻扎、飞奔而过的集装箱车、草甸上歪斜的电线杆子。

除了冰山之父，环立在湖边的还有公格尔峰（7649 米）、公格尔九别峰（7530 米），他们一起将白白的既老又年轻的头颅倒映在湖中。此时，我终于能见到湖中清晰的雪山倒影，阳光到来，喀拉库勒湖终于去掉她的黑盖头，换成了花头巾，她揭开那有着白色蕾丝花边的真丝面纱，你会惊讶于她的眼睛如此湛蓝，笑容如此妩媚，牙齿如此洁白……她是以阳光来洗脸吗？她是以慕士塔格峰的雪水来漱口吗？她是以我们的惊呼来扩散她的笑颜吗？她只是微笑地看着我们大家——我们、石头、草甸、电线杆、山峰，我们大家不分彼此地被她夸奖、包容和嘲笑，我们大家，连同突然蹿进的两头黑色牦牛，它们披挂着长长的黑毛，急忙、快速、莽莽撞撞地闯入光线中，闯入我们的视线，它们一前一后，不管不顾，到哪里去——在我们眼中，这帕米尔高原，这里那里都一样，一样开阔，一样充满幻觉，一样让我们惊异……

2010年11月8日，塔什库尔干塔吉克自治县，红其拉甫，10点30分—17点30分

离开喀拉库勒湖，翻越盖孜达坂，我们就进入宽广的塔哈曼湿地。沈苇说，这是东帕米尔和塔什库尔干县最大的湿地，再往东，就是塔什库尔干县。从喀什到塔什库尔干县有289千米。

车顺中巴友谊公路盘旋而上，明亮阳光中，穿越迎面送来的起伏画图。11月，天空湛蓝，高山雪白，山岭草地赭黄，灰白石头裸呈，红柳、沙棘树一丛丛低矮干硬地闪过。极少河流、湖泊。一两座低矮土房散落在赭黄土地间，房前也会有人站着看着我们一闪而过。若这样下车，满眼望去，前后左右一样，人似是小小的石子，让人恐慌。我们坚硬的车，带着自己的影子，盲目狂奔。黑色的柔软的影子，落在黄土地，簌簌抖动着前行，如一只软虫，好生奇怪，这样一个东西，居然载着一路喜悦欢闹的我们。我惊呼："看啊，牦牛到天上去了！"几头黑牦牛，排成一线，行走在山脉线上，走在"云端"，和太阳很近了吧？而湿地上，成群的牦牛、羊儿几乎与车相撞。牦牛有黑色的披挂着流苏般长毛的，也有褐黄色的；羊是肉滚滚赭黄色的，和湿地、石头几乎分不清。它们缓慢地从车边行过，全不理我们在车内探着头对它们大呼小叫。在塔哈曼湿地，牛羊是主人，我们倒成了"过

路的妖怪”呢。

到达塔什库尔干县已是下午1点多。这是一座洁净的高原县城，平均海拔4000多米，与川西塔公风景类似，如同文德斯公路电影中的小城，或美国西部某个小镇，在这里，会臆想出很多故事。中心环行地带有一座雕塑：白色圆锥体上立着一只黑色展翅雄鹰。塔什库尔干县共有2000多塔吉克族人，他们崇拜鹰，吹鹰笛，打着手鼓，跳鹰舞。塔吉克族人崇拜白色、火、太阳。他们自称“汉日天种”，是“离太阳最近的人”，属于“太阳部落”。离县城80千米有一个叫“公主堡”的地方，据说一位中国公主在此地与太阳光线交合，怀孕生下塔吉克族人的祖先。有一个叫“科库西力克”的地方，因有九条平行峡谷，一天内会出现九次日出日落。5世纪时，塔吉克族人开始信奉琐罗亚斯德教，就是拜火教或曰祆教，保护神叫阿胡拉·马兹达，他是光明神和太阳神。可见在帕米尔高原，太阳地位之重要。这也是我们在喀拉库勒湖感受到的。站在石头城宾馆前街边，慕士塔格峰在阳光下闪闪发亮，天蓝气清，柳树干硬的黄红色指向蓝天，色彩极其明丽。

同样明丽的是塔吉克族女子，三三两两行过，即使远看，也感觉到美丽。欧罗巴血统，白肤高鼻深目，眼睛如蓝色玻璃球，睫毛极长，女子着长靴、短裙（最长过膝一寸）、小腰身外套，帽多红色，帽上兼披白纱、红纱，讲究的额前还有亮片、流苏。她们不像维吾尔族女子一般蒙面，多露了面孔，顶多戴副薄薄口罩。她们大多高挑、挺拔，看上去很自信。男人倒不高，戴黑或褐色吐马克帽，显得温柔体贴。据说塔吉克族女子地位很高，街边往往见到男女成双成对行过，或当众拥吻。后来去提孜那甫乡栏杆牧场一户人家，我才跨进院子，两个塔吉克族青年男子就热情地与我招呼，脱下自己的吐马克帽戴在我头上，将手搭在我肩膀与我合影，那样自然主动，眼神笑容开朗热情，我想他们平日也是这样对待姑娘们的。

住冰山宾馆。在石头城宾馆吃中饭。饭罢，上车，奔红其拉甫。从塔什库尔干县到红其拉甫是180千米。红其拉甫，波斯语，意为“血国”。一个恐怖的名字。

阳光很足，天蓝极了，冰山雪峰一路相随。长毛牦牛、肉肉滚滚的羊散落着，它们吃什么呢？到处是石头、黄土，后来才注意到有一些灌木、干硬的草。开阔而连绵的高原黄土，远山，长长的无法望到头的公路，极其简陋的土房。帕米尔高原，一年有九个月在严寒中，牧民们已经习惯这里的生活，据说政府给他们集中建造石头房子，让他们住，没几天他们就走了——他们愿意与牛羊在一起，跟着牛羊迁徙，他们的生活就是这样漂泊着，而不是凝固在一个点，漂泊就是他们生命的核心意义。鹰在天空中飞得很高，盘旋着不落下。沈苇说如果留神，还能看见旱獭从洞里钻出来晒太阳，但我一只也没见到。红其拉甫哨所士兵说，旱獭要夏天才钻出来，钻出来还要小心天上的鹰，它们会突然俯冲下来叼走弱小的旱獭。

我后来读庞培的《帕米尔花》，他们是开着吉普车上来，遇到暴风雪天气，前途灰茫茫，分不清道路、草地、乱石、山岭，一群羊差点就撞到车头，稍不留神，车毁人亡，司机和全车人都静默，“无名的恐惧悄然传递”。但如今初冬暖阳下我们上的帕米尔高原，前面一片光明，一点不觉得凶险。同伴们在颠簸中，松弛地昏昏睡去。下午 3 点 59 分，唯一清醒的黄永中突然告诉我说：“喏，那是瓦罕走廊，玄奘就是从那里穿越过来的。”

著名的瓦罕走廊！玄奘、马可·波罗走过。我看见两座山开辟之处，一条遥远的、蓝色的、窄小的山谷，从那里通向阿富汗。有关玄奘的几个数据：

628 年（贞观二年）离开长安，644 年开始返回，645 年回到长安。十八年。回来时是 44 岁。

在南亚待了十五年。游历了 100 多个国家、城邦和地区。

返回时驮着 520 箧 657 部佛经和一些梵文著作，过印度河时遇大风浪，损失了 50 箧。

回长安后生活了十九年，664 年圆寂，共翻译佛经和佛教论著 75 部，共 1335 卷。

玄奘去时走的是丝绸之路北线，回来时走南线，就是从活国（今阿富汗）经过瓦罕走廊东入葱岭（今帕米尔高原），翻越海拔 4700 米的明铁盖达坂到达朅盘陀国，即今天的塔什库尔干县。他描写的帕米尔高原是“崖岭数百重，幽谷险峻，恒积冰雪，寒风劲烈。地多出葱，故谓葱岭，又以山崖葱翠，遂以名焉”。玄奘与鸠摩罗什、真谛并称中国佛教三大翻译家。其实从 3 世纪到 8 世纪，有 169 个如玄奘这样的求法僧前往印度，最后翻越葱岭回到故土的，仅仅 42 人。

马可·波罗穿过瓦罕走廊到帕米尔高原，他说又骑马走十二天才到喀什。他这样写：

“这里地势太高，气候严重寒冷，连只飞鸟都看不见，所以不可能找到吃的东西。我还要告诉你们大家的是，由于天气太冷，火生不旺，火的颜色因此也和别的地方不一样，因此肉类是煮不烂的……”

下午 5 点多，阳光还很烈，我们终于到达红其拉甫，海拔 4733 米，已挨着喀喇昆仑山，离世界第二高峰乔戈里峰（8611 米）不远了。我国最西面的边境哨所，圆柱形，上书“红其拉甫”几个字，屹立在碎石、黄土上，五星红旗飘扬，背后是雪山。过哨所，是中巴边境，方形花岗岩砌建的中华人民共和国边境大门之外才是界碑，这边书写“中国”两个汉字，背面就是巴基斯坦文字，半步之隔就是国外。穿迷彩服的 18 岁中国士兵陪我们上去，我们拍摄时，并没见到巴基斯坦士兵。四周环绕雪山，黄褐色土地、灰色碎石，风不大，鹰高高地在蓝天上盘旋。在这里，尤其感觉到祖国、故乡之亲，尤其想念家人。我给土豆打电话，给爸妈打电话。在中巴边境拾得花石头两块，带回上海。

2010 年 11 月 8—9 日，塔什库尔干县石头城

回到塔什库尔干县，天已黑。到处找吃的。在一家路边小店，喝到鲜美的羊杂汤。

沈苇说石头城的夜景很不同。不同的是星空。再见不到那么璀璨的高原星空了，仿佛一伸手就可以一把一把抓了星星来，仿佛一眨眼星星就掉得满身满脸的。呼吸。白杨树的白色枝干笔直向天。还有什么忧虑呢？人世的纷扰，与我何干呢？人在自然之美中如此渺小，微不足道。所有真诚的、清凉的、纯粹的情感，会因为这样的星空被唤起、唤回，被高原的风涤荡。不知检省的人在这样的星空下，也会觉得羞愧。光明的、美好的、响亮的、纯净的，除了这些词语，还能有其他妄念吗？哦，我的同伴，今晚我多么荣幸，和你一起站在星空下，我们随便说些什么吧，我们所有的话，都不足以抵挡这星空下美丽的此时此刻。幻梦的当下，幻梦的现实，幻梦的未来。

石头城被铁门锁住了。静默地仰看星空。下面是阿拉尔草滩，塔什库尔干河无声地在星空下流淌。我想起郑钧的歌《流星》中的几句：

夜空的花
散落在你身后
幸福了我很久
值得去等候
于是我心狂奔
从黄昏到清晨
不能再承受
情愿坠落在你手中

羽化成黑夜的彩虹
蜕变成月光的清风
成月光的清风
我纵身跳
跳进你的河流
一直游到尽头
那里多自由

这夜空的花，是我的等候、我的心愿，是美善之顶点。

次日10点多，我们重登石头城，这才见到了它远古而鲜活的面容。

昨夜的漫天星斗，化作今朝的一地碎石。天上的星星有多少，地上的石头就有多少。石头城，《石头记》？一地青黑色“顽石”，可在记忆当年繁华盛景？往事如石子无可计数，久远不灭，多少英雄豪杰化作灰，化作了尘埃，如山峰积雪一样不化的是石头。那个玄奘换取通关文牒的朅盘陀国，断壁残垣屹立了数千年，它被复活成塔什库尔干县城，它的人民依旧吹着鹰笛、拍着手鼓、跳着鹰舞，依旧生生不息，这个太阳部落。阳光下踩一地碎石挨近旧日王城，耸立的城堡，像顶赫黄色吐马克帽。挨近它，触摸它的内部，就听见历史叱叱呼叫的声响。魂灵在砖墙缝隙间探头探脑，在一块块石头上晒着太阳，晒迷糊了的魂灵，有瞌睡的迷离的眼。白茫茫阳光下，这旧日宫殿并不阴森，反是生机勃勃的。耿占春已来过几趟，对遗址的每一处了如指掌，他告诉我们，哪里是中央大道，哪里是士兵的防守城垛、瞭望口，哪里又是驻扎的营房，哪里是王宫中心、平民住宅、佛庙，至于那个低洼的坑，耿占春指了下，笑眯眯问："那是干什么的?"谁也答不出，他就自言自语说："也许是个地窖。"

这石头城，罗马人称它"石塔"，公元100年已有记录，后成为丝绸之路上的一个枢纽。玄奘来此时，称它为"朅盘陀国"，城"周二十里"，城四围"二千余里"，统治者是"无忧王"，仪容娴雅又好佛法，国内有僧众500多人。10世纪的波斯文献又称它"石城"，并说"石城是石国的首府"。如今这石头城旧址位于塔什库尔干县城东北，离中心也不过500米左右。那些赫黄色城墙，应该是用黄泥土与石头混合垒砌而成的，泥土有黏性又不易风化，所以存留至今。站在城墙最高处四望，北面是白头发的慕士塔格峰（他一路如影随形，人走到哪里，他就在哪个空阔处露出姿影），西望是连绵的喀喇昆仑山。城脚下，是广阔平整的阿拉尔金草滩。初冬季节，阳光依旧满满地倾泻在石城、山峰、草滩上，并无半分偏袒，这石头城的居民，连同牛羊、石头、河流，从来都是太阳的子民。一睁开眼，阳光就倾泻在面前所见一切上，无遮无挡，没有阳光的地方是深沉纯粹的黑，白亮与黑暗构成如此鲜明的反差。湛蓝天色下，赫黄色的石头城色泽鲜艳，空荡荡地显现着它的活力。远山与石头城之间，笼罩着一层奇妙的奶白色雾气，雾气中，落光叶子的白杨树齐整排列，倒好像变得透明起来。站在石头城，环绕的山岭因为那层雾气而虚浮起来，变得不真实，而这"梦幻宫殿"（高兴语），倒成了真实的存在。

与干燥的石头城相比，城下的阿拉尔金草滩即使在冬季，也是那么湿润丰腴。草滩并不青绿，野花（帕米尔花?）也未开放，但一摊摊积水，将慕士塔格峰揉搓成一小块一小块。若是你以为这赭黄偏红的草地是干燥的，你就大错特错了，一屁股坐下，裤子就湿了，这草滩暗藏、流淌着多少泉水呢。在一处叫不出名的清泉边，泉水照见人影，清可见底，泉眼依旧噗噗地冒着可人的水泡，沈苇整个身体趴在草滩上，牛羊般，去饮那泉水。我不好意思这么做，蹲下，用手捧一把泉水来喝，清凉甜润直达心扉。当时就想起了伯格曼的一部电影，叫《处女泉》，说一个圣洁处女被强盗杀死了，身体在沙漠化作泉水。这阿拉尔金草滩，泉水如此之多，是众多少女幻化的？到处走着圆滚滚的羊儿，它们远远地在吃草，看着人来，就警惕地向远处跑了。究竟也赶不上它们。塔什库尔干河从阿拉尔金草滩蜿蜒流过。即使是高原冬季，河流也未结冰，只是河边草丛有白色晶莹的冰凌。河水反衬着蓝天，蓝色的河，白色的跳跃的浪花，撞击着石头，发出脆亮轻音，一直向北奔去。慕士塔格峰的“白发”浸在河水中了，与河底圆圆的石头相亲相偎了，与白色浪花你侬我侬了。耿占春蹲在河边，摸起一块圆石，给他远方的女儿打电话，说：“听听这高原的河水的声音。”是风的声音吧？是牛羊啃干草的声音吧？是阳光叹了口气吧？是昨夜的星星跳到河里去，边跳边叫着“我要游到尽头”“那里多自由”吧？……

2010年11月9日，马赫穆德·喀什噶尔麻扎，黄昏

下帕米尔高原，特别快，过喀拉库勒湖才下午2点多。我们于是有机会补看了上帕米尔时黑地赶路错过的风景：恰克拉克湖（冬季枯水，两边堆立着灰白沙山，路穿过湖中心，掘沙车正在白沙山山腰挖路，预备夏季湖水涨起时用吧）—奥依塔克景区（低洼山谷，两边跌宕起伏着山峦，一边黑色，一边红色，路边白杨黄叶萧萧，河谷中沙棘树一丛丛干干的，非常壮观，可惜没能停留）—盖孜大峡谷（无水，车行过，满河石头似乎流动起来）—疏勒乌帕尔绿洲（树木丰茂，一路可见白杨树、胡杨树、沙枣树，土地平整，田间有青麦，整个乡村飘着吉祥的瓜果芳香）。

我们要去的马赫穆德·喀什噶尔麻扎在疏附县乌帕尔乡（2014年撤乡设镇）阿孜克村的艾孜来特毛拉山脚下。

上艾孜来特毛拉山拜谒圣人，途中全是笔直向天的白杨和强劲扭曲的胡杨。如此茂密的树林，遮蔽天日，恍惚如行走在江南林中。夕光将林木染成一片黄金。踩着满地落叶，嚓嚓脆响。落叶的唏嘘、色彩的涌动、夕阳的叹息、我们的喁喁小语，构成四重奏。圣人山下，宁静而辉煌的落日黄昏，我们八个如散落的无花果，在自然的声响中，一任灵氛环绕周身。

马赫穆德·喀什噶尔被认为是喀什噶尔的圣人，地位相当于汉文化传统中的孔子。1057年，身为王子的马赫穆德·喀什噶尔

逃离了喀喇汗王朝的宫廷叛乱，流亡到当时伊斯兰世界中心巴格达，拜师学习十来年。1072 年，他开始编写《突厥语大词典》，历经四年。这是世界上第一部用阿拉伯语注释突厥语的大词典，一部语言学著作，也是一部 11 世纪的百科全书。他将突厥语与阿拉伯语并重来看，说："道德之首乃是语言。"

1080 年，72 岁的圣人回到故乡乌帕尔，在艾孜来特毛拉山脚下创办了一座经文学院（马赫穆德耶麦德里斯），教授学生，直到 97 岁逝世。据说一日，他的学生问他死后葬于何处，他将拐杖往地上一插，说，就这里吧。拐杖插下的地方，有泉水涌出，拐杖也化作了胡杨树，马赫穆德看了就欢喜，说："啊依啊依（够了，好了），此地就是我的归宿了。"那个地方叫智慧泉。我们到来时，智慧泉与胡杨树被栏杆围住，树干扭曲巨大，遒劲的黑枝与发亮的金黄叶子在蓝天下依旧焕发勃勃生机。一个包头巾妇女提了水桶来汲泉水，据说喝了这泉水，即聪明好学。这乌帕尔也的确是出学子的地方，沾了千年的文气了。

行文至此，我想到了以前写的关于孔子临死前的传说。

鲁哀公十六年（前 479 年）夏历二月十一日，孔子死。

那天早上，一如寻常日子，天空大地沉默不语，似无可言。孔子早起，一手拄着拐杖，一手背负身后，在门边徘徊。晨风吹拂，衣带飘飘。孔子是天天要唱歌的，这天也不例外。他倚着门，迎风歌唱道："泰山其颓乎，梁木其坏乎，哲人其萎乎。"歌罢入门，坐在门槛上。

子贡进来，问候老师。孔子见了子贡，这个早年一直跟随他出游各国的老学生，当时颜渊、子路、冉伯牛等也都在，如今他们都已逝去了，孔子就说："赐，尔来何迟也?"他告诉子贡："天下远离大道很久了，不能用我的思想学说。我昨天做了一个梦。我梦见夏朝人殡葬在东边台阶，周朝人殡葬在西边台阶，殷商人殡葬在两根柱子之间。我的祖先本是殷人。我梦见自己在两根柱子之间祭奠……我想，我是要死了吧。"

这天之后，孔子就生病了，在床上躺了七天，之后，就死了。

绕过马赫穆德·喀什噶尔墓，往高处走，是一片平民墓群。在喀什噶尔，麻扎与村民房屋紧紧相连。生时是王者贵人，平民环绕而居；死后，依旧是高耸的贵人墓地边上环绕着平民群墓。喀什噶尔是有麻扎崇拜的，人的生老病死，都要去求问麻扎，人们似乎渴望从逝去的祖先那里获得生的力量。站在这片平民墓群，我想到的是另一个喀什噶尔的智者玉素甫·哈斯·哈吉甫临终前的诗句：

在这世上我已遂心愿，
对贪欲我也紧闭了双眼。
对今生的求索我已厌倦，
万念俱泯，再也无话可言。

2010 年 11 月 10 日，吐鲁番

吐鲁番的几处风景，匆忙行过，恐怕是几位兄长不在，连风景都惨白起来。记录一下：

坎儿井。巨大的水利工程。佩服的是人的意志与智慧，为生存使出了浑身解数，从挨近天山挖掘的几千米暗渠，到露出地表的明渠，究竟有多少口井，难以估量。

交河古城。看过塔什库尔干石头城，交河古城孤独地被保护在那，失去环境，如微缩盆景，不去也罢。

千佛洞。很多洞窟都关闭了，即使敞开的，壁画也零碎杂乱，无甚可观。看过洛阳龙门石窟后，这里也可以不看。逗留时间也短，来不及细细体会。

火焰山。山石之红不如奥依塔克景区口的，不过面积大，颇震撼。我一路都在想《西游记》三借芭蕉扇一节，孙悟空与牛魔王斗法之事。

难忘的是傍晚，其实已晚上 8 点多，从吐鲁番往乌鲁木齐赶回的路上，夜色降临，路过风车发电站处，看见成百架风车在风中转动着黑色风扇，想起堂吉诃德了。路边栏杆，灰黑色的山脉，远处炊烟，暗红天空，奇美。

补记一下在新疆认识的几种植物：

沙枣树。叶小，银色，五六月开花，花钟状，外银白，内淡黄，花香极浓。我们11月只见银色带茸毛的叶片，蔫蔫的；同样

带茸毛的银白小果子，酸甜，并不怎么好吃。这种奇特的树木，与两个喀什女子有关：一个是身带沙枣花香的香妃；另一个，是木卡姆最早的收集、整理者阿曼尼莎汗，她后来成为叶尔羌汗国王妃。据沈苇说，他去阿曼尼莎汗出生地莎车县喀尔苏乡夏普吐鲁克村的阿曼尼莎墓地，围绕荒冢种植的沙枣树，正好 12 棵，象征十二木卡姆。关于植物同女人的联系，沈苇引了帕斯的诗句，我觉得很好，抄录在这里：

树是一位女性，我在她的枝叶中
将她具有时间味道的果实品尝，
这些果实就是认识和遗忘。

无花果。在喀什老城区，随便推开一户人家，就能看见庭院中种植的无花果树，花盆花坛，有的还种在门口。这无花果树是三教宝树，伊斯兰教说它是“结在树上的糖包子”“天堂圣果”，是通往人间与天堂的阶梯的果子；基督教中亚当、夏娃以此叶遮羞，《圣经》中多记录此果；佛教称它为“觉树”。我在洛阳汉画像砖中也见到无花果树的图案，画像砖多在墓葬中使用，大概认为它是宝树，能护佑逝者吧。真是一种神秘或神圣的树木。在喀什，种植无花果树还有实用目的：食用是其一，它的宽大叶子还能防尘，喀什春夏常有尘霾，天空往往落土。

榅桲。状如小南瓜，色金黄，略略脱皮的样子。也叫新疆木瓜，但不是《诗经》中“投我以木瓜，报之以琼琚”的那种木瓜，这是拿来做手抓饭的，切丁，微甜，口感如南瓜。

沙棘树。在帕米尔高原干硬的石头沙地草地上到处生长，生命力极旺盛，干干硬硬一大丛一大丛的。据说骆驼爱吃鲜嫩的沙棘树，老了则会刺破它们的嘴。在塔什库尔干县提孜那甫乡栏杆牧场，沙棘树长了果子也没人采摘，除了动物吃点，就任其落下烂去。沈苇想采点给我们尝，看那果子好好地挂在枝头，手一碰就碎了，原来结了冰了，竟没吃成。

白杨树。一路见过最多的树木。我考考很熟悉它们的沈苇或耿占春，一片白杨叶有几个锯齿呢？我数过，多是奇数。

胡杨树。在马赫穆德·喀什噶尔墓地那才见到。高大，粗壮，枝干缠扭弯曲，不似白杨树那样笔直有风致。满头树叶乱长，很茂密，叶比白杨叶更黄而偏红。据说此树被称为“第三纪活化石”，活千年不死，死千年不倒，倒千年不朽，难怪所见房屋、宫室、寺庙，以及一应日用杂物，多以此木建造和制作。

2010年11月11日—12月22日，上海

耿占春说他第一次来新疆，回去后，两个月内，啥事都没法干，除了有关新疆的书，什么书都没读，一直到写出第一行诗。那时离他最早写诗有十来年。他后来又去过五次新疆。

我的情形也是如此。

从喀什飞回乌鲁木齐的飞机上，我在一片白杨叶上抄录了雅林的话：

为了能够返回，我只好选择让梦结束。

结束是为了返回。终点是为了起始。时间是一个圆环。

卡尔维诺说：“也许，对奥德修斯－荷马来说，真与假之间的界限并不存在；他只不过是在忆述同一经验，这经验一会儿存在于现实的语言中，一会儿存在于神话的语言中，如同哪怕是对今天的我们而言，每次旅程都依然是一部《奥德赛》，不管是大的还是小的《奥德赛》。”

当我在追忆新疆之行时，我制造了幻境，还是幻境左右了我？是我的经验，还是语言的神话？真与假的界限并不存在。真实世界，就是不断地在追忆中展现的。

让我在追忆中返回新疆。让我顺从自己的记忆，自己的神话，再次去新疆，再次验证它的存在。

幻境

一

午夜的白杨树冰冻站立，万物噤声，广大无边的黑暗，被一轮冷月破开……

这座东南大都市，崭新、齐整、高耸、不可一世。12 月早晨的阴冷潮湿扑面，铅灰色天空被高楼分割成一条条布片。水泥钢筋玻璃的成功者，森森如齐亮牙齿，奋力向上，穿刺那些布片的犹疑、浓雾的恍惚、灯光的瞌睡，驱除一切不稳定、中间带、灰调、蓬乱头发、奇思异想、独处、缓慢，给世界还原秩序与速度：道路以简洁准确的弧度托举展开，红绿灯坚定喊出站住前进，斑马线新鲜白亮，转弯箭头义无反顾……一个个德谟克利特原子，朝某个方向，一整块移动，出这个口，入那个口，在水泥钢筋玻璃中穿梭……

我，一颗微小的黑色原子，飘浮在城市中的一粒尘埃，随时会被抹去的一道痕迹，挤在大楼入口的一只蚂蚁，现代语文叙事里省略号中的一个点……我，我们有同样的表情，戴同一个品牌的耳机，使用同一款化妆品，散发出同样的气味，裹着同一种鼓鼓囊囊的羽绒服、羊毛围巾，装扮如橱窗里的玩具熊——剥开一层又一层，会触摸到温暖细润的肌肤、怦怦跳动的不一样的心吗？我和许多个我，携带早晨僵硬涩滞的脑袋（尚存昨夜的柔软乱梦?)，跑步进入城市的腹部，预备顺那些四通八达的肠子，在预定时间，停顿在某段肠道的拐点……

午夜的伊犁河，万物噤声，四下安寂，白杨树冰冻站立，广大无边的黑蓝天空，一轮圆月破开层云，现出她的冰清面庞……

赞美，坚定的闸机，司法精神的守护者，规则、秩序的执行者，闸机面前，人人平等：持票证者、合法交易者、良顺者，进入；精神错乱者、危险用品携带者、捣蛋者，挡住。我们这些原子，低眉顺眼，一个紧挨着一个，进入闸机前，等候安检。等候前一个安检时，不耐、不安悄悄爬上心头：我是一个危险分子吗？我携带了危险物品吗？应该没有。或是我面庞上一根青筋的抽搐，神经质颤动着的右手，迟疑、呆滞的神情，引起了安检人员的警惕，他干脆利落地发出指令：背包检查一下！我的包顺黑色传送带移动，进入黑箱（黑帘遮蔽）中，绿灯一闪一闪，视屏前安检人员的眼神如钉子般……一分钟、两分钟……我的心脏几乎停止跳动——红灯闪烁，机器轰鸣，全副武装的人在靠近，尖叫、奔跑、推搡，蔑视、惊惧的目光箭一般射向我——我的良顺的包不知被谁（当然不是我!）塞进了什么；或者，进入黑箱的是我的彩色挎包，出来的却是一个黑色双肩包……这种晕眩感因安检人员“请走”的手势得到舒缓，嘀的一声，单调、清亮地显示我的“安全性”，闸机对我给予正确评估，顺那道不锈钢旋转闸进入，我由一个“嫌疑分子”，被确认为一个“安定分子”。赞美，那嘀的一声，如此简洁、悦耳!

左行右立，顺电梯一节节向下滑行，一个个前后站着，如穿在一根竹签上的大小肉丁。大理石地面刚刚拖过，泛着湿湿的冷光，发散着消毒水味，刺目日光灯下，反射出簌簌移动的模糊人影。绿色铁质靠椅上，等候地铁的人，围裹严密，表情冷漠，带着宿睡未醒的倦怠，埋头在铅字密集的对开报纸中。几分钟的等待如此漫长，广播机械单调，站台上有了轻微骚动，显出一点生气。地铁如一条长虫，无论刮风天晴下雨，恒定的光线、恒定的温度、恒定的班次、恒定的速度，停靠在恒定的站台上，排下几颗虫卵，吞进新的几颗。同一时间，我这颗虫卵可能遭遇昨天的另一颗。我们的差别仅仅是符号：姓名、职业、地点。

是午夜？是三更？宽广无边的黑蓝天空，一轮明月破出，冰清、皎洁，云朵如发光鳞片，散布四周。伊犁河畔，白杨树冰冻站立，水流凝固，万物噤声，四下安寂，唯有光，行在天地间，照亮一切，廓清一切……

这个城市的腹部，巨大、柔软、恒温，吞吐量、消化率极大极高，在每根肠子的拐弯点，虫卵活动频繁。每天，我被10号肠线运送，在7号拐弯点被排泄出去，挤在一大群黑色灰色偶尔红色的虫卵中，左右前后，不同面向的虫卵在拐弯点汇聚、鼓荡、散布开去，如同迁徙的鱼，沉默、忍耐、安寂、认命地顺群流动。十几根散射状毛细血管将我们输送到不同端口，我随其中的一小股流到15号端口，停顿，识别，挤出，端口与地面相接，腹部的终端，是另一些内部的开端。

挤出地面，我深吸一口气，12月的冰冷空气，顺眼鼻口耳涌进内脏。站在十字路口，有瞬间的茫然，高楼林立，如峰峦拔地而起，不在新旧，而在高矮，站在路口，如立谷底，左右前后，人流车流汹涌而至，散布开去。我辨识着方向，捕捉通向另一个内部端口的信号，然后，小心而勇敢地迈步向前：一天的开始！每一个由以下词汇组成的日子：喂，你好，对的，传真机卡纸，复印机换油墨，速递，合同，签字体，排行榜，大奖，纪要，暂拟，RE，快捷酒店，@，围观，粉丝，拉黑，头条，给力，hold住，信用卡，积点，团购，iPhone，小鸟的愤怒，切西瓜，出镜率，举手，上上下下，微笑，淡定，纠结，“杯具”啊，模式，转型，愿景……

崭新的、美好的、永恒的日复一日！

二

我：在伊犁，我见到最美的月……

你：最美？你确信？过去不曾见过，未来也不可能再有？

我：嗯，过去——有一两次，在大理洱海，在鸡足山，月亮也美，那不同；未来——未来会不会再碰到，我不知道，姑且认为……

你：你可以说，前年元宵的月亮是五十二年来最大的，每月初一，月亮最小，这可以计算，有数据比较。但你无法说，洱海的月、鸡足山的月、伊犁的月，哪个最美。最、较好、满意、差，这些词不适用对美的判断，美只存在差异性、特性、个性，却无法比较。至于未来，伊犁的月，也许每个月都那样美，你只见过一次，就认为是最美的？你为什么说它是最美的？

我：我看见它在天上，就哭了。被美感动，以前从未有过这样的感觉……

你：你哭了——真是被美感动？难道不是酒喝多了，无法控制自己？难道不是你生活郁闷，或情感受挫，或环境的种种压力，借着酒，就宣泄出来，却以美做借口？你确信你的泪水是欢喜，而非悲伤？

我：真的是月亮很美。不是我一个人看见，沈苇、黄永中、亚楠、陈彩华，他们都看见了。

你：你心中的月亮，就是他们心中的月亮？你眼里以为美的，他们必定也这样认为？你的意思是，月亮的美，有客观、普遍的标准，最美的月亮一直就这样挂在伊犁的天空，等待那时那刻，你们这些人抬头，一起看见，一起感叹“啊，最美的月”，然后一起流泪？

我：好，就算你说得对，伊犁的月只被我一个人看见，我为什么认定它是最美的？

你：你为什么认为它是最美的？想想看，它的特殊性、差异性是什么？

我：或许，空气洁净，月亮就特别清朗；或许有白杨树，在伊犁河畔……

你：白杨树，伊犁有，乌鲁木齐、喀什也有；伊犁空气洁净，你看见特别清朗的月；上海雾气蒙蒙的夜晚，月亮也有朦胧的美；你为伊犁河畔的月亮感泣，为何不为黄浦江边的月亮哭泣？不过是陌生遥远在你心中产生奇异罢了。

我：上海都是高楼大厦，水泥钢筋玻璃，能有什么好月亮？天天在地铁、在亭子间穿梭，从20层办公室窗户看月亮？

你：你日日习以为常的一切，你在钢筋水泥楼房，在地铁、商店感到厌倦的一切，难道不是某些穷乡僻壤的人渴望的？你的近处，就是他者的远方。灯火通明的玻璃房，随手遗弃的过时衣饰，满溢出来的咖啡泡沫，站在洁净的窗户看朦胧的月亮穿梭在一幢幢高楼之间，对他者，这才是可以感泣的美……

我：还是不同。在伊犁，自然的美，无可比拟，无可替代。四五月间，赛里木湖畔，蓝天白云，野花盛开，湖水透明、宽广又深不可测；6 月里，薰衣草盛开，紫色从田野漫到路边，整座城市飘溢着香气；八九月，白杨树叶黄到透明，下午时光，走在伊犁老街，那些颜色鲜亮、风格奇异的民居，光影斑驳……

你：你们这些过客！到伊犁一天两天，被安顿好，匆匆而来，倏忽而去，聚散离合得比云还快。你看见了什么？美，皮相？幻象？面具？零下十几摄氏度在薰衣草田里劳作，大雪中赶着牦牛翻越天山，在简陋的泥屋度过寒冬？你体会过底层的疾苦，认识到人与人、民族与民族间的隔阂？你所赞颂的最美月亮，能带给他们什么？

我：难道只有行动，才能体会疾苦痛楚？难道一个知道赞美的人，心中会缺乏悲悯？历史，典籍，我们的记忆与思想里，那些没有亲身经历过的疾苦痛楚，我们也会感同身受，为之流泪，如同我们追随洛萨维·恩娃尔修女的足迹，将爱化为一片片药丸，医治她触摸过的身患疾病的痛苦的人。何况，疾苦痛楚、仇恨隔阂是一种真实，自然与美也是真实，我对伊犁一瞥中留下美的记忆，就是真实的。

你：毋宁说是你个人幻设的美境。

我：就算是美的幻境，也来自我的记忆，是我对世界、生活的感应，在对善美的追求上具有普遍意义，就像奥菲利娅的花环——

你：那个《哈姆雷特》中的奥菲利娅，疯了，溺水死了……

我：她以为王子疯了，父亲又死了，就失去了心智。但兰波说，她的疯狂是甜蜜的，海涅称这样的疯狂飘忽不定，仿佛在抚慰她。因为她在幻觉中保存了人的天性中对美善的追求：花朵（自然之美）、诗歌（诗人之爱），还有上帝的恩慈。当整个丹麦王国陷入利与欲的争斗时，当世界黑白颠倒、脱了臼时，整个世界都是疯狂的，只有奥菲利娅清醒着，因为她内心保存真实的美善，尽管是以幻觉表达出来的。

你：那么，你的最美的月，也是一种幻觉的真实？

我：是的。你帮助我澄清了，伊犁的月，是我思想中的，是内心追寻的最美的月。

三

晚 8 点多，在伊犁，天才慢慢暗下来。

土地、天空如此辽阔，我们的车显得很小。白日里疏朗挺拔的白杨树、成片金黄的向日葵、黄褐田野中散落的红顶蓝泥墙的小屋，眼下全都模模糊糊，车灯照亮一米内扬起的干燥尘土，左右前后被灰黑包裹着，我们的这只“铁皮甲虫”茫然奔驰，随着道路的颠簸、起伏，犹如一只在黑暗波涛中孤单航行的小帆船。车没完没了地奔跑着，拐到左边一条小路，开了一段，不像，倒回去，顺刚才的方向行了一段，又不是，掉过头，折回左边岔路……司机大声地在电话中确认村庄位置，某个地名好似沉到黑暗旋涡中，打捞不起，他就焦躁，声音高亢地在铁壳里回荡着。我们只是沉默，一起惶惑起来。

忽然，车停在一个地方，并没有想象的灯火辉煌，田地里几处泥屋，透漏着几点灯光。稀稀落落，泥地里立着几个人，面目模糊。我们迟迟疑疑下车，对一切安排怀着绝望的顺从。只是从温厚的声音、客气的手势，辨别出其中一个是亚楠。他话也不多，一味在前边引路，我们就摸着黑，高一脚低一脚，鱼贯着，紧随身后。

转过一排泥屋，霍然见到一个巨大毡房，弧形穹顶，透着红光，四围密闭，只开个低矮容一人进入的口子。四周泥草黑暗，透红光的毡房仿佛是黑暗土地上冒出的一个大蘑菇。毡房隐在白杨树后，听到隐隐水声，是挨着一条河？通向毡房入口，有一条小泥径，两排笔直的白杨树夹着，白日里能见到叶片纷落如小鸟，树干上满布忧郁的将淌出泪水的“眼睛”。如今在黑暗中摸索着走过它们，手触碰到那些白色树干，冰凉凉的，唯有风抚摸白杨发出的萧萧索索的声响。

毡房圆形，能容二三十人，毡壁上各一盏灯，晕黄不刺眼，映照着红花地毯，暖暖的红。早已置放了木桌，满满堆着全羊宴。我们对面排排盘腿坐下。亚楠、陈河是地主，轮番劝客、敬酒。宾主并没有明显界分。我们只是从南北各方，从尘土飞扬、模糊黑暗的孤单世界，某一日，忽然聚于这个红晕毡房，团团坐在一起，喝红花郎酒，就着以那吃天山草、喝赛里木湖水长大的羊做的佳肴，低低地暖暖地漫聊。外在世界忽然都隐没了，陷落于黑暗中了。这个圆形毡房，就是世界的中心。微醺，沈苇讲起某次，他到位于伊犁巩留县的库尔德宁山谷，见到一个老人，回来就写了一首诗。沈苇红黑着脸，低沉而沙哑地念诵起这首诗：

住在山谷中的人

——和 R. S. 托马斯同题诗

他知道世上还有别的地方
还有乌鲁木齐、北京、上海
但从未去过。他的一位亲戚
去过首都，回来告诉他：
北京好是好，可惜太偏僻了

在一座看上去快要倒塌的
木屋里，他住了七十多年
送走了父母和父母的父母
原木发黑，散发腐烂气息
屋顶长满杂草，像戴了一顶
古怪的帽子，一处木头缝里
正冒出一朵彩色蘑菇……
山谷里，雨水总是很多
每到下雨天，他的老寒腿
椎心地疼，跨不上一匹矮马

两边山坡上，病恹恹的
野苹果树，被小吉丁虫折磨着
在高大的云杉和红桦之间
变成一群矮子。木屋前有一棵
较高的野苹果树，孤单而健康
树下拴了一匹马，看上去
像是一棵树正在驯化一匹马
成熟的果子掉下来
落在马的脊背、臀部
马在颤抖，仿佛内心的惊讶
在身上泛起阵阵涟漪……

旅行者，不断从远方来
每一个，不会再来一次
我和女儿喝他的奶茶
吃了他的包尔萨克，就要离开了
他送给孩子一瓶自己做的马林酱
艰难地起身，向我们道别
我们离去，消失在天山风景之外
隐身于一位老人的“偏僻”里
无须抬头，遗忘像一朵低低的云
笼罩这个名叫库尔德宁的山谷

……良久，毡房里寂静着。晕红的灯闪了两下，打破了沉寂。“喝酒！喝酒！”大家笑道。陈彩华站起来跳舞。她的香气有漫天漫地生长的野性，又带着几分调制过的矜持；漫溢的笑，温柔喑哑的歌声，她赤着脚旋转着腰身，犹如一株薰衣草在风中摇曳……毡房世界，与外隔绝，走出那个小小出口，回首来看，眼前这一切，会如童话世界中小矮人的房子，瞬间消失？

是午夜？是三更？酒酣耳热，踉跄步出毡房。奇怪呀，有光！面光的白杨树干、枝叶闪闪发亮，背光处浓黑如墨；光从白杨间隙中漏过，黑色树影一道道横卧于地上如栅栏。我们穿行于白杨树中，身影簌簌柔软移动。满地凝霜。回首毡房，并没有消失，轮廓清晰，毡顶白亮如银。——恍然想起，今天是中秋！

从白杨小径转出，走到空阔处。黑暗退去，光统领了世界。光扫荡去初来时的模糊，将草地、泥屋、毡房、白杨、我们的面庞全都勾勒明晰，天升到最高，地沉稳下降，光行在天地间，照亮一切，廓清一切。我们浸润在光中，冰清，洁净，打着寒噤。白杨树默立，万物噤声，四下安寂，唯有光。光从九天垂挂下她薄如蝉翼的透明翅膀；光匍匐在地上，我小心踩着，也会听见她呼哧呼哧的喘息声；光掠过我耳际，飞到白杨树梢、毡房、远山、天庭，但我感觉不到她的巨大移动；光充满着，我用双手去捧，她就从我的手掌中汩汩流溢出去了……

分明听见汩汩声，是光？是水流？午夜空寂，似远还近，如在耳边。我和彩华循声去寻——毡房果真靠着一条河，是伊犁河支流。沿河一排白杨树，沉默站立，冰冻住一般，河岸杂草丛生，被光勾勒出尖锐草芒。水流凝固住了，光将河面锻造成一整块白银，闪着金属亮泽，似乎光是从那块“白银板”上折射出的，人行走或躺在那光上，会被托举起来，会滑行到对岸，会弹跳而起，直飞到白杨树梢头。水流声是从“白银板”下暗暗发出的。我大声呼叫着：“沈苇，沈苇，过来看！”头发、衣裳、鞋袜裹带着光粒子，他站立身边，“哎呀”叫了一声。我们屏息立着……突然，他横抱起我，向河面送出……

我们的目光从河流，从脚下的泥土，从露湿裙脚的杂草、灯色昏黄的矮矮泥屋，转向高高天庭，我们仰面向上——宽广无边的黑蓝天空，一轮皓月从薄云后转出，烟灰云朵散布四周如鳞片。是破茧而出的银飞蛾，是从深山凿出的冷玉，被天池水洗过，经昆仑雪擦拭，她皎洁、冰冷、峻峭、高傲、完备。无与伦比的美善！同伴的笑声顺光传递而来……在宽广无边的黑蓝天空下，浸润在无所不在的光中，仰望这千万年来永恒不变的明月……我泪流满面……我的一生，不过是一颗夜露、一片白杨叶、一滴伊犁河中的水、一朵天山上的雪花、一块太虚幻境中的顽石，我生存的意义，就是见到一次心中的完美之月……

2012 年 12 月 5 日星期三完稿，次日改订。2018 年 11 月略改，增加诗歌一首。

后记

今年8月，先生和我从上海出发，一路向西，先到长安（今西安），以此为据点，走了三条路线：

先从长安古城出发，经灞桥，顺渭水流域上溯，至咸阳，徘徊于渭水之滨，对岸为咸阳古渡，环城皆是汉唐古墓；再上溯，抵达彬州，原名邠县，即古豳州所在。《诗经》收有《豳风》诗七首。是日大雨，与先生合伞立于豳风桥，桥下一脉细黄水流，在萋萋杂草间蜿蜒穿行，迷蒙雨雾将远树房舍遮蔽，雨骤风狂，天上地下灰茫茫一片，前不见古人，后不见来者，只我们两个，孤单单立于豳风桥上、泾水之畔。“我来自东，零雨其蒙。我东曰归，我心西悲。”《东山》之诗，率情任性，诵念反复，悲从中来。

回长安休整两日，又搭火车，去往夏阳（今韩城）。第二次拜谒司马迁。祠墓位于芝川镇黄河古渡口高岗上。过芝秀桥，顺司马古道拾级攀登，一路古柏森森，石条斑斑。经“高山仰止”“龙门才子故里”“河山之阳”牌坊，抵山门，匾额书有“史笔昭世”“汉太史祠”。山岗不高，灵气鼓荡。东见黄河，西挨梁山，芝水环绕，龙门不远。墓在祠后，乃元代所修，圆形墓冢上有古柏五棵，“汉太史司马公墓”为清人毕沅题写。我们挨着太史公坐，石阶生绿苔，湿滑透清凉。虽是8月，山风爽快，有两只白头翁蹦跳于柏树间，有一队黑蚂蚁从眼前爬过。太史公曰，“余读孔氏书，想见其为人”，他到鲁地，观看仲尼庙堂车服礼器，徘徊流连不忍离去。“‘高山仰止，景行行止。’虽不能至，然心向往之。”我们在太史公的墓园流连，也是怀着这样的心情。

然后，我们再从长安，乘火车，一站一站漫游，抵达洛阳。从西京，到东都，从泾渭流域，向河洛之间转移。其间途经潼关。传说此地乃女娲埋葬处；夸父，无论是与黄帝大战失败，还是逐日弃杖化为桃林，鲜血点点，幻成桃花片片。在潼关，可以看见整部中国历史，可以了解东西之争是如何向南北之争转化的。从上古炎黄，到近世，历朝历代，多少战争在此地爆发，惊心动魄，鲜血淋漓。如今，潼关古城被拆毁殆尽，废墟之上，新的楼阁正在兴建。站在山坡上，俯望浑黄一片的黄河、渭河交汇处，一切皆流，一切如幻，但一切明明白白如张养浩所写的：“伤心秦汉经行处，宫阙万间都做了土。兴，百姓苦；亡，百姓苦。”

在这次漫游途中，我带了一本书，是李长之写的《司马迁之人格与风格》，还有《宛如幻觉》书稿校样。我是在从泾渭流域向河洛之间转移途中，将书稿校样阅读修改完的。收入这部文集的文章，分为四卷：卷一大体记录时间的流动；卷二是对“文献”中人、事的阐发；卷三、卷四写地名、地方，记录空间的广阔。时空也罢，人事也罢，似乎一切皆流，一切如幻，但一切都明明白白呈现，留下痕迹。假如我们丧失了爱与美，知识的增减，譬如河流的涨落、宫阙的兴废、功业的成毁，又有什么意义呢？

感谢小说家、散文家赵焰的邀请，将这本书纳入他主编的丛书中。感谢安徽文艺出版社的出版，以及张妍妍等编辑的热诚、具体而微的辛苦工作。

最后，感谢我的先生洪涛，我的每一本书的出版，都出于他的支持。他教导我，在生活实践中懂得爱人、拥有一颗赤子之心，高过任何写作技艺，唯其如此，写作也就成为一种生活。

赵荔红

2019 年 9 月 4 日